난잎에 베이다

난잎에 베이다

박찬순 장편소설

강

차례

낯선 전화 목소리

이글거리는 8월의 폭염 속에 웬일로 한줄기 강바람이 불어와 이마의 땀방울을 훑고 지나간다. 고개를 돌려 힐끗 차창 밖을 내다본다. 강변의 소나무들은 짙푸르다 못해 검은색을 띠고 있어 어딘가 으스스한 분위기를 자아내고 있다. 울퉁불퉁한 바위들에 와 부딪쳐 허옇게 부서지며 소용돌이치는 거센 물살은 그 기세가 예사롭지 않다. 빽빽한 나무들 사이로 언뜻언뜻 내비치는 깎아지른 듯한 절벽은 오늘따라 더욱 사나워 보이고 그 밑에는 시퍼런 검청색 못이 고여 있어 그 깊이를 알 수 없을 듯하다. 매일같이 지나다니는 강변길이 오늘은 어쩐지 새로 난 길 같다.

"마을인턴이죠? 여기 다원농장입니다. 총무 연소심이에요."

조금 전 걸려온 낯선 전화 때문일까. 래프팅 강습을 끝내고 녹초가 되어 돌아와 혼곤한 잠에 빠졌다가 깰락 말락 하는 꿈결에 받은 전화였다. 다 쓴 치약 튜브처럼 찌그러졌던 몸이 그 짧은 몇 마디에 다시 팽팽하게 채워진 느낌이었다. 전화 속 목소리는 내가 처음 이곳에 내려와 맞은 새벽, 민박집에서 들었던 새소리처럼 청아했다. 이 세상 어떤 것보다도 맑고 달콤한 자연의 소리. 새벽의 정적을 깨고 옹골차게 울려 퍼지던 그 노래는 도시에서는 한 번도 들어본 적이 없는 소리였다. 지금까지도 나는 그 새소리에 홀려 이곳에 단단히 발이 묶였다고 믿고 있다.

서울에서 내려온 열두 명의 참가자들은 모두가 초보자들이어서 입수 전 준비 작업에 상당한 시간이 걸렸다. 구명조끼를 입는 법에서부터 노 젓는 동작까지 한 명 한 명 일일이 바로잡아주어야만 했다. 절대 놓쳐서는 안 될 것이 구명조끼 뒤쪽에 달린 두 개의 줄을 양쪽 다리 사이로 빼내어 조끼 앞쪽의 고리에 각각 걸고 당겨주는 일이었다. 그것은 곧 생명줄이었다. 장비에 대한 준비가 끝나면 이제 물에 대한 공포심을 없애줘야만 했다. 유머를 섞어가며 재미있고도 짜릿하게 사람 마음을 움직인다는 건 쉽지 않은 일이었다. 그토록 까다롭게 신경 써야 할 일이 많지만 래프팅은 농촌 일손 도우미 '마을 인턴'에게는 시간 대비 수입이 가장 짭짤한 일거리였다. 다만 여름 한철 비즈니스라는 점이 아쉬웠다.

낯선 전화 목소리는 매일같이 무심코 지나치던 가송리 지

형까지 다시 돌아보게 만들었다. 이곳의 풍광은 정말이지 자연이 빚어낸 하나의 작품이었다. 안동과 봉화를 거쳐 태백에 이르는 35번 국도는 강줄기를 따라 굽이굽이 이어져 있어, 달리다 보면 유쾌한 리듬이 느껴졌다. '노래하는 길'이라는 별명이 붙기도 했다.

오랜 기간 쏟아지는 드센 물줄기에 산이 서서히 침식되고, 수백 년이 지난 어느 시점에 지그재그로 쩍 갈라지면서 협곡이 생겨나고 그 사이에 여울이 흐르기 시작했다. 여울은 점차 불어나 작은 강줄기를 이루고 강가에 사람들이 들어와 살게 되면서 암벽과 그 아래 깊은 못에 이름이 생겨났다. 벽력암, 학소대, 월명담, 한속담. 그렇게 해서 마을엔 이야기가 시작되었다.

가송리에 처음 내려와서 들었던 영롱한 새소리 말고도 나를 이곳에 기꺼이 말뚝 박게 만든 또 다른 소리가 있었다. 그것은 이곳을 지날 때마다 강 건너 절벽에서 들려오는 듯하는 쾅 하는 굉음이었다. 예부터 영월이나 태백에서 벌채한 소나무를 하류로 운반할 때는 뗏목으로 엮어 강물에 띄워 보낸다고 했다. 뗏목은 상류의 강줄기를 타고 내려오다가 바로 S자 물길인 가송협에 와서 절벽에 부딪히게 되었다. 그 순간 천지를 뒤흔드는 듯한 우렛소리가 난다고 해서 붙은 이름이 '벽력암'이었다. 깎아지른 듯한 수직의 암벽에 이름마저 벽력(霹

靂)이라니. 처음 그 이름을 들었을 때 나는 놀라움과 함께 한 편으론 어떤 기대감에 휩싸였다. 사방이 높은 산으로 둘러싸여 있어 좀체 어떤 일도 일어날 것 같지 않은 견고한 고장에서 사람의 혼을 빼놓을 듯한 요란한 소리가 났다면, 그것은 장차 다가올 어떤 큰 변화의 징후처럼 여겨졌기 때문이다.

여자의 말대로 35번 국도를 따라 강변길을 계속 달려가자 청량산 입구 못 미쳐서 왼쪽으로 탁 트인 구릉지가 나왔다. 여자의 농장이 있다는 동네였다. 지도에는 봉화군 명호면 관창리라고 나오지만 마을 이름은 알 수 없었다. 마을인턴의 고객들은 주로 도산면 가송리나 온혜리, 백운동과 단천리 일대의 농가들 아니면 안동 시내 특산품 판매점들이었다. 평소 승합차로 이동하며 일을 하다 보니 세세한 지리에 대해서는 잘 알지 못했다. 다만 도심인 운흥동에서 시작되어 가송리까지 이어지는 퇴계로가 온 시내를 관통하고 있고 그 사이사이 육사로, 석주로 같은 도로들이 있어 이 지역 태생의 역사적 인물들을 유추해볼 수는 있었다. 하지만 시내 중심가에 있는 태화동에서 제비원로를 거쳐 신안동까지 이어지는 단원로라는 도로명이 어떤 화가와 관련된 길이라고는 전혀 생각지 못했다.

얕은 구릉 아래 동남쪽을 향해 세워진 한옥 한 채와 몇 동의 유리온실이 보였다. 커다란 흰색 꽃이 그려진 '다원의 난' 입간판을 지나 마당으로 들어가자 아담한 한옥 뒤뜰에 널찍

한 주차장이 나왔다. 차를 대고 나서 마당을 서성이며 기다렸다. 조금 전 집에서 받았던 낯선 여자의 전화 목소리를 다시 돌이켜보면서.

"다원농장 총무로는 처음 연락드리지만 우린 구면이에요."

다원농장? 낙동강 상류 마을에서는 듣기 힘든 이국적인 이름이었다. 게다가 대체 어디서 나를 보았다는 것인지 도무지 감이 오지 않았다. 처음 만나는 의뢰인이어서 내 딴엔 예의를 갖춘답시고 청바지에 흰 블라우스를 입고 청재킷까지 걸쳤다. 한낮의 땡볕 아래 마당에는 승용차와 SUV 차량이 각 한 대씩, 그리고 1톤 트럭과 오토바이 할리 한 대가 서 있었다. 나는 그 할리의 주인이 누구인지 궁금했다. 다시는 만나지 않으리라 결심하고 내려와놓고도 나는 왜 바이크만 보면 그가 생각나는지 알 수 없었다. 그것은, 만나기만 하면 서로 티격태격하면서도 칠 년 동안이나 죽고 못 사는 짝꿍으로 지내온 대학 동기 S를 상징하는 물건이었다.

주차장에서 바라본 여자의 집은 처마의 양 끝이 하늘로 살짝 치켜올라간 것으로 보아 분명 한옥이었다. 그렇지만 뒤쪽 대청마루에 통유리 문이 달린 것으로 미루어 겉은 한옥이지만 내부는 서양식을 가미한 집이 아닐까 추측되었다. 집을 둘러보고 있는 사이 대청 뒤쪽 창문이 열리고 누군가가 나와 댓돌로 내려서고 있었다. 긴 머리를 뒤로 묶고 흰 바탕에 갈색

물결무늬 원피스를 입은 젊은 여자였다. 자세히 살펴보자 유난히 느린 여자의 걸음걸이가 눈에 들어왔다. 거기엔 어떤 패턴이 있었다. 오른발이 오른쪽으로 한번 크게 나아가서 점을 찍은 뒤 앞으로 내딛고 나면 왼발이 앞으로 나가는 식이었다. 그것은 따아안 딴 딴, 따아안 딴 딴, 하고 박자를 맞춰 진행되었다. 여자에게 다가가 명함을 주며 인사를 했다.

"마을인턴의 서홍화입니다."

여자는 깍듯이 목례를 하며 손을 내밀었다.

"어서 오세요. 총무 연소심이에요. 래프팅엔 다른 이름으로 신청했었어요."

"오, 래프팅에 오신 분이시군요. 몰라뵈어 죄송해요."

"다른 곳에서도 뵈었어요. 회의실에서."

그 말에 나는 정신이 번쩍 들었다.

"아이쿠, 주민자치위원회 위원이시군요? 저는 신참이라 아직 위원님들 얼굴을 다 익히질 못했어요. 죄송합니다."

"서른 명에 가까우니 당연하죠. 도산 관광 활성화 방안 발표하실 때 감명 깊게 들었어요. 피피티까지 준비하시고."

"아, 네에. 도산은 풍치도 좋고 관광자원이 풍부하잖아요. 이제 안동에 KTX도 들어왔으니까 많이 알렸으면 좋겠다 싶었어요."

"근데 오래 기다리셨죠? 손님이 와 계셔서 좀 늦었어요."

"그럼 다른 날로 할까요?"

여자는 손사래를 치며 말했다.

"아니에요. 곧 가실 거예요. 오신 지 한참 돼서. 어서 들어 가시죠."

여자는 나를 오른쪽에 난 통로를 거쳐 앞마당으로 안내했다. 흰색과 푸르스름한 색깔의 자잘한 꽃들, 진보라색 아이리스, 그리고 키가 크고 탐스러운 아이보리색의 서양 갈대가 피어 있는 정원은 색다른 분위기가 났다. 마치 수수한 자연의 일부를 떼어다 놓은 듯한. 나는 본채 바로 옆에 붙은 춘란연구소라는 간판을 힐끗 보고 나서 마루에 올랐다. 대청마루에 들어서자 대들보와 함께 높은 천장이 보였다. 밖에서 보던 것과는 다르게 내부도 한옥으로 설계된 집이었다. 단지 대청마루 앞과 뒤에 통유리 창을 달았을 뿐이었다. 소파 뒤 벽에는 가족사진이 든 액자 두 개가 걸려 있었다. 어떤 불행의 기미도 찾아볼 수 없을 듯한 단란한 가족의 모습. 푸근하고 자상해 보이는 아버지와 건강하게 잘 자란 삼 남매가 사진 속에서 활짝 웃고 있었다. 문득 사진 속에 어머니는 왜 없을까, 라는 의문이 들긴 했지만 내 시선은 곧 옆에 걸린 다른 액자로 옮겨갔다. 아버지와 함께 포즈를 취한 인자한 서양인 노부부의 사진. 이들은 또 누구일까. 잠시 생각하다 나는 용무가 생각나 입을 열었다.

"무슨 일이시죠? 직접 만나 상의하겠다고 하셨는데."

"네에, 잠시만요. 차부터 내올게요. 동생이 곧 들어올 거예요."

얼마 후 동생인 듯한 청년이 앞쪽 대청 유리문을 빠끔히 열고 여자를 불렀다.

"누나, 손님들 가신대."

동생이 뒤로 물러서고 오십대 중반으로 보이는 두 남자가 난 화분 하나씩을 들고 유리문 앞에 모습을 드러냈다. 한 사람은 베레모를, 다른 사람은 밀짚모자를 썼는데 두 사람은 일로 맺어진 무척 친밀한 사이로 보였다. 베레모를 쓴 남자가 소심에게 밝은 미소를 지으며 말했다.

"올 때마다 온실이 점점 업그레이드되고 있군요. 이거 우리 같은 촌사람들 기죽겠는데요. 많이 배우고 갑니다."

그 말에 소심이 유리문 앞으로 다가가 정중하게 고개 숙여 인사를 했다.

"별말씀을요. 모든 게 아버지가 해놓으신 거죠. 저희도 학가산농원에 가서 좀 배워야겠어요. 요즘엔 시내 중심가에 춘란 교실도 여셨다면서요."

"아, 네에. 한번 놀러 오세요. 저희들은 저변 확대에나 힘써야죠. 진짜 연구는 여기서 잘하고 계시니까."

손님들을 배웅한 뒤 동생이 마루로 올라왔다. 그는 주방에서 누나가 가져오는 쟁반을 받아 탁자 위에 내려놓았다. 나보다 몇 살 어린 듯했지만 온화하면서도 명민한 청년으로 보였다. 그가 누나 옆에 앉으며 말했다.

"서 대표님, 마을인턴 얘기는 누나한테 자주 들었어요. 법대를 나와 로펌에서 오래 근무하시다가 내려오셨다구요. 와주셔서 감사해요."

"저로서는 일을 의뢰해주시는 분들이 계셔서 항상 고맙죠."

찻잔에서 솔솔 올라오는 박하향을 맡고 있을 때 그는 양복 앞주머니에서 명함을 꺼내 내게 건넸다. '춘란연구소 연구실장 김세엽'으로 되어 있었다. 누나는 연소심이라고 했다.

"와, 연구실장님이시군요."

"네, 명함은 거창한데 사실 행정만 맡고 있어요. 연구자들 지원하는 일이죠. 지금 대학원에서 미학으로 논문 쓰는 중이구요."

소심이 뭔가 빠진 게 있다는 듯 덧붙였다.

"몇 군데 대학에 강의도 나가요."

"아, 네에. 그러시군요."

"근데 세엽아, 저분들 말야. 봄에 꽃 피어서 청향을 맡으면 깜짝 놀라겠지? 공짜로 드려도 되는 거니?"

세엽이 손을 저으며 말했다.

"누나, 아버지가 전부터 약속하신 거야. 드리겠다고."

궁금해서 물어보았다.

"아까 그분들, 아버님 친구분들인가 봐요."

세엽이 고개를 끄덕이며 대답했다.

"네, 두 분 다 아버지랑 형, 동생 하는 사이세요. 온천이나 해외 전시회도 같이 다니시구요."

"두 분 중에 누가 할리를 타고 오셨어요?"

소심이 재빨리 답을 했다.

"아, 그 베레모 아저씨요. 학가산농원 K회장님이세요. 소백춘란연구회 회장님이시기도 하구요. 외모는 점잖은 학자 스타일인데 바이크광이세요."

"재미있네요. 조용한 반항아신가요?"

내 말에 세엽이 답하기 좀 곤란하다는 듯한 표정으로 말했다.

"아무튼 좀 특이한 분이세요. 옆에 서 있던 밀짚모자 아저씨는 우리가 액비아재라고 부르죠. 액체비료를 만드신다구요. 마무골에 판매점을 갖고 계신데 온갖 정원용품을 다 취급하세요. 그런데 주인은 K회장이고 액비아재는 바지사장이라는 소문이 있어요."

"그런데 농장에서 난초 판매도 하세요?"

소심이 웃으면서 답했다.

"아뇨. 아까는 농담이었어요. 우리 농장은 아버지 해외 저작권료로 운영되고 있어요. 장미랑 백합 신품종 저작권요. 모토는 '향기 프로젝트'라고 춘란에 청향을 입히는 작업이에요."

"그런데 아버님이 외국에서 살다 오셨어요?"

나는 액자 사진을 가리키며 물었다.

"네, 맞아요. 어릴 때 독일로 입양되셨어요."

"그렇다면 저분들이……"

소심이 조용히 고개를 끄덕이며 답했다.

"네, 저희 할머니 할아버지세요."

그녀의 말에 하얀 찻잔 속에서 페퍼민트의 푸른 잎이 잊지 못할 추억처럼 파릇파릇 살아나는 듯했다. 소심이 세엽에게 물었다.

"얘, 결과 나왔니?"

"뭐 말야? 아, 그거?"

세엽이 말하려다 말고 멈칫하자 소심이 말했다.

"말해, 괜찮아. 앞으로 우릴 도와주실 분인데 당연히 아셔야지. 그래, 결과가 어때? 아버지 유업 말이야. 중국 춘란이랑 홍화소심 크로스한 거."

"영양분이 좀 부족했나 봐. 무늬가 기대만큼 잘 나오지 않았어. 영양을 좀 더 보강해서 다시 시도하겠대."

세엽의 보고를 들은 소심이 코를 찡긋거리며 아쉬운 듯 말했다.

"그랬구나. 잘되면 아로마테라피나 화장품 산업에 정말 유용할 텐데."

'크로스'란 말도 생소했지만 나는 무엇보다 '아버지의 유업'이란 말에 눈앞이 아득해왔다. 내가 계속 어리둥절한 표정을 짓자 소심이 화제를 딴 곳으로 돌렸다.

"저어, 올여름 래프팅 정말 재미있었어요. 제 얼굴 기억 안 나세요, 대표님?"

기억을 더듬느라 내가 머뭇거리자 소심은 활짝 웃으면서 말을 이었다.

"하긴 몰라보는 게 당연하죠. 여고 동창생들이 모두 똑같은 구명조끼에 모자에 물안경을 쓰고 있었으니까요."

"아, 명호리 매호 유원지에서 백룡담 코스요? 턱걸바위에서 다이빙도 하셨던가요?"

"네, 맞아요. 그 코스. 근데 다이빙은 겁이 나서 못했어요."

"오, 그, 그랬군요. 저어 제가 뭐 실수라도……"

"실수라뇨. 실은 저 물 공포증이 있었어요. 그런데 대표님이 그걸 떨치게 해줬어요. 뭐라고 하셨더라. '래프팅은 거친 물살에 맞서 맨몸으로 위기를 돌파해가는 과정이다. 인생도 마찬가지다.' 그러시는데 어찌나 가슴이 찔리던지. 겁쟁이인 저한테 하는 말 같았어요."

"아이쿠, 제가 그랬나요? 제 앞도 못 가리는 주제에."

"누나, 더 짜릿한 게 있다면서?"

세엽이 거들었다. 소심이 웃음을 참으면서 대답했다.

"있지. '보트가 뒤집히고 몸이 거품 속에 붕 떠 있을 때가 황홀경이다, 그 순간을 즐겨라.' 그 말 하실 때 다들 손뼉 치며 환호했어요."

누나의 말을 듣고 나서 세엽이 좀 더 스스럼없이 얘기를 하기 시작했다.

"와 대단하세요. 새가슴 우리 누나를 래프팅 마니아로 만들다니."

"아니에요. 누님께서 감각이 좋으셔서 래프팅의 맛을 알게 되신 거죠."

나는 좀 계면쩍어하며 말했다. 그러고는 가족사진을 가리키며 물었다.

"동생이 더 있는 것 같은데 학교 갔어요?"

소심이 깜빡했다는 듯 말했다.

"아차, 막냇동생 소개를 잊었군요. 특수학교에 다니는데 지금 실습 주택에 들어가 있어요. 며칠 뒤면 나와요."

"아, 네에. 웃는 모습이 귀여운 개구쟁이 같아요."

세엽이 누나에게 걱정스런 표정으로 물었다.

"누나, 쟨 괜찮아? 아버지 일은 좀 아는 것 같아?"

소심은 내 쪽을 한번 돌아보고 나서 동생을 몹시 안쓰러워

하는 표정으로 말했다.

"왜 모르겠니? 말을 못해서 그렇지. 분위기로 알고 있을 거야. 아버지가 저를 얼마나 예뻐하셨는데."

남매의 이야기로 보아 아버지에게 무슨 일이 있는 듯했다. 내 궁금증을 알아차렸는지 소심이 내 쪽으로 고개를 돌리며 말했다.

"아버지가 한 달 전에 갑작스런 사고로 돌아가셨어요."

나는 말문이 막혀 무어라고 반응을 해야 할지 알 수 없었다.

"아니, 어쩌다……"

세엽이 선뜻 대답해주었다.

"산책길에서 발을 잘못 디디셔서."

그러고는 나의 당황스런 순간을 그가 메워주었다.

"누나, 사실 부끄러운 일인데, 어릴 땐 나 기화 참 많이 샘내고 미워했었어. 아버지가 내 이름은 기껏 '가느다란 잎새'라는 뜻의 세엽(細葉)이라 지으시고 걔는 제일 귀하다는 기화(奇花)로 지어주셨다고 말이야. 근데 다시 생각해보니 진짜 잘 지어주신 것 같아."

기화라는 난초가 궁금했다.

"비싼 난초인가 보죠?"

세엽이 웃으면서 대답했다.

"그럼요. 꽃잎이 삐뚤빼뚤 좀 기형으로 생겼어요. 여러 장의 꽃잎이 국화처럼 겹쳐서 피기도 하구요. 그렇지만 워낙 희귀해서 아주 비싸게 팔려요."

그러고는 다시 동생 얘기로 돌아갔다.

"걔 말야. 무슨 말이든 한마디 하려면 온 얼굴 근육이 다 들고 일어나잖아. 입김 콧김을 삼켰다 내뱉었다 하면서. 걔 입에서 '아쁘아'란 단어가 처음 나오던 날 누나도 봤지? 아버지가 기화를 껴안고 쓰다듬고 뽀뽀하고 좋아하시던 모습. 그래서 걔가 한마디 뻥긋하는 게 너무나 귀하게 여겨져."

세엽은 첫인상부터 총명해 보이더니 생각하는 품이 남다른 듯했다. 동생을 대하는 따뜻한 마음이 느껴졌다. 소심도 한마디 덧붙였다.

"기억력은 또 어떻고. 내가 일지를 쓰다가 생각이 잘 안 나서 손으로 턱을 괴고 '어제 농장에 온 손님이 누구였더라?'라고 혼잣말을 하잖아? 그럼 애가 재깍 답을 해줘. '하악 하악'이라고. 학가산농원 아저씨란 뜻이야. 자주 오시니까 이름을 외웠더라고."

나는 오늘 마치 이 집안 가족사의 비밀을 들으려고 초대받은 것 같았다. 아니, 비밀이라기보다 한 가족의 발견이었다.

"총무님 이름도 뜻이 있을 것 같은데요."

내 질문에 세엽이 자상하게 설명을 했다.

"꽃잎이랑 꽃대에 전혀 잡티가 없이 깨끗한 난초를 소심(素

心)이라고 해요. 어떤 난초에도 붙일 수 있어요. 노란색 꽃엔 황화소심, 붉은색 꽃엔 홍화소심, 이렇게요."

"아, 그렇군요. 뜻이 참 좋아요. 목소리랑도 잘 어울리고. 저도 난초 이름 하나 지어볼까 봐요."

"누나, 대표님 이름이 서홍화랬지? 진짜 홍화소심이랑 잘 어울리는 것 같지 않아?"

세엽의 말에 소심이 나를 훑어보며 말했다.

"와 맞다. 서홍화, '홍화소심'이랑 느낌이 비슷해. 붉은 물이 뚝뚝 듣는 듯한 정열적인 꽃이잖아."

세엽이 태블릿 피시에서 난초를 찾아 보여주며 말했다.

"아! '여검객 홍화'라고 하면 딱 맞겠어요. 홍화소심처럼 단련된 몸매에서 활달한 기상이 느껴져요."

나로선 이름에 얽힌 이야기만으로도 난초의 세계가 신선하고 흥미롭게 다가왔다. 차를 마신 다음 소심은 내게 아버지 방으로 들어가자며 눈짓을 했다. 세엽도 따라 들어왔다. 방은 고인이 생전에 쓰던 모습 그대로 보존되어 있는 듯했다. 문 왼쪽 벽에 책상이 있고 맞은편 벽에는 침대와 금고, 그리고 오른쪽 유리창 아래에 나지막한 문갑이 놓여 있었다. 소심은 금고에서 가죽 커버로 된 노트 두 권을 꺼내와 무릎 위에 놓고는 침대에 걸터앉았다. 나와 세엽도 그 옆에 가서 앉았다. 그녀는 숨을 크게 들이마셨다 내쉬었다 하더니 노트를 내게 주면서 말했다.

"한 권은 꽃 사진이 붙어 있고 네덜란드어로 되어 있는 걸로 봐서 육종일지 같아요. 그리고 독일어 노트는 날짜 표시가 돼 있으니까 일기나 단상일 것 같구요."

"아버님이 장미와 백합 신품종을 개발하셨다고 했죠?"

소심이 밝은 표정으로 대답했다.

"네, 네덜란드에 유학 갔다 오셔서 세계적인 원예육종가가 되셨어요."

"정말 자랑스러우시겠어요. 저도 뵈었으면 좋았을 텐데."

"노트 번역을 누구한테 맡길까 의논한 끝에 대표님께 연락드린 거예요."

세엽이 나를 쳐다보며 말했다. 나는 당황했다.

"이, 이거 제가 감당할 수 있을지. 제 전공도 아닌데."

내 말에 소심은 손을 저으면서 말했다.

"아뇨. 직접 번역하시란 얘기가 아니고요. 어떤 식으로 처리하면 좋을지 의논하는 거예요. 법대를 나와 로펌에서 십 년이나 번역 일을 하셨잖아요. 지금 주민자치위원회 법률자문 팀에서도 일하고 계시구요."

"그건 그냥 법률 검토 수준이에요. 변호사님 도와드리는 정도죠." 나의 대답.

"또 마을인턴에 대한 주위의 평도 다 들어봤어요. 저는 특히 래프팅에서 보여준 대표님의 리더십에 믿음이 갔어요. 사물을 전체적으로 보는 시각이 남다른 것 같았어요. 그래서 이런 일을 믿고 의논하기에 적임자다, 싶었죠. 도와주실 거죠?"

소심의 말에 내가 선뜻 답을 하지 못하고 망설이자 세엽이 노트를 대충 훑어본 소감을 말해주었다.

"독일어로 된 노트 첫머리에 아버지가 의미심장한 말을 써두셨더라구요. '아름다움이 저들을 두렵게 하리라'라는 말이었어요. 그게 바로 아버지가 모국에 돌아와 난초를 연구하시는 목표인 것 같았어요. 원예육종으로 잡종을 만들려는 게 아니라 모국의 산야를 더 아름답고 향기롭게 하겠다, 하는 마음이죠."

"또 다른 글귀는 없었나요? 기억에 남을 만한 걸루요."

내 말에 세엽이 대답했다.

"있었죠. 아버지가 귀국 초기에 생모를 찾으러 대구 양자회에 갔을 때 들은 얘기라고 적혀 있는데요. 아들이 자신을 찾는다는 소식을 듣고 생모가 양자회로 편지를 보냈는데 거기에 이런 구절이 적혀 있었다는 거예요. '나는 이미 난잎에 베어졌다'라구요. 아들을 만나지 않겠다는 말을 그렇게 완곡하게 표현하신 걸까요?"

세엽의 말을 들으며 나는 이상한 흥분을 느꼈다. 이제까지의 마을인턴 일과는 다른 세계가 기다리고 있는 것 같았다.

나는 고개를 끄덕이며 말했다.

"네에, 그럼 가져가서 한번 검토해보고 말씀드릴게요."

그날은 그렇게 노트만 두 권 받아서 집으로 돌아왔다. 그러고는 아직 다 훑어보지도 못했는데 사흘 뒤 소심에게서 다시 전화가 왔다.

"노트는 차차 살펴보시구요. 다른 일로 의논할 게 있어요."

그렇게 해서 다시 농장에 들어가게 되었다. 소심은 나를 아버지 방으로 불러 침대 위에 앉으라고 했다. 그러고는 금고에서 누런 봉투를 꺼내오더니 속삭이듯 말했다.

"이것 좀 보세요."

그녀는 봉투에서 꺼낸 것을 펼쳐 보였다.

"아니, 아기 옷이잖아요."

그것은 보드라운 융으로 된 아기의 가운이었다. 태어난 지 몇 달 되지 않은 아기에게 입힐 만한.

"꼼꼼하게 한번 봐줘요."

"면이 누렇게 절은 걸 보니까 무척 오래된 것 같은데 혹시……"

내 말에 소심이 고개를 끄덕이며 말했다.

"그렇죠? 저도 직감적으로 느꼈어요. 입양 보낼 때 생모가 아들에게 입혀 보낸 옷이라는 걸요. 아버지가 귀국하실 때 양부모님이 챙겨주신 것 같아요. 저도 이번에 처음 봤어요."

"어머 세상에, 아들을 끔찍이도 사랑하신 분들이군요."

"집안이 대대로 원예학자세요. 양부께서는 오래전 제주참나리를 연구하러 한국에 오실 때 십대였던 아버지를 데리고 오기도 했대요. 분홍 백합을 개발하실 때요."

나도 그녀의 말에 가슴이 벅차왔다. 세상에는 자주 만나 친한 척 얘기를 나누면서도 사실은 그리 만나고 싶지 않은 사람이 있는가 하면, 한 번도 만나보지 않았는데도 절절하게 그리운 사람이 있었다. 그들이 바로 그런 사람들이었다. 난초 문양을 보고 나자 대뜸 생각나는 것이 있었다.

"이파리의 구도가 구십 도를 이루고 있네요."

"참 그렇군요. 나는 무심코 봤는데." 소심의 대답.

마음 한구석에서 의문이 솟았다.

"근데 아버지가 입양된 게 60년대 후반이라고 했죠? 이건 사서 입힌 게 아닌 것 같은데요."

소심이 내 눈을 바라보며 물었다.

"무슨 말이죠? 그럼 손수……"

"그렇죠. 이 바늘땀 좀 봐요. 공장 제품이 아니에요."

다시 문양을 들여다본 소심이 조심스레 말했다.

"생모가요?"

나는 고개를 끄덕였다. 한참 생각에 잠겨 있던 소심이 고개를 들어 내 눈을 똑바로 보면서 말했다.

"문제는 그날 금고 문이 열려 있었다는 거예요. 아버진 항상 잠그고 다니셨는데."

그 말을 하는 소심의 눈에 어떤 의혹이 차오르고 있었다.

"무슨 말씀이세요? 금고가 손을 탔다고요?"

천천히 고개를 끄덕이던 소심의 얼굴이 점차 어두워져갔다. 곧이어 입술이 파르르 떨리더니 이윽고 내 어깨에 얼굴을 기대고는 울먹이며 말했다.

"대표님. 사실은 저, 그저께 겨, 경찰서 다녀왔어요. 대표님 다녀가고 난 이튿날요. 그, 그런데……"

나는 그녀의 팔을 붙잡고 흔들면서 물었다.

"소심 씨, 경찰이 뭐래요? 아버지의 죽음에 무슨 석연치 않은 정황이라도 있는 거예요? 어서 말해봐요."

"아니에요. 나중에 말씀드릴게요."

"대체 무슨 일로 불렀대요?"

소심은 더 이상 아무 말도 하지 않았다. 분명 무슨 일인가는 있는데 차마 말을 못하는 것 같았다. 그렇게 한 시간을 기다리다 그냥 나올 수밖에 없었다.

차에 오르면서 나는 고개를 갸우뚱했다. 경찰에 다녀왔는데 아무런 말을 못하겠다는 것은 무슨 뜻일까. 뭔가 불길한 느낌이 들었다. 그러다 보니 길가에 서 있는 기암절벽의 단애들이 절경으로 보이지 않고 왠지 불편하게 느껴졌다. 세상이란 겉으론 그럴싸해 보여도 진실을 까발리고 보면 실상은 이렇게 험상궂고 냉정하며 심지어는 적의를 품고 있는지도 알 수 없었다. 그런 일들이 판을 치는 도시를 피해 이곳에 내려왔는데.

그런 생각 끝에 자연스레 안동에 내려오기 전까지 서울에서의 내 생활을 돌아보게 되었다. 언니와 오빠가 법대를 나와 자신들이 원하던 직장에 들어가자 그 길을 따라가면 순탄하게 살 수 있지 않을까, 하는 막연한 기대감을 가졌던 고교 시절. 법대에 들어가고도 좋아하는 문학과 미술사 같은 강의만 듣고 다녔던 대학 시절. 졸업하고 로펌에서 법률 자료 번역으로 십 년을 버티다 결국 사표를 내고 간신히 얻어걸린 다큐 프로덕션의 감독 보조. 밤새워 신명 나게 일했지만 금세 문을 닫고 만 작은 회사. 비록 이룬 것 없이 가난하고 초라한 삼십 대 중반이지만 자유롭게 살면서 세상의 아름다움을 발견하고 그것을 흠뻑 느끼는 삶을 살고 싶어 했던 나, 서홍화.

이제는 나 스스로 살길을 찾아야겠다고 다짐했다. 몇 년 전 내가 점찍어뒀던 곳으로 가서 농가 일손 돕기부터 하리라 마음먹었다. 열심히 일해서 종잣돈이 생기면 몇 년 뒤에는 버섯이나 딸기농장 같은 것을 해보리라 생각했다. 공허한 법률 자료만을 붙들고 온종일 씨름하기보다는 몸을 움직이고 손으로 뭔가 만지면서 할 수 있는 그런 일을 하고 싶었다. 그렇게 해서 삼 년 전 탈탈거리는 중고차를 달래가며 이곳으로 내려온 거였다. 그때만 해도 눈앞에 보이는 모든 풍경이 새뜻하고 아름다웠는데. 이런 기이한 일은 꿈에도 상상하지 못했던 그해 가을이 그리웠다.

뒤늦게 찾아온 의혹

그해 가을 중앙고속도로를 타고 내려와 서안동 IC에서 안동 방향 35번 국도로 접어들었을 때 나는 내 눈을 의심했다. 내가 꿈속을 달리는 것은 아닐까 하고. 차가 강변길로 접어들었을 때였다. 폭이 꽤 넓은 강에는 시원스런 물소리를 내는 강물이 흐르고 있었고 강변 옆 산자락에는 초록 바탕에 갖가지 색깔의 풍요로운 색채의 향연이 펼쳐지고 있었다. 숲은 마치 몽실몽실한 색색의 털실 뭉치들이 서로 엉겨 있는 것처럼 보였고 그 뭉치들 사이사이로 얼핏얼핏 깎아지른 듯한 단애가 드러나 보였다. 정말이지 소금강이라 할 만했다. 그 위로 마치 찢어진 망사 베일 같은 엷은 물안개가 하늘하늘 드리워져 있었다. 그 순간 가슴 가득 어떤 느낌이 몰려왔다. 내가 살 곳을 제대로 찾아왔나 보다, 라는.

낙동강 상류에 있는 이 깊은 산골짜기를 처음 알게 된 것은 작은 영상 프로덕션에서 감독 보조를 할 때였다. 청량산의 설경을 찍을 장소를 헌팅하러 한겨울에 혼자 내려왔었다. 강변 길을 달리다 보면 푸른 소나무 사이사이로 희끗희끗 눈발이 달라붙은 수직의 단애가 보였다. 그 풍경은 바람이 불자 살아 움직이는 한 폭의 동양화였다.

그러다 삼 년 전 정착을 위해 내려왔을 때 아버지에게 청량산과 가까운 도산면 가송리라고 전화를 했더니 '외가를 제대로 찾아갔구나'라며 반가워했다. 도산면이 외가가 있는 봉화와 붙어 있는 동네라는 거였다. 친척들은 모두 외지로 떠나버렸지만 바로 옆이 외가 동네라는 생각만으로도 왠지 폭신한 밍크 담요에 안긴 느낌이었다.

그런데 오늘은 같은 길을 달려 집으로 오는데도 자꾸만 착잡해지는 마음을 어찌할 수 없었다. 그러자 내가 로펌을 그만뒀다는 얘기를 듣고서 아버지가 해준 말이 기억났다.

"그래. 너의 결단을 존중한다. 이제부터는 그저 친구들과 어떻게 하면 신나게 잘 놀까, 하는 궁리나 해라. 그럼 잘 살게 될 거다. 넌 어릴 때부터 친구들이랑 펄쩍펄쩍 뛰어놀 때가 제일 너답고 보기 좋았지."

병으로 일찍 엄마를 여읜 막내를 혼자 손으로 키워온 아버지는 내게는 무척이나 관대했다. 오빠와 나는 일곱 살 차이. 내가 태어났을 때가 공교롭게도 당신이 실직했던 시기여서 이유식도 제대로 먹이지 못한 것이 미안해서 그런 것 같았다. 그런 아버지에게 언니와 오빠는 아이를 응석받이로 키운다고 어지간히 투덜댔었다.

어쩌면 위로 모범생 남매를 키워본 터여서 막내를 대하는 아버지의 생각이 좀 달라졌는지도 모른다. 하지만 아버지도 내가 로펌의 학부 졸업생 모집에 합격했다는 소식을 듣고는 매우 흡족해했다. 그런데 결국 로펌을 박차고 나왔다는 얘기를 듣고는 또 아주 잘한 결단이라고 추켜세웠다. 어른들은 종종 이런 일관성 없는 태도로 우리를 혼란에 빠트린다. 일단 퇴사를 하고 나서 한동안은 맘껏 내가 하고 싶은 일만 하면서 지낼 수 있었다. 그동안 저축해둔 돈으로 피아노와 기타를 배우고 래프팅 가이드 강습을 받았다. 그리고 악기 조율사 학원을 다니면서 악기수리원 자격증도 땄다. 어릴 때부터 해오던 태권도도 실력을 더 다지기 위해 다시 도장에 나갔다. 그러다 통장의 잔고가 거의 바닥이 날 무렵 방송사 PD로 일하는 친구의 소개로 영상 프로덕션에 들어간 거였다.

그렇지만 아무리 아버지 말을 떠올려보아도 오늘 농장에서 받은 충격은 좀체 가시지 않았다. 경찰에 다녀와놓고도 거기서 들은 내용을 시원하게 밝히지 않는 소심이 이해가 되지 않았다. 자연스레 몇 년 전 영월 동강에서 래프팅 가이드 수련을 받을 때 느꼈던 이중적인 감정이 되살아났다. 설렘과 두려움. 그 두 가지 중 이번엔 두려움이 더 컸다. 그러자 불안을 피하고자 하는 심리인지 나도 모르게 래프팅에서 가장 가슴 설렜던 순간을 떠올리게 되었다.

대장의 구령에 따라 순탄하게 나아가던 우리 보트는 급류에서 갑자기 몰려오는 거센 물살에 그만 뒤집히고 말았다. 비명 소리와 함께 대원들은 모두 흩어졌고 나는 물 위에서 공중으로 붕 떠오른 채 하얀 물거품 속에 휩싸였다. 그 찰나의 순간 가슴속으로 밀려온 것은 두려움 속에서도 느껴지는 짜릿한 희열이었다.

이튿날 아침 일찍 소심이 전화를 걸어왔다.

"어제는 대표님께 걱정을 끼친 것 같아 미안해요. 오늘 시간 괜찮으시면······"

소심의 전화에서 나는 뭔가 심상치 않은 일이 있음을 직감했다. 농장주의 죽음이 어쩌면 우연한 사고가 아닐지도 모른다는 느낌. 다윈농장에서 소심 남매를 만나고 온 날 인터넷에서 찾아보긴 했지만 놓친 게 있나 싶어 다시 한번 '원예학자 류포의'라는 이름을 검색해보았다. 한 원예신문에 그의 일대기가 자세히 실려 있었다.

'원예학자 류포의(본명 헤스 마이어) 박사 별세' '조국이 버린 입양아, 향기 있는 춘란 육종에 일생 바쳐'라는 제목이었다.

"생후 3개월에 독일로 입양되었던 고인은 세계적인 원예학자인 양부 밑에서 일찍이 원예육종가의 길을 걸어왔다. 베를린에서 자란 그는 네덜란드로 유학, 원예학을 전공하고 젊은 시절부터 백합과 장미 등 수많은 신품종을 개발해왔다. 이십여 년 전 한국으로 돌아온 뒤에는 풍치가 수려한 낙동강 상류 마을에 농장을 세우고 고아 셋을 입양해 단란한 가정도 이루었다. 그는 생부모를 향한 그리움을 춘란에 대한 사랑으로……"

몇 시간 뒤 내가 다시 농장을 찾았을 때는 소심이 냉정을 되찾은 듯했다. 그녀는 말없이 서류 봉투 하나를 내게 건넸다. 서류를 펴보았다. 얼른 눈에 들어온 영어 문장. '시신에서 고도의 콘발라톡신 잔류량 발견.' 소심은 잠시 울컥하더니 애써 마음을 진정시키고는 그동안 있었던 일을 털어놓기 시작했다.

"처음 조사 결과는 '산책 중 실족으로 물에 빠진 뒤 심장마비'라고 했어요. 그런데 이틀 전 경찰에서 불러서 갔더니 병원에서 받은 거라면서 이걸 주는 거예요. 경찰이 병원에 가서 다시 확인했는데 연구에 쓰려고 시신을 검사했더니 그런 성분이 나왔다고 하더래요."

"어떤 성분이래요?"

"무슨 생약 성분이래요. 자연에 있는."

"혹시 사람 몸에 치명적인 건가요?"

"네. 몸에 들어가면 구토와 설사에 복통을 유발하고 전신 쇠약 증상이 일어난다고 했어요. 심하면 심부전으로 사망에 이를 수도 있구요."

"익사체인데도 부검을 안 한 거예요?"

내 질문에 소심이 답을 해주었다.

"늘 다니던 병원이라 검진 기록이 있었고 경찰도 실족사로 결론지었으니까요. 또 아버지가 기증을 할 때 사후 부검을 거부한다고 밝혔거든요. 유족도 동의를 했구요."

"경찰에선 어떻게 한대요?"

"처음엔 승용차 주행 이력도 알려주고 상당히 적극적이었어요. 경찰에는 수배 차량 검색시스템이란 게 있나 봐요. CCTV랑 차량번호 자동 인식 기술을 이용해서 추적하는 거라고 했어요. 그런데 그 뒤로는 아무런 소식이 없었어요. 더구나 사인 규명에 결정적일 수도 있는 약물 검사 결과가 나온 뒤에도 마찬가지구요. 병원에서 경찰에 통고한 건 우리한테 알리기 며칠 전이었다고 하던데."

그 말을 하고 나서 소심은 경찰과 나눈 대화 한 꼭지를 알려주었다. 하도 소식이 없어 답답해서 찾아왔다고 하자 도리어 하소연을 하더라고 했다. 수사가 지지부진해 답답하겠지만 자신들도 최선을 다하고 있다고. 그러면서 혹시 무슨 정보라도 있으면 좀 알려달라고 했다는 말도 덧붙였다. 그 말에 소심도 간곡하게 부탁을 하고 돌아왔다고 했다. 현장에서 고생하는 거 잘 알고 있다. 우리도 파악되는 게 있으면 알릴 테니 제발 수사 진척 상황만은 좀 알려달라고.

경찰과 나눈 대화를 전한 뒤 그녀는 내 눈을 똑바로 바라보며 호소하듯 말했다.

"아무래도 우리가 수사에 도움이 될 증거물을 더 찾아서 제출해야 할 것 같아요. 대표님이 좀 도와주세요."

"글쎄요. 제가 도움이 될지 모르겠어요."

그 말을 하고 나니 대뜸 궁금해지는 것이 있었다.

"혹시 사건 즈음에 사람들이 모여 무슨 행사를 한 적이 있나요?"

"네, 사건 발생 전날 오후에 청향 탄생 축하연이 있었어요. 연구소 세미나실에서요."

"그 세미나실에 CCTV가 설치돼 있나요?" 나의 질문.

마침 연구소에서 마루로 올라오던 세엽이 재빨리 대답을 했다.

"아뇨. 정문과 후문에만 설치돼 있어요. 아, 온실 출입구에도 있군요. 손님들이 온실부터 갔다가 세미나실로 갔으니까 다 찍혀 있을 거예요."

"손님들 중에 아버님과 좀 별나거나 묘한 관계였다고 짐작

되는 분은 안 계세요? 제일 먼저 떠오르는 분."

"글쎄요. 아버지는 누구하고도 잘 지내셔서……"

세엽의 대답에 소심이 눈을 감고 기억을 더듬더니 대답했다.

"음, 한 분이 계시긴 해요. 목포 신안 압해도농원의 J회장이라는 분인데 한번 오시면 며칠씩 묵어가곤 하셨죠. 그런데 그날은 몇 시간도 안 돼 떠나셨어요. 집에서 나가실 때 아버지랑 좀 싸한 분위기였구요."

"네에, 그랬군요."

"축하연 끝나고 곧바로 떠나셔서 이상하다고 생각했던 게 기억나요."

"청향 입힌 난은 명품인가요?"

"그럼요. 최고의 명품이죠. 꽃잎에 녹색과 노랑, 그리고 주황이 정교하게 스며들어 신비감을 줘요."

"이제 향이 생겼으니 훨씬 더 비싸게 팔리겠네요."

내 말에 소심에게서 의외의 답이 나왔다.

"아니에요. 바로 그게 문제죠. 우리나라에선 아예 향기 얘기는 꺼내지도 않아요."

"어머나. 그게 무슨 얘기죠?"

소심이 걱정스런 얼굴로 답했다.

"아무리 향이 좋아도 교배종이라면 아예 거들떠보지도 않아요."

그 말에 나는 가슴에 미묘한 파장이 이는 것을 느꼈다. 내게 부족한 것이 있다면 남의 것이라도 빌려와 내 것을 더 좋게 만드는 것이 새로운 아름다움의 창조가 아닌가. 눈을 감자 귓가에 빌라 로부스의 「브라질풍의 바흐 5번」 아리아가 들려오는 듯했다. 이어서 몇 개의 시구도 떠올랐다. 목월의 "목련꽃 그늘 아래서 베르테르의 편질 읽노라." 그리고 "가난한 내가 아름다운 나타샤를 사랑해서/오늘 밤은 푹푹 눈이 나린다"는 백석의 시도. 나는 한없이 오솔길로 빠질 것 같아 눈을 뜨고 말했다.

"아무튼 CCTV가 있다니까 참석자들 얼굴은 확인할 수 있겠네요."

"네, 그럼요."

나는 소심이 말한 압해도농원의 J회장에 대해 호기심이 일었다. 또 한 가지 궁금한 것은 류 소장의 승용차였다. 세엽에게 수사관이 어디서 찾았는지 물어보았다.

"시내 공영주차장에서 발견되었다고 했어요."

나는 뭔가 수상쩍은 생각이 들어 세엽에게 물었다.

"지금 마당에 있는 그 청색 G80인가요?"

"네, 맞아요."

"블랙박스는요?"

"경찰이 발견했을 땐 블랙박스 메모리 카드가 사라지고 없었대요."

"집에 가기 전에 차 안을 한번 살펴봐도 될까요?"

"그러세요." 세엽이 고개를 끄덕이며 말했다.

"참, 사고 당일 아버지를 찾아가던 상황을 좀 더 자세히 얘기해주시겠어요?"

"그러죠. 그 생각을 미처 못했네요." 세엽의 대답.

그날은 강변 주위의 산들이 연둣빛에서 초록으로 바뀌고 새들의 노랫소리도 한층 더 다채로워진 6월 초였다. 평소 여섯시에 기상하는 아버지는 한 시간 반 정도 산책을 하고 와서 일곱시 반에 아침을 드는 규칙적인 생활을 해왔다. 열시가 넘도록 아버지가 돌아오지 않자 소심은 세엽에게 아버지를 찾아가보라고 말했다. 아버지는 전화를 받지 않았다. 이 동네에 조성돼 있는 산책길은 다섯 개 코스가 있었다. 세엽은 아버지가 어느 길을 택했을지 알 수가 없었다. 그러다 최근 아버지가 메밀꽃 얘기를 자주 꺼내던 생각이 났다. "올해는 맹개마을 메밀 농사가 어떨지 모르겠다. 거기 메밀꽃 피었을 때 가면 장관인데"라고. 그렇다면 차를 가사리 주차장에 두고 오솔길을 따라 올라가 월명담 벤치에서 잠시 쉬었다가 맹개마을 뒷산으로 해서 벽력암 전망대로 향했을 것 같았다. 아버지는 그 길 초입에 들어서면 세엽에게 자주 말하곤 했다.

"이 길은 수백 년 전 청량산 자락에 있는 삼촌에게 글을 배우러 가던 어느 소년이 매일 타박타박 딛고 다녔던 작은 오솔길이었지. 소년은 자라나 대학자가 되었어. 그러고는 벽력암에 올라 가송협과 청량산 봉우리들을 바라보면서 명언을 남겼지. '그림 속으로 들어간다'라는."

세엽은 타고 온 1톤 트럭을 가사리 주차장에 세워두고 낙엽 쌓인 산길을 걸어 전망대로 향했다. 그는 큰 소리로 아버지를 불러보았다.

"아버지, 어디 계세요? 세엽이 왔어요."

아버지는 답이 없고 오래전 함께 나눈 대화만 기억났다. 사춘기 시절 이유 없이 아버지에게 반항하던 때였다.

"이 동네 태생의 대학자도 태어나 돌이 채 되기도 전에 아버지를 여의고 홀어머니 슬하에서 자랐단다. 너의 누이도 그랬고."

그 뒤에 오는 대화는 언제나 세엽이 아버지의 바리톤 목소리를 흉내 내어 완성하곤 했다.

"너와 나는 마치 다윈난과 박각시나방 사이인 것 같다. 꿀샘이 유난히 깊은 그 난초는 주둥이가 아주 기다란 그 나방이 없으면 수분을 할 수 없거든. 난 이 땅에 돌아오지 않으면 안 될 운명이었어, 인마. 고집 세고 예민해서 언제 깨질지 모를 유리그릇 같은 네놈의 아비가 되려고 말이다."

세엽이 당신 말투를 흉내 내어 말하고 나면 아버지는 무척 기꺼워하며 껄껄 웃었다. 그때 돌연 하늘에 떠 있는 구름 속에 한 사내아이의 모습이 보이는 듯했다. '엄마, 엄마' 하고 목청 높여 울부짖는 어린 꼬마였다. 방금 눈앞에 있던 엄마가 감쪽같이 사라져버린 거였다. 땅콩캐러멜을 사 오겠다던 엄마는 아무리 기다려도 돌아오지 않았다. 어느 번잡한 도시의 거리에서였다. 목이 터져라 엄마를 부르던 아이는 지쳐 쓰러졌고 이튿날 아침 어느 어둠침침한 골방에서 깨어났다. 그렇게 해서 시작된 앵벌이는 삼 년이 지난 어느 날 서울 혜화동 로터리에서 끝이 났다. 눈물로 얼룩진 꾀죄죄한 소년의 얼굴을 수상히 여긴 어느 고등학생이 그를 파출소로 데려갔고 이어서 그는 곧바로 고아원에 맡겨졌다. 그렇게 해서 아버지를 만나 세엽이라는 이름으로 다시 태어난 거였다.

전망대에 오른 세엽은 주위를 둘러보았다. 강 건너 산자락에는 방학 때면 찾아오는 독일 친구들과 함께 고택 체험을 하던 농암종택이 한 폭의 그림처럼 자리 잡고 있었다. 행여나 하고 낭떠러지 가까이로 다가갔다. 절벽 아래 한속담의 물빛이 확 다가왔다. 사람을 빨아들이는 듯하는 아스라한 물빛이었다. 한가운데 가장 깊은 곳은 짙은 감청색을 보이다가 가장자리 쪽으로 가면서 점점 옅어지는 청색의 마블링. 아찔했다. 한 발만 잘못 디뎠다가는 깊은 못으로 내리꽂힐 것 같았다.

아버지의 흔적은 어디에도 없었다.

집으로 돌아오는 길. 주머니를 더듬거리던 그는 그제야 휴대폰을 가져오지 않은 것을 깨달았다. 집에 돌아와 자신과 누나의 폰을 챙긴 그는 같은 기종을 쓰는 연구원 한 명과 함께 같은 코스를 다시 오르기 시작했다. 가족들끼리는 이미 아이클라우드에 자기 위치를 서로 공유하도록 설정돼 있었다. '나의 찾기' 앱에서 아버지의 폰을 선택하고 '사운드 재생' 기능을 사용했다. 그러자 아버지의 휴대폰은 벽력암으로 가는 가파른 언덕길 낙엽 더미 속에서 신호를 보내왔다. 집에 돌아온 세엽은 농장 식구들을 모두 동원해 아버지가 갔을 만한 곳을 찾기 시작했다. 두 명씩 짝을 지어 남은 네 개의 산책길을 샅샅이 살펴보았다. 하지만 어디에서도 아버지를 찾을 순 없었다. 소심은 먼저 아버지가 자주 만나던 K회장과 다른 몇몇 친구들에게 전화를 걸어 물어보았다. 오늘 새벽 산책길에 동행했는지. 하지만 그런 친구는 아무도 없었다. 그다음엔 아버지 단골집인 안동칼국시집과 두부전골집, 산채비빔밥집과 송로버섯찌개집에 일일이 전화를 해서 물어보았다. 그렇지만 아침에 아버지가 다녀갔다는 집은 단 한 군데도 없었다. 날이 어두워지자 소심 남매는 경찰에 실종 신고를 하고 아버지가 없는 밤을 맞이할 수밖에 없었다.

세엽의 얘기를 듣고 난 나는 그다음 일이 궁금했다.

"그래서 언제 어디서 찾았어요, 아버지를?"

소심이 곧바로 답을 했다.

"이튿날 아침 벽력암 아래 한속담에서 어느 낚시꾼이 발견했어요. 낚싯대에 걸려 나온 노란 등산모가 수상해서 물속에 들어갔다가……"

"그래서요?"

"경찰에 연락했고 119 구조대가 와서 아버지를 대학병원으로 옮겼죠."

"인공호흡이나 응급처치는요?"

"이미 숨이 멎은 상태였어요."

소심은 그 말을 하고 나서 눈을 감았다. 더 이상 얘기를 시키는 것은 남매에게 너무 가혹한 일일 것 같아 그만 자리에서 일어났다. 소심이 승용차의 키를 내게 넘겨주었다.

주차장으로 나와 승용차 문을 열자 주인을 잃은 차는 조용히 내부를 드러냈다. 나는 주인의 체취라도 맡을 수 있을까 하고 한참을 운전석에 앉아 있었다. 하지만 이미 다른 사람의 것과 뒤섞여버려 어떤 체취도 가려낼 수 없었다. 차 문을 잠그고 막 돌아서는데 세엽이 나와 잠시만 들어오라고 했다. 마루에 올라가 소심과 마주 앉자마자 세엽이 안주머니에서 서류 봉투 하나를 꺼내 내 앞에 내밀었다.

"일 처리는 확실하게 해야 할 것 같아서 누나랑 의논해 서류를 작성했어요. 수고비는 당연히 노고에 합당한 금액이어야 한다고 생각해요. 액수도 제시했으니까 가장 원하는 것을 선택하시면 돼요."

나는 서류를 꺼내보았다. 계약서였다. 얼마나 걸릴지 모르지만 일단 4개월 동안 일한다고 치고 마을인턴 일당을 대입해보았다. 이제까지 받은 수고비 중에서는 가장 높은 금액이었다. 나는 최고 금액을 선택하고 서명을 했다. 내가 이 일에 뛰어든다면 당연히 최대한의 성과를 내야 한다고 생각했다.

"금액에 0 하나 더 붙여도 돼요."

세엽이 웃으면서 농담을 했다. 그 말에 용기를 얻어 나도 스스럼없이 내 의견을 말했다.

"이런 일은 하루 일과 안에 끝나는 게 아니잖아요. 깨어 있는 시간 내내, 어쩌면 자면서 꿈속에서까지 고민해야 될 일이에요. 그래서 얘긴데 이 계약금의 오십 프로를 성과금으로 제안해도 될까요? 또 혹시 해외 출장을 가야 한다면 경비는 농장에서 부담하는 걸로."

"물론이죠."

남매는 흔쾌히 동의하고 세엽이 계약서 비고란에 나의 제안대로 적었다.

숲속의 살인자

그날 밤은 좀체 잠을 이룰 수가 없었다. 별만 수백 개 헤아리다 나도 모르게 벌떡 일어났다. 계약서까지 썼으니 당장 뭐라도 해야 할 것 같았다. 노트북을 열고 검색창에다 '콘발라톡신'이라고 써넣었다. 다섯 개의 육각형과 알 수 없는 기호로 된 분자 구조가 나왔다. 거기엔 야생 허브인 '골짜기의 백합'이란 꽃에서 추출된 물질이라고 되어 있었다. 우리말 이름은 '은방울꽃'이었다. '유럽과 동아시아에 분포하며 향기가 매우 진하고 기다란 꽃차례에 작은 종 모양의 꽃이 조롱조롱 아래를 향해 핀다'고 나와 있었다. 언젠가 친구네 집 정원에서 본 적이 있었다. 영국에서는 윌리엄 왕세자의 결혼식에서 신부의 부케로 쓰였다고도 했다. 그런데 이어지는 설명에 나는 가슴이 떨려왔다. '앙증맞은 꽃과 먹음직스러워 보이는 어린싹도 위험하다. 산마늘, 비비추, 둥굴레와 비슷하게 생겨

나물로 해 먹을 수가 있으니 특히 조심할 것. 별명은 숲속의 살인자.' 소심에게서 전해 들을 때와는 느낌이 또 달랐다. '숲속의 살인자'라는 표현이 머릿속을 맴돌며 잠이 확 달아나버렸다.

벌렁거리는 가슴을 진정시키려고 난초 그림을 검색했다. 아기 옷에 수놓인 것과 비슷한 구도를 찾기 위해서였다. 부분적으로 비슷한 그림이 있었지만 잎이 뻗어나간 모양이 달랐다. 그냥 노트북을 닫으려 하는데 화면 맨 끝에 '인터넷규장각'이라는 경매 사이트가 링크되어 있었다. 들어가보았더니 시전지(詩箋紙) 문양이 나왔다. 옛날 왕실에서 시나 편지를 쓸 때 사용하던 엽서 두 장 정도 크기의 작은 한지인데 오른쪽 밑에 꽃무늬가 찍혀 있었다. 시전지에 쓰여진 편지도 나와 있었다. 정조가 네 살 때 썼다는 삐뚤빼뚤한 고사리손 편지에서부터 세자 책봉을 받고 난 뒤인 아홉 살에 썼다는 편지까지. 좀 더 내려가자 마침내 난초 문양이 찍힌 시전지가 나왔다. 난잎의 구도가 구십 도를 이루고 있었다.

이튿날 아침 나는 아침을 먹는 둥 마는 둥 하고 전화를 한 뒤 곧바로 농장으로 달려갔다. 마음이 뒤숭숭했다. 봉화 방면 35번 국도를 달리는데 담배 생각이 간절했다. 갓길에 잠시 차를 세우고 한 개비의 여유를 가져야겠다 싶어 오른쪽 깜빡이를 넣고 뒤를 힐끗 돌아보았다. 그때 내 차 뒤로 웬 검은색

SUV가 보였다. 그 차는 내 차를 추월하지 않고 속도를 줄이면서 천천히 따라왔다. 그 순간 담배 생각이 싹 달아난 나는 속도를 냈다. 검은색 차량은 내가 농장 쪽으로 좌회전하는 것을 보고서야 속도를 내면서 쌩하고 달아났다.

남매는 상기된 내 얼굴에서 뭔가 수상한 기미를 느낀 듯 긴장된 분위기였다. 나는 찻상을 갖고서 아버지 방으로 들어가자고 말했다. 세엽이 먼저 입을 열었다.

"오다가 무슨 일 있었어요?"

나는 태연한 척 말했다.

"아니에요. 어제 그 생약 성분 찾아보고 놀라서 그런 거죠, 뭐. 어디서 추출된 것인지 두 분도 아시죠?"

남매는 고개를 끄덕이고는 아무 말도 하지 않았다. 한참 만에 세엽이 뭔가 결의에 찬 표정으로 말했다.

"이건 분명 계획적인 범죄예요. 면식범의 소행이고요. 어느 농장에서 키우는지 알아내야 해요."

나는 손을 저으며 세엽에게 말했다.

"따로 키울 필요도 없어요. 숲에 가면 쉽게 찾을 수 있다고 하잖아요. 그보다도 그 독이 어떻게 해서 아버지 몸에 들어갔는지 그 과정을 밝혀내야 해요. 말린 뿌리를 달여서 소량을 마시면 심장병에 약이 되지만 과도하게 섭취했을 때는 목숨이 위태로워진다고 하죠. 그러니까 범인은 아마도 전망대에 오른 뒤에 자연스럽게 음료수처럼 마시게 하지 않았을까 싶어요. 자기 마실 물은 다른 용기에 따로 준비해 오고요. 같은 물인 것처럼 천연스럽게 굴었겠죠. 그런 다음 효과가 서서히 나타나 구토증세에다 호흡곤란이 오고 복통이 심해져서 정신이 혼미해졌을 때 절벽에서 아래로 밀었을 것으로 짐작이 돼요. 점퍼 주머니에서 차 키는 빼놓구요. 그럼 영락없는 산책 중 실족사로 보일 테니까요."

이제 시전지의 문양에 대해 얘기할 차례였다.

"이번엔 좋은 소식이에요."

나는 USB에 저장해 온 파일을 노트북 화면에 띄우고는 남매에게 물었다.

"이게 뭐일 것 같아요?"

소심이 고개를 갸웃거리며 말했다.

"어? 어디서 많이 본 문양인데."

고개를 갸웃거리던 세엽이 눈을 동그랗게 뜨고는 말했다.

"아, 알아냈어. 누나, 그 아기 옷의 문양하고 비슷한 것 같은데. 어서 그 옷 좀 꺼내와봐요."

소심이 금고 안에서 아기 옷을 꺼내와 펼쳤다. 두 개의 문양은 아주 비슷했다. 이파리의 구도가 둘 다 구십 도를 이루고 있고 가운데에 연붉은 꽃이 세 송이 피어 있는 것까지도.

"그런데 이 종이는 뭣에 쓰는 거죠? 상당히 고급 한지인 것 같은데."

세엽이 물었다.

"왕실에서 편지를 쓰거나 시를 지을 때 쓰던 거래요." 나의
대답.

소심이 아기 옷과 시전지 쪽으로 번갈아가며 분주히 눈길
을 보내더니 조심스럽게 입을 열었다.

"어쩌면 이 시전지의 문양을 본떠서 아기 옷에 수를 놓았을
지도 몰라요. 왕실에서 나온 거라고 하니까."

나도 그 말에 고개를 끄덕였다.

이튿날 아침 집에서 독일어 노트를 펴보았다. 첫 페이지에
적힌 '1994. 6. 17 ~ '이라는 숫자는 일기를 시작한 날짜인 듯
했다. 세엽이 번역해본 본문의 첫 문장이 '나는 이미 난잎에
베어졌다'였다면 일기의 마지막 문장은 뭘까, 하는 궁금증이
일었다. 그건 아마도 비교적 최근의 상황을 적은 일기일 것
같았다. 그다지 어려운 단어도 없고 해서 쉽게 번역이 되었
다. '나는 그녀에게 말했다. 제발 부탁이오. 지금 우리 안에서
일어나고 있는 것, 이번만은 조용히 그냥 지나가게 내버려둡
시다.' 읽자마자 머리가 띵해 오면서 의문이 이어졌다. '우리
안에' 무엇이 일어나고 있다는 거지? 대체 '그녀'는 누구일
까. 두려움에 심장이 철렁하면서 어떤 은밀한 현장을 보는 듯
한 느낌이 들었다. 그렇긴 해도 전체를 보지 않고서는 내용을

정확하게 파악할 수가 없을 듯했다.

　수수께끼 같은 한 구절을 갖고 씨름하기보다는 노트를 번역자에게 맡길 방법을 생각해보았다. 아무래도 스캔을 해야할 듯했다. 서울에서 내려올 때 스캐너를 버리지 않고 가져오길 잘한 것 같았다. 노트를 한 장 한 장 스캔해서 USB에 담았다. 그리고 번역자에게 가이드가 될 만한 자료를 찾아 파일을따로 만들었다. 일간지의 부고 기사와 원예신문에 난 고인의프로필과 일대기, 그리고 고인이 생전에 어느 신문과 인터뷰한 기사도 담았다.

　다시 농장을 찾은 것은 며칠 뒤였다. 토요일이어서 기화도함께 있었다. 그를 보는 순간 가슴이 찌르르 아파왔다. 저토록 뒤틀린 눈, 코, 입과 손발이 어떻게 제 기능을 하고 있는지 신기했다. 그는 삐뚤어진 손가락을 바로잡으려는 듯 두 손을 맞잡고 힘을 주어 손가락을 쉴 새 없이 서로 교차시키고있었다. 틀어진 발목도 자주 앞뒤로 또 양쪽 옆으로 까딱거렸다. 입은 꼭 다문 채로 콧노래 비슷한 소리를 내고 있었다. 나는 그의 손을 내 두 손으로 감싸고서 말했다. "반갑다, 기화야. 누나랑 형한테 얘기 많이 들었어." 기화는 고개를 삐딱하게 숙여 내게 인사를 했다. 자기로선 한껏 똑바른 자세를 취한 거였다. 나는 삼 남매를 함께 만난 김에 물어보았다.

　"베를린 아버지 본가에는 다들 가보셨어요?"

소심이 당연하다는 듯이 말했다.

"그럼요. 베를린 서쪽 슐라흐텐제 호수 옆 동네예요. 마테호른가(街)에 있는 이층집인데 집이 그리 크진 않지만 정원이 꽤 넓어요. 셋 다 몇 번이나 가본걸요. 아, 세엽이가 제일 많이 갔구나. 방학 때 청소년 여름 캠프에도 참가하고. 그렇지, 세엽아?"

세엽이 누나의 말을 받았다.

"맞아. 그 덕에 독일 친구들도 몇 명 사귀었지. 요즘도 가끔 한옥 스테이 하러 와요. 아버지 형제는 삼 남매인데 삼촌은 일찍 독립해서 암스테르담에서 살고 있고 집엔 할머니 할아버지랑 고모만 살고 계셨어요. 지금은 두 분 다 돌아가시고 고모 혼자 계시지만."

"그런데 지난번에 미처 말하지 못한 게 있는데요. 생모의 편지 속 난잎이랑 아기 옷에 수놓인 난초 문양이 뜻은 다르지만 하나로 연결이 될 것 같지 않아요? 지극한 엄마 마음으로."

내 말에 세엽이 그 보란 듯 누나에게 말했다.

"내가 아기 옷을 처음 보고서 그랬잖아."

"뭐라고 했는데요?"

내 질문에 세엽이 설명을 했다.

"아버지가 장지문 창턱에 꼭 난초를 놓아둔 이유를 알 것 같다고 했죠. 달이 뜨면 창호지 문에 난잎의 그림자가 어른거렸는데 그건 아버지가 난잎이랑 생모를 동일시하신 거라구요. 그러면서……"

소심이 세엽의 말을 끊으면서 말했다.

"잠깐, 그다음은 내가 하는 게 낫겠어. 그 말을 하고 나서 세엽이가 아기 옷을 품에 끌어안고 뭐라고 했는지 아세요? '누나, 아기를 멀리 보내야만 하는 애끓는 엄마의 모습이 보여. 한 땀 놓고 울고, 또 한 땀 놓고 울고 했을 것 같아. 이파리 몇 가닥을 수놓는 데 몇 날 몇 밤이 걸렸을지 몰라. 거기다 또 한 가지 놀라운 게 있어. 아기 옷의 문양이 아버지 방에 있는 난초 그림과 똑같은 구도란 거야.' 그러는 거예요."

다시 한번 나는 세엽의 예민한 감수성에 놀라지 않을 수 없었다. 나는 얼른 아기 옷을 들고 아버지 방에 들어가 벽에 걸린 액자 속 그림과 비교해보고 나서 말했다.

"맞아요. 아기 옷의 문양을 보고 그린 게 틀림없어요. 그렇다면 아버지랑 양부께서도 이 문양이 어디서 나왔는지 오래전부터 찾아보려고 애쓰지 않았을까요?"

"충분히 가능한 얘기네요. 귀국할 때도 아기 옷을 챙겨주셨죠. 생모를 찾을 때 도움이 되라구요." 소심의 대답.

나는 백팩에서 노트 두 권과 함께 스캔한 파일을 담은 USB를 꺼내 세엽에게 넘겨주며 말했다.

"노트는 스캔해서 파일로 만들었으니까 이걸로 의뢰하세

요. 먼저 한글 구두점과 특수문자 쓰는 법부터 넣어놓았어요. 그리고 번역할 때 도움이 될 만한 자료도 찾아 넣었어요. 고인의 프로필이랑 원예신문에 난 일대기에다 인터뷰 기사두요. 부족하다 싶으면 더 붙이세요. 그리고 번역은 아무래도 외국 에이전시에 맡기는 게 어떨까 싶네요. 보안을 생각해서."

"그렇죠. 수고하셨네요. 베를린에 아는 번역 에이전시가 있어요. 아버지가 외국 저널에 논문을 낼 때마다 번역을 맡기던 곳이에요."

그렇지만 마지막 문장은 차마 남매에게 털어놓지 못했다. 아직은 내 마음속 깊은 곳에 묻어두었다.

'제발 부탁이오. 지금 우리 안에서 일어나고 있는 것, 이번만은 조용히 그냥 지나가도록 내버려둡시다.'

남매와 얘기를 끝내고 일어서려다 생각이 났다.

"참, 아버지 차 주행 이력은 알아냈어요?"

세엽이 이미 파악한 듯 곧바로 답을 했다.

"네. 근데 뭔가 좀 수상하긴 해요. 경찰에서 알려준 그날 하루치 주행거리가 굉장히 길어요. 경찰에서도 그 장소들을 의아하게 보던데."

세엽은 수사관과 나눈 얘기를 털어놓았다. 자기들도 처음엔 좀 의심스러워서 주행 이력에 있는 곳을 살펴봤지만 범인이 그런 곳에 갈 특별한 이유는 없는 것 같았다고 했다. 그저 단순한 문화재 탐방 같았다고. 그 말에 세엽은 의문을 표하고 돌아왔다고 했다. 분명히 무슨 이유가 있을 거라고. 아직 찾지는 못했지만.

그는 노트북에 사진을 띄우면서 말을 이어갔다.

"거기에 우리가 할 일이 있는 것 같아요. 경찰이 가서 A만 보고 돌아왔다면 우리는 B, C까지 찾아내야 해요. 그건 어쩌면 상상의 영역일지도 몰라요. 인문학도가 발휘해야 할."

이어서 그는 차의 주행 이력을 줄줄이 읊어나갔다.

차가 가사리 주차장을 나와 제일 먼저 들른 곳이 지금 한창 복원 중인 이 임청각이다. 일제 때 전 재산을 팔아 만주로 가서 독립운동을 했던 이상룡 선생의 종택. 그런 다음 마고 선녀 전설이 있는 운안동 마무골로 갔다. 이어서 근처 호프집에 들렀는데 이름이 상당히 시적인 이미지가 풍기는 '간이역'이다. 그런 다음 예천 방향에 있는 체화정에 잠시 머무른 뒤 청량사에 올라갔다 내려오고는 기록이 끊겼다.

목적지들을 꿰어보던 나는 언뜻 무슨 생각이 나서 남매에게 말했다.

"실장님이 중요한 지적을 해줬네요. 맞아요. 제가 봐도 주행 이력이 무작위는 아닌 것 같아요. 어쩐지 느낌이 좀 이상해요. 누군가가 고인의 영혼을 위로한답시고 생전에 같이 다녔던 곳을 쭉 돌아본 것 같은 느낌이랄까. 자기 마음 편해보려고 그런 거겠지만."

세엽이 내 말에 놀라며 말했다.

"와, 사람 심리를 잘 꿰뚫으시는군요. 범인이 범죄 현장을 다시 가보는 심리랑 비슷한 걸까요?"

"그런 거죠. 애증이 교차하는 사이인 것 같아요. 아마도 자신도 괴로운 나머지 그런 행동을 하지 않았을까 싶어요." 나의 대답.

그러자 소심이 다른 의견을 냈다.

"순수하게 추모하는 뜻에서 그런 건 아닐까? 친구의 실족을 막지 못했다고."

"그럼 몸에서 나온 독극물 성분은?"

세엽이 의문을 제기했다. 나도 거들었다.

"그랬다면 즉시 경찰에 신고부터 했겠죠. 가족한테 알리고요."

나는 주행 이력에 어떤 의미가 있는지 셋이 나누어서 탐사를 해보자고 제안했다.

"제일 먼 곳은 제가 맡을게요. 체화정이랑 청량산요. 나머지는 두 분이 나눠서 하세요."

"네, 좋아요. 난 임청각. 세엽이는 마무골이랑 운안동천 일대를 맡으면 되겠네."

이제 본격적인 문제로 넘어갔으면 좋겠다는 생각을 하고

있는데 마침 소심이 말했다.

"무엇보다도 은방울꽃 성분이 아버지 몸에 들어가게 한 용의자를 어떻게 찾을지 방법을 생각해봐야 돼요."

"좋은 지적이에요. 저는 아버님 주변 분들을 잘 모르니까 두 분이 아버님과 자주 접촉했던 분들 명단을 작성해보는 게 어때요?"

이런 일에 뛰어드는 것에 대해 아직도 나는 일말의 불안감을 느끼고 있었다. 그런 가운데서도 나를 강하게 잡아끄는 뭔가가 있었다. 생모의 편지에 나오는 글귀였다. '나는 이미 난 잎에 베어졌다.' 그 말은 과연 무슨 뜻일까? 그 수수께끼를 꼭 풀어보고 싶었다.

대청마루를 내려오기 전 내가 세엽에게 말했다.

"머리도 식힐 겸 오늘은 온실 구경 좀 할까요?"

"그러세요. 오늘은 시간이 돼요."

세엽을 따라 나는 온대 온실로 들어갔다.

암스테르담의 온실 전문 업체가 설계, 시공했다는 유리온실에는 선반에 놓인 난초 화분들이 사방으로 조르르 열을 짓고 앉아 아침 햇살을 받고 있었다. 창문을 가리는 차광막은 올려져 있었다. 세엽이 창문을 가리키며 설명을 했다.

"춘란은 동남쪽에서 들어오는 은은한 아침 햇살을 좋아해요. 그래서 날씨와 시간에 따라 차광막을 조절해주고 있죠.

물론 리모컨으로요."

살갗으로 약간 촉촉한 습기가 느껴지고 강 쪽으로 난 열린 창문에서는 뺨을 간질일 정도의 미풍이 살랑살랑 불어왔다. 세엽이 난실 입구에 있는 제어반을 가리키며 말했다.

"스마트팜이란 말 들어보셨죠? 난초마다 자기가 필요한 게 있으면 말을 해요. '햇빛 더 주세요' '물 더 주세요'라고. 제어 반 램프에 빨간 불이 들어오면서요."

"그게 어떻게 가능하죠?"

"아, 쉬워요. 요즘은 AI로 충분히 가능해요."

"와, '말하는 식물.' 외신에서 곧 상용화될 거라더니 안동에 서 이미 현실화되었네요."

내가 놀라는 표정을 짓자 그는 별거 아니라는 듯 말했다.

"먼저 화분의 뿌리 부근에 디지털 칩을 심어요. 그럼 그것 들이 미생물의 활동을 파악해서 알려주는 거예요. 탄소동화 작용을 할 때 미생물 주위에서 전자가 발생되거든요. 그 전자 를 전기신호로 바꾸어 보내면 센서가 읽고 음성신호로 바꾼 다음 스피커로 내보내는 거죠."

"아, 그렇군요."

온실 안쪽 깊은 곳에서 풍란 뿌리를 이끼로 감싸고 있는 젊 은 여자가 보였다. 나는 그녀에게 다가가 목례를 하고 온실 구경을 왔다고 말했다. 회색 작업복에 주황색 모자를 쓴 여자가 일어나 내게 웃으며 인사를 했다.

"네에, 잘 오셨어요. 지금은 꽃이 없지만 엽예품도 멋지니까 많이 감상하고 가세요."

세엽이 여자에게 몇 발짝 다가가 말했다.

"참, 얼마 전에 학가산 K회장님께서 왔다 가셨어요. 미금 씨 잘 있느냐고 물어보셨는데."

"아, 네에. 그러셨군요. 전 오신 줄도 몰랐는데."

여자는 다시 하던 일로 돌아갔다. 세엽이 내게 일러주었다.

"며칠 전에 만나보신 K회장님이 추천한 분인데 이름은 양미금이지만 다들 미금 박사라고 불러요. 학가산농원에 육 년 근무했는데 모르는 게 없어서요."

"아, 그래요? 몰라뵈었네요."

나는 뒤를 돌아보며 미금을 향해 큰 소리로 외쳤다.

"미금 박사님, 저도 좀 많이 가르쳐주세요. 왕초보니까요."

양미금이 앉은 자리에서 대답했다.

"별말씀을요. 실장님이 절 놀리시는 거예요. 자주 오세요. 자꾸 보면 잎만 보고도 이름을 척척 알 수 있어요. 비슷해 보여도 다 달라요."

미금의 말에 나는 순간적으로 멈칫했다. '비슷해 보여도 다 다르다.' 그 말을 하는 그녀의 눈빛에서는 남다른 자부심이 엿보였다. 온실을 나오자 소심이 앞마당에서 걸어 나오며 내게 물었다.

"근데 대표님은 일 끝나고 나서 뭐로 피로를 푸세요?"

"아, 그냥 뭘 좀 쳐요." 나는 지나가는 말처럼 툭 던졌다.

남매는 호기심 어린 눈으로 나를 바라보았다.

"뭘 치죠? 드럼? 아님 샌드백?"

세엽의 질문에 나는 웃으면서 대답했다.

"호세라고 있어요. 재산 목록 1호이자 내 애인. 이제 얘 없인 못 살 것 같아요."

"가만있자, 호세, 호세, 아 맞다. 호세 라미레즈? 스페인제 클래식 기타 맞죠?" 세엽의 질문.

"맞아요."

"혹시 실연의 아픔을 달래려고 애꿎은 기타를 치는 건 아니에요?"

그 말을 하고 나서 그는 내 표정을 살폈다. 나는 활짝 웃으면서 답했다.

"어머, 어떻게 알았어요? 들켰네요."

트럭 타고 온 손님

8월 하순이 되어 래프팅 시즌이 끝나자 여유 시간이 생겼다. 그걸 아는지 세엽에게서 전화가 왔다. 오늘 마침 시간이 되는데 호세를 만나러 가도 되느냐고. 나는 흔쾌히 오라고 했다. 두어 시간 뒤 그는 허름한 1톤 트럭을 타고 나타났다. 청바지에 흰 티셔츠 차림으로 마당에 들어선 그는 집을 쓱 훑어보며 말했다.

"와, 집이 이렇게 달라지는군요. 완전 폐가였는데. 탱자나무 울타리도 되살아나고."

"이장님이 구해주셨어요. 도시로 떠난 집인데 세도 없이 관리만 해주는 조건으로요."

그를 소파에 앉히고 나서 나는 환영곡이라면서 「알함브라 궁전의 추억」을 쳤다. 눈을 가늘게 뜨고 입가에 잔잔한 미소를 지으며 듣고 있던 그가 곡이 끝나자 박수를 치며 말했다.

"와, 멋져요. 아버지가 트레몰로 주법이 어렵다고 하셨는데, 손가락이 날렵하게 돌아가던데요. 나도 요즘 연습 중인데. 언제 한번, 같이……"

"좋죠. 클래식 기타예요?"

"네, 세고비아요. 전 원래 색소폰을 했거든요. 근데 요즘 은근히 기타가 자꾸 안아달라고 보채더라구요."

"어머, 기타 체질이시네요. 기타가 보채는 걸 알아듣다니. 자 이번엔 신청곡."

생각할 겨를도 없이 그의 입에서 즉시 곡명이 튀어나왔다.

"해 질 무렵 빈들에서."

"어? 그런 노래가 있어요?

"넵, 김세엽 작사 작곡."

"와 자작곡? 멋지다. 본인이 북 치고 장구 치고 다 하셔야 겠네요."

기타를 넘겨받은 세엽이 머쓱해하면서 악기를 안고 소파에 앉았다. 전주가 끝나고 노래가 시작되었다.

"해 질 무렵 홀로 빈들에 서면/어디선가 들려오는 새들의 노래"

거기서 노래를 뚝 그친 세엽이 기타를 내려놓고 가져온 꾸러미를 풀면서 말했다.

"아무래도 맨정신으론 안 되겠어요. 워낙 음치라서."

"어머나, 이 반쯤 풀린 꽈배기가 뭐죠? 아, 이건 264 와인이네. 이 동네 청포도로 빚은 건가요?"

"맞아요. 「청포도」 시 제목을 딴 와인이에요. 이 반쯤 풀린 꽈배기는 브레첼인데 이모한테 부탁해서 구워왔어요. 우리 집에 오신 지 이십 년이 넘어서 브레첼 굽는 데는 선수가 다 되셨어요. 아버지가 워낙 좋아하시던 거라."

둘이서 잔을 들고 건배를 했다.

"마을인턴 대표 화이팅!"

"다윈의 난 화이팅!"

"야, 화이트와인. 좋은데요. 이 싱싱한 청포도 향. 음, 짭짤한 브레첼이랑 궁합이 딱 맞아떨어져요."

나는 세엽의 잔에 살짝 내 잔을 갖다 대면서 조금은 투덜대는 투로 말했다.

"다 좋은데 대표 어쩌고 하는 말은 좀 그만해요. 그냥 홍화씨라고 불러요. 몇 살 차이도 안 나는데."

"그래도 돼요? 둘째 누나뻘쯤 되는 것 같은데."

세엽이 다시 기타를 안고 노래를 시작했다.

해 질 무렵 홀로 빈들에 서면/어디선가 들려오는 새들의 노래

발길 따라 푸른 들 걸어가면/어느덧 하늘엔 저녁별 하나

빈손으로 온 날 반겨주는/새소리 물소리 바람 소리

가슴에 한아름 안겨오는/정다운 친구들의 속삭임이여

마지막 소절에서는 '속, 삭, 임이여'라고 한 자 한 자 길게 끌면서 한껏 목청을 돋우었다. 그럴 땐 목울대가 툭 불거졌다. 나는 박수를 치며 환호했다. 하지만 그런 가운데서도 나는 왠지 노래에서 엄마 없이 자란 아이의 외로움이 묻어나는 것을 느꼈다. 그러고 보니 세엽도 나도 소심도 모두 엄마 없이 자란 아이들이었다.

"와, 록발라드 좋은데요. 기타 솜씨도 좋고."

그러고는 살짝 눈을 흘기며 말했다.

"음치는 무슨. 괜한 내숭. 언제 만든 거예요?"

"중학교 1학년 때 음악 시간 숙제라서 한번 끼적여본 거예요."

"계속하지 그랬어요?"

"아녜요. 소질 없어요. 아버지가 워낙 음악을 좋아하셔서 식구들 모두 악기 하나씩은 해요. 기화는 트라이앵글."

"그럼 가족 음악회도 하겠네요."

"음악회가 아니라 난장판이에요. 불협화음 대잔치."

"아버지 18번은요?"

"조관우의 「꽃밭에서」예요. 조관우 목소리가 바이올린보다 더 아름답다고 하셨어요. 그러다가 신바람이 나면 015B의 「아주 오래된 연인들」을 깁슨으로 치면서 전주가 나올 땐 폼 나게 몸도 흔드셨어요. 후렴구에선 '야히야아'라고 추임새도 넣으셨고."

"와, 볼만했겠네요."

"대학 때 밴드 하셨대요. 기타리스트였구요. 015B는 실험적인 소리도 멋지지만 노래 가사가 익살스러워서 좋다고 하셨어요. 「아주 오래된 연인들」 처음 듣고서 배꼽을 잡으셨대요."

"그런데 아버지는 왜 결혼은 하지 않으셨대요? 아이들만 입양하시곤."

"아, 거기엔 좀 아픈 사연이 있어요."

세엽이 운만 떼놓고는 말을 할까 말까 망설이는 듯했다. 나는 굳이 채근하지 않았다. 침묵을 지키던 그가 천천히 기타를 튕기며 얘기를 시작했다. 허스키한 세엽의 목소리와 나직한 기타 선율에 실려 아버지의 사랑 얘기는 소롯이 되살아나고 있었다.

"아버지가 십대 때부터 깊이 사랑했던 여자가 있었대요. 사춘기 시절 방황할 때 그 소녀가 곁에서 큰 힘이 되어주었나봐요. 그래서 결혼까지 약속했었구요. 그런데 아버지가 암스테르담 유학 가서 얼마 안 됐을 무렵 병으로 세상을 떠났다는 소식이 왔대요. 자신이 흔들릴 때 손을 잡아준 소중한 사람이

기 때문에 다른 여자를 만난다는 건 상상도 못할 일이었다고 하셨어요. 어느 가을날 마당에 모닥불 피워놓고 캠프파이어 할 때 누나랑 저한테 그 얘기를 하시는데 눈빛이 여전히 그분을 사랑하고 계신 것 같았어요."

"아, 그랬군요. 얘기 들으니까 너무 가슴이 아파요."

나는 또 한 가지 궁금증이 있어 물어보았다. 왜 삼 남매의 성이 제각각인지. 세엽은 기타에서 손을 떼고 나를 바라보며 말했다.

"아버지의 깊은 배려 덕분이죠. 부모가 내려준 성은 그대로 지켜라. 그래야 혹시라도 친부모를 찾을 때 도움이 될 거라구요."

"정말 자식들을 끔찍이도 사랑하셨군요. 그 말 들으니 저도 가슴이 뭉클해져요."

세엽이 호세를 튕겨보고는 말했다.

"얘, 아주 부드럽고 소리도 좋은데요."

"아, 한 달에 한 번 악기 관리해주러 가던 홍대 앞 재즈카페에서 불하받았어요. 아주 싸게요. 바디에 흠집이 있어서."

"악기 관리요? 그런 직업도 있어요?"

"네, 악기수리학원에 다녔어요. 거기서 교육받고 공장에 가서 실습하고 나서 시험 보면 돼요. 자격증 따고 나면 간단한 수리는 할 수 있어요. 악기 종류 따라 다르지만 수리비가 꽤 괜찮아요. 피아노 조율은 더 배워야 하구요. 처음 내려왔을 때 찾아가 악기 수리 이력서하고 명함을 주고 왔더니 악기 공장이랑 가게에서 부르더라구요. 중고 수리도 취급하니까. 자유롭게 살려면 수입원을 다양하게 확보해놓아야죠. 언제 같이 듀오 할까요?"

내 말에 세엽이 얼굴이 붉어지며 말했다.

"듀오요? 내가 감히?"

"그날을 위해 건배!"

"건배!"

세엽은 농장에서 만났을 때보다 한결 느긋하고 여유로워 보였다. 트럭에 올라타기 전 나와 악수를 나누면서 '또 올게요, 누나'라고 했던가, '홍화 씨'라고 했던가. 술김에 머리가 알딸딸해져서 기억이 잘 나지 않았다. 단지 그 몽롱함 속에서도 어렴풋이 눈앞에 어른거리는 것이 있었다. 류 소장과 나 그리고 세엽, 우리 모두를 이어주는 기타줄. 어쩌면 그것이 '외로움'이라는 줄일지도 모른다는 생각이 들었다.

세엽이 다녀가고 나서 며칠 뒤 해 질 무렵이었다. 밖에서 '대표님' 하고 부르는 남자 목소리가 들렸다. 탱자나무 울타리 옆에 고교생인 듯한 한 남학생이 서 있었다. 나를 보자마자 그는 대뜸 따지듯 물었다.

"지난 토요일에 트럭 타고 온 남자 누구지예? 사귀는 사이 아입니꺼?"

당돌한 태도가 마음에 걸렸지만 그래도 예의를 갖춰 대했다.

"처음 보는 사이라면 자기 신분부터 밝히는 게 예의가 아닐까요?"

"저 모르시겠습니꺼, 대표님. 지난여름 명호리 래프팅에 친구들이랑 참가했던 김정규인데예. 작년에도 왔었고예."

그러고 보니 대구에서 고교생 몇 명이 왔던 게 기억났다. 나는 그에게 들어와 마루에 걸터앉으라고 했다. 그러고는 마당에 선 채로 허리에 손을 얹고 그를 내려다보며 말했다.

"그럼 내가 누군지는 알겠군. 그런데 우리 집에 누가 오든 학생이 왜 관심을 갖지?"

그는 나를 쳐다보며 또박또박 힘주어 말했다.

"저, 대표님, 딴 남자 만나는 거, 싫심더. 그런 일, 없도록 해주이소."

하는 말이 점점 더 가관이었다.

"그라고 종종 기타 치지예? 방음이나 좀 하고 치이소. 소리가 너무 구슬퍼예. 밤에 누가 들으면 귀신 나온다고 하겠심더."

그 순간 나는 기습적으로 그의 손을 잡아 마당으로 끌어낸 뒤 오른팔을 뒤로 꺾어 힘껏 비틀었다. 그러고는 녀석의 얼굴이 일그러질 때까지 힘을 줬다가 확 놓아버렸다. 희멀건 얼굴에 호리호리한 몸매를 지닌 녀석은 쓰러질 듯 휘청거리다 가까스로 자세를 수습했다. 그러더니 불쑥 나를 향해 기습 발차기를 시도했다. 태권도를 어설프게 배우긴 한 모양이었다. 나는 그가 차 올린 발을 왼손으로 잡아 물구나무서게 만들었다. 그런 다음 손을 놓아버렸다. 그는 땅바닥에 벌렁 넘어졌다. 손에 묻은 흙을 털며 찡그린 얼굴로 일어서는 그를 향해 나는 매섭게 경고했다.

"야, 인마, 똑똑히 들어. 내가 누굴 만나고 무엇을 하든, 니가 알 바 아냐. 앞으로 내 앞에 다시는 얼쩡거리지 마. 알았어?"

그러고는 명령조로 나갔다.

"알았으면 그만 돌아가. 즉시 동작 개시!"

그는 분을 삭이지 못해 씩씩거리면서 뒷걸음질 쳐 밖으로 나갔다. 그러고는 몇 마디 쏘아붙였다.

"다시 돌아올 깁니더. 그때 한판 붙자고예. 뭐 보트가 뒤집혀서 몸이 거품 속에 붕 떠오르는 순간이 황홀경이라꼬예? 서홍화, 난 당신 속셈 다 알아."

그 말을 듣자 녀석이 혹시 내가 무슨 야심이 있어서 시골에 내려와 마을인턴을 하는 것으로 오해를 하는 게 아닌가, 하는 생각이 들었다. 서울에서 살기 힘들어 정직하게 땀 흘리며 밥

벌이 하겠다고 내려온 건데. 어쩌다 사춘기를 졸업하지 못한 철부지를 만났거니 여기면서 나는 안으로 들어왔다.

청량산의 달밤

래프팅 시즌이 끝나고 서울에서 내려온 고미술사 팀을 승합차에 태우고 청량산으로 안내하는 날이었다. 그러잖아도 농장에다 청량산은 내가 답사하겠다고 했는데 마침 잘된 것 같았다. 아침 여섯시 선학정 주차장에 차를 세우고 일행과 함께 '입석'이란 표지가 붙은 등산로로 해서 가파른 산길을 올라갔다. 삼십 분쯤 올라가자 눈앞에 거대한 암봉이 보였다. 나는 그 바위 봉우리를 가리키며 일행에게 말했다.

"저 거대하고 둥글둥글한 바위가 금탑봉이에요. 이제부터 이 암봉의 밑동을 둘러싸고 있는 오솔길을 따라갈 거예요. 그러면 원효대사가 수도하기 위해 머물렀다는 아담한 암자가 나옵니다. 그것이 응진전이죠. 공민왕의 왕비인 노국공주가 기도했던 곳으로도 유명한데 거기서 보는 경치가 압권이에요."

오솔길을 따라가자 깎아지른 듯한 벼랑에 평평한 공간이

보였다. 거기에 난간을 두르고 산을 조망할 수 있도록 해둔 전망대가 어풍대였다. 인솔자인 김 교수가 일행에게 알렸다.

"잘 봐두세요. 오늘 밤 행사 장소가 여깁니다. 어풍대."

김 교수는 자욱하게 안개 낀 산을 바라보며 시를 한 수 읊었다. 한 구절로 된 짧은 시였다. 그러고는 일행에게 말했다.

"청량산의 이 안개를 보려고 우리가 첫새벽에 올라온 겁니다. 들으셨다시피 그 시에 '안개'란 말이 나오거든요."

하지만 내 귀에는 한마디도 들어오지 않았다. 나는 한창 허기에 시달리는 중이었다. 점심에는 절 측에서 학자들에 대한 예우로 특별히 청량사의 별미인 된장칼국수를 내놓았다. 모두들 입에 착 달라붙는 별미라고 찬사를 아끼지 않았다. 점심을 먹고 나자 송 교수라는 분이 인솔자에게 질문을 했다.

"저어, 교수님 오늘 새벽, 안개 낀 산을 바라보며 시를 한 수 읊으셨죠? 그때는 배가 고파 한 구절도 머리에 들어오지 않았어요. 이제 허기를 면하고 나니 문득 흘려들은 게 후회되는데요. 다시 한번 읊어주시겠습니까."

나 같은 분이 또 있구나 싶어 반가웠다. 좌중에선 폭소가 터졌다. "암, 청량산도 식후경이지"라는 말도 튀어나왔다. 김 교수는 뒷짐을 지고 젠체하며 말했다.

"그게 맨입으로 되나요. 앙코르를 청할 때는 뭐라도 걸어야지요."

다급해진 송 교수가 얼른 응수했다.

"아, 내일 점심에 안동 헛제삿밥을 걸겠습니다."

김 교수가 웃으며 답했다.

"어차피 오늘 밤 행사에서 다시 듣게 되실 겁니다. 조금만 기다리시죠."

자유 시간을 가진 뒤 산채비빔밥으로 저녁 공양을 한 일행은 절 아래 산꾼의 집을 거쳐 응진전 쪽으로 향했다. 비탈진 나무 계단을 거쳐 어풍대에 오른 나는 바닥에 돗자리 몇 개를 깔았다. 일행은 모두 목에 이름표를 걸고 있었다. 명찰에 쓰인 직함은 경상도 관찰사 이병모, 홍해 군수 성대중, 봉화 현감 심공저, 영양 현감 김명진, 하양 현감 임희택, 그리고 안기 찰방 김홍도였다. 다른 이름들은 모두 낯설었지만 뜻밖의 익숙한 이름에 나는 화들짝 놀랐다. 화가 단원 김홍도? 설마 그럴 리가. 소나무 숲에 가려졌던 달이 떠올랐다가 금세 잿빛 구름에 가려졌다. 모두들 긴장을 하고 지켜보는데 십여 분이 지나 이윽고 구름을 벗어난 달이 세수한 듯 말쑥한 얼굴로 다시 모습을 드러냈다. 김 교수가 이병모 관찰사에게 큐를 주자 그가 첫 운을 뗐다.

"갑진년, 8월하고도 열이렛날이라, 감사, 군수, 현감, 찰방, 청량산의 저녁일세."

이병모 관찰사의 시에 맞춰 참석자들이 연달아 화운시(和韻

詩)를 읊어나갔다. 나는 김홍도란 이름에 사로잡혀 다른 사람의 시는 귀에 들어오지 않았다. 마침내 김홍도의 차례가 왔다.

"구름 병풍 안개 휘장, 한 폭 한 폭 드러나니/어떤 장인의 뜻이런가. 망망한 열두 폭 그림(雲屏霧帳面面開 意匠蒼茫 十二幅)."

그는 과연 화가답게 한 줄 시로 청량산을 한 폭의 그림처럼 그려냈다. 이어서 흥해 군수 성대중이 일어섰다.

"안기 찰방께서는 화가이자 시인이며 음악에도 조예가 깊다고 들었습니다. 달밤에 남녘의 명소에서 귀한 분들과 자리를 함께하게 되었으니 어디 한번 풍악으로 흥을 돋우어주시겠습니까?"

그 말에 김홍도가 품에서 퉁소를 꺼내 불기 시작했다. 구슬픈 가락에 바람도 홀렸는지 소나무 가지를 흔들고 갔다. 성대중이 퉁소 소리의 끝자락을 물고 들어가며 에필로그를 읊기 시작했다.

"퉁소 소리는 그 곡조가 맑고 가락은 높아, 위로는 숲의 꼭대기까지 울려 퍼졌다. 뭇 자연의 소리가 모두 숨을 죽이는 가운데 그 여운은 하늘로 날아오를 듯하였다. 마치 신선이 학을 타고 생황을 불며 내려오는 것이라 할 만했다. 멀리서 보면 곧 신선이요, 가까이서 보면 사람이니 옛말 그대로 신선이라는 것은 바로 이와 같은 것이 아닌가 하였다."

통소 가락은 크게 한번 절정을 이루었다가 점차 잦아들었다. 잔향이 감돌고 있을 때 사회자가 마무리 인사를 했다.

"지금까지 홍해 군수 성대중의 저서 『청성잡기』의 기록을 따라 당시 영남 유지들의 청량산 시회를 재현해보았습니다. 송 교수께서 새벽에 못 들었다고 하신 시가 바로 단원의 이 시였습니다."

그때 한 젊은 교수가 손을 들고 사회자인 김 교수에게 물었다.

"단원이 안동에는 무슨 일로 내려왔죠?"

"아, 거기엔 단원 전문가이신 서 교수께서 답해주시겠습니다."

일행 중 가장 젊어 보이는 서 교수가 설명을 시작했다.

"조선 시대에 화가가 과거를 보지 않고 벼슬을 하는 길은 어진화사가 되는 것이었습니다. 김홍도는 정조의 어진 제작에 참여한 공로로 종6품인 안기 찰방직을 하사받게 되었죠. 지금으로 치면 역장과 우체국장을 겸한 자리였어요."

그제야 알게 되었다. 왜 시내에 단원로라는 이름의 긴 도로가 있고, 운안동 어느 담벼락에 그의 「서당」 그림이 그려져 있는지를. 그렇다면 아기 옷의 난초 문양도 혹시 그의 솜씨가…… 내 가슴은 남방셔츠가 펄럭거릴 정도로 벌렁거리고 있었다. 그때 조금 전 질문을 했던 젊은 교수가 물었다.

"청량산에서 퉁소 부는 단원의 모습 보고 싶은데 그림은 없나요?"

서 교수가 한숨을 쉬며 답했다.

"네. 그날의 시회를 그린 단원의 그림이 「청량취소도」라고 기록에는 나오는데 지금은 사라지고 없습니다."

나야말로 애석하기 그지없었다. 신선 같았다는 김홍도의 당시 모습을 그림으로 볼 수 없다는 것이. 그날도 달은 오늘처럼 저렇게 온 산에 은은한 빛을 뿌리며 휘영청 떠올랐을 것이다. 바람도 지금처럼 소슬하게 불고 풀벌레도 날개를 파르르 떨며 찌르륵 찌르륵 노래했을 것이다. 이 산이 형성되었을 중생대 백악기, 그 아득한 연대를 생각하면 단원이 이곳에 왔던 240년 전쯤이야 바로 어제라고 해도 될 만큼 그리 머지않은 과거였다. 나는 달빛에 젖은 어풍대에서 단원의 기침 소리라도 들은 듯 가슴이 두근거렸다. 그의 정령이 내 머리 위를 떠돌고 있는 것만 같았다. 방금 내가 앉았던 자리가 그가 앉아 즉흥시를 읊고 퉁소를 불었던 지점은 아니었을까 싶어 주위를 샅샅이 살펴보았다. 어풍대 주위를 떠돌고 있을 그의 혼을 두고 숙소로 돌아가고 싶지 않았다. 단둘이 술잔을 기울이며 밤새 이야기를 나누고 싶었다. 동아시아 최초로 서민들이 사는 모습을 생생하게 화폭에 담아 본격적인 보통 사람의 시대를 연 화가에게 내 나름의 경의를 표하고 싶었다.

칼을 품은 이파리

이튿날, 시내 태사길에 있는 시립도서관에서 책을 읽다가 재미있는 이야기를 찾아냈다. 세엽과 그 애길 나누고 싶어 잠시 밖에 나가 전화를 했다.

"지금 도서관인데 통화 좀 해도 돼요?"

"네, 괜찮아요. 말씀하세요."

"세엽 씨, 이런 난초 알아요? 몇 년 전만 해도 미국에서 이십오만 달러, 우리 돈으로 삼억 원이 넘는 고액에 팔리던 풍란이라는데. 부크먼 교수의 『꽃을 읽다』라는 책에 나와요."

세엽이 자신 있게 말했다.

"알죠. 캘리포니아 풍란이에요. 쇼군이랑 사무라이들이 즐겼다 해서 '사무라이 난초'라고도 하는데 정식 이름은 일본에선 부귀란, 우리나라에서는 소엽풍란이라고 불러요. 지금은 값이 많이 내렸을걸요. 증식이 돼서."

"지금 촉당 이백오십 달러래요."

"와, 그렇게 싸졌군요."

"그건 그렇고, 이름에 칼이 들어가 있다면서요? '팔카타'라고."

"네, 맞아요. 잎이 살짝 휜, 칼 모양으로 생겼거든요. 그 풍란을 감상할 때 사무라이들이 어떻게 했는지 아세요? 마치 명품 칼을 대하듯 경건하고 정숙한 자세로 영접했다고 해요. 난초를 금실로 짠 망사로 가려놓고 방문객이 오면 화선지로 입을 가리게 한 다음 망사를 열고 살짝만 보여줬대요. 행여 사람의 입김에서 균이 옮아갈까 봐서요. 우리 온실에도 있어요."

"그 풍란은 어쩌다 그토록 사랑을 받게 됐죠?"

"아마도 높은 산에 올라 산채(山採)를 해와야 돼서 귀하기도 했지만, 신비스런 일화가 더해져서 그렇게 됐을 거예요. 주인이 죽으면 유언에 따라 관 속에 같이 들어간다든가 하는."

"풍란이 순장조로요?"

내 속에서 짓궂은 심사가 꿈틀댔다.

"칼을 쓰던 사무라이라서 자기 생의 어떤 악취를 덮으려는 속셈은 아니었을까요?"

내 질문에 세엽은 뜻밖의 반응을 보였다.

"뭐 그렇게 위악적으로 볼 거까지야. 저승에서도 영원히 난향과 함께하고자 하는 마음이었겠죠."

"어쨌든 난잎을 칼로 보았다는 게 재미있네요."

내 말에 세엽이 또 다른 얘기를 들려주었다.

"독립운동가 우당 이회영 선생이 난을 쳐서 독립 자금을 마련한 걸 두고 '난잎으로 칼을 얻다'라고 하잖아요. 그래서 생모의 편지에서 '나는 난잎에 베어졌다'라고 하는 표현이 더 예사롭지 않아요."

나도 그 구절에 끌려 사건에 관심을 갖게 되었지만 세엽에게 한마디 하지 않을 수 없었다.

"역시 세엽 씨 예민한 감수성은 알아줘야겠어요. 그런데 한 가지 궁금한 게 있어요. 책에 나오는데, 옛날 사무라이의 검은색 칼집에 뭐가 새겨져 있었는지 아세요?"

"글쎄요. 뭐가 새겨져 있죠?" 세엽의 질문.

"낭창낭창한 난 이파리가 새겨져 있어요. 그걸 보는데 몸에 소름이⋯⋯"

"대표님. 사무라이랑 난초가 당최 어울리지 않는 조합이라고 생각하나 본데, 원래 일본에선 무사들에게 무술과 함께 인문학을 가르쳤대요. 그건 그렇고 책에 나와 있나요? 그 비싼 풍란이 미국에서 어떻게 대중의 손에 들어가게 되었는지."

나는 책에 나오는 대로 얘기해주었다. 켈리포니아의 한 농원에서 오키나와 아마미 섬의 풍란을 채집해 가서 서로 다른 종의 풍란과 실험을 했다. 교배를 하면 할수록 꽃송이도 더 커지고 색깔도 다양해지는데다 향기도 더 달콤해졌다. 대량 생산으로 값이 내려가자 손님이 줄을 섰다. 내 말을 들은 세엽은 기분 좋은 일이라는 듯 웃으며 말했다.

"아하, 맞아요. 원종 소장자들은 속이 쓰렸겠지만 덕분에 부귀란은 전 세계로 뻗어나가 일반 대중의 폭넓은 사랑을 받게 되었죠. 그게 곧 시각의 차이가 아닐까 싶어요. 원예학자와 장사꾼의."

며칠 뒤 소심에게서 연락이 왔다. 온실의 CCTV 영상 편집을 마쳤다는 거였다. 오후 늦게 농장으로 간 나는 아버지 방의 책상 위에 놓인 컴퓨터 모니터 앞에 남매와 함께 앉았다.

영상의 첫머리에서부터 의문이 들었다.

"아니, 축하연이 왜 이렇게 썰렁하죠?"

소심이 시무룩한 표정으로 대답했다.

"업계에서 별로 호응을 하지 않은 거죠. 지금까지 한국 춘란은 향이 극히 미세해서 거의 없다고 알려져왔어요. 아, 제주 한란은 빼고요. 그래서 다들 한국 춘란은 꽃과 잎의 우아함과 청초함만 장점이라고 생각했죠. 향이야 있든 없든."

내 입에서는 즉시 질문이 튀어나왔다.

"난의 아름다움을 얘기하는데 '향이야 있든 없든'이라니요? 난에서 향기를 빼면 상징 자체가 무너지지 않아요?"

이번엔 세엽이 내 말에 맞장구를 쳤다.

"그러게 말이에요. 심지어는 향이 있는 한국 춘란은 가짜거나 잡종이다, 이런 말도 하세요."

"난에도 순혈주의가 대단하군요."

내 말에 소심이 문득 다른 생각이 난 모양이었다.

"사실은 아버지가 좀 언짢아하신 말이 있어요."

"어떤 말인데요?"

"옛사람들이 대수롭지 않게 내뱉었던 '동국무진란(東國無眞蘭)'이라는 말이에요."

"동국무진란? 그게 무슨 뜻이죠?"

소심이 자세히 설명을 했다.

"중국 동쪽 나라인 조선에는 참된 난이 없다, 라는 뜻이에요. 조선 춘란에선 중국 춘란만큼 청향이 나지 않는단 얘기죠. 아버지 말씀은 우리 춘란에도 얼마든지 향기를 입힐 수 있는데 노력은 안 하고 그냥 그 말을 곧이곧대로 받아들인 게 안타깝다고 하셨어요."

설명을 마치고 소심이 말했다.

"향기 얘기는 나중에 또 하기로 하고 오늘은 축하연 참석자들부터 살펴볼까요?"

소심이 영상에서 캡처한 인물 사진을 화면에 띄우며 말했다.

"먼저 J회장님. 이분이 해마다 전국에서 제일 큰 난초 전시회를 여는 함평 명품난대제전 추진위원장이세요. 왜 지난번에 말했었죠? 그날 아버지 만나고 나서 가실 때 분위기가 싸했었다는 분요. 신안 압해도에서 난원을 크게 하고 계세요. 아버지랑 친하시고 자생지 복원 사업할 때 우리 협력업체였어요."

"자생지 복원 사업요?"

"네. 멸종 위기종을 증식해서 몇 년 뒤 새싹이 자라나면 그걸 서식지에 대량으로 갖다 심는 거예요. 그거 하다가 우리 직원이 무인도 낭떠러지에서 바다로 곤두박질칠 뻔한 적도 있어요."

"저런, 세상에. 누군가는 멸종 위기종을 캐가고, 또 누군가는 목숨 걸고 바닷가 낭떠러지에 난초를 갖다 심고."

내 말에 소심이 말했다.

"그게 현실이에요."

"또 다음 분은 누구시죠? 아, 지난번에 농장에 오셨던 그분이죠? 베레모 아저씨."

"맞아요. 안동에서 학가산농원을 운영하고 계신 K회장님인데 아버지랑 절친이세요." 소심의 대답.

"온천이나 사우나도 같이 가셨다는 그분요?"

내 질문에 세엽이 얼른 대답했다.

"네, 맞아요. 소백춘란연구회 회장님."

"뽑아놓은 인물들이 많아 얼굴을 익히려면 상당한 시간이

걸릴 것 같은데 저한테 이 명단이랑 캡처한 사진 파일을 메일로 좀 보내주시겠어요?"

"네, 그럴게요." 세엽이 흔쾌히 대답했다.

이튿날 새벽에 잠을 깼더니 왠지 마음이 허전해왔다. 그래서 치킨 샐러드와 마늘빵, 옥수수수프로 아침을 든든하게 먹었는데도 계속 기분이 울적했다. 농장에 드나들면서 한 주일 내내 숨 돌릴 틈도 없이 일을 했더니 그 후유증인 듯했다. 이런 날에는 바람도 쐬고 경치 좋은 곳에서 차라도 한잔하고 와야 할 것 같았다. 혼자 사는 이에게 가장 큰 적은 자기연민이었다. 찻집을 생각해보자 월영교 앞 한옥조경카페가 떠올랐다. 소문난 곳이지만 가보진 못했는데 이럴 때 가보자 싶었다.

카페로 가는 길에 화성동을 지나는데 낯선 광경이 눈에 띄었다. '안동 종교타운'이라는 표지판이었다. 꽤 넓은 부지에 예수상을 비롯해 여러 종교의 상징물과 교회, 사찰 등이 함께 어우러져 있었다. 차를 골목길에 세우고 다가가 표지판을 읽어보았다. '안동시에서는 여러 종교 간의 화합과 소통을 위해 2017년 종교타운을 조성했다'고 적혀 있었다. 표지판을 보자 얼마 전 볼일을 보러 대구에 갔다가 이슬람 사원 건설 반대 시위대를 목격했던 기억이 났다. 시위 현장에는 이슬람이 금기시하는 돼지머리가 놓여 있고 '사원 건축 결사반대'라는 플래카드가 걸려 있었다.

한옥카페는 시험 기간이 아닌데도 카공족들로 붐비고 있었다. 천오백 권의 도서를 비치하고 있는데다 도처에 화분이 놓여 있어 쾌적한 도서관이라 할 만했다. 좌석 사이사이에 놓인 낮은 화분대에는 새빨간 샐비어와 원추리, 금낭화 등 우리 꽃들이 소담스럽게 피어 있었다. 창가 쪽으로 다가가자 기다란 꽃차례에 연보랏빛 꽃들이 다닥다닥 피어 있는 무릇이 눈에 확 들어왔다. 화분들 사이에 '조경 협찬 학가산농원'이라는 팻말이 보였다. K회장의 우리 꽃 사랑을 알 수 있을 듯했다.

창가에 앉아 월영교와 그 아래 안동호의 물빛을 내려다보며 커피를 마셨다. 호수로 쏟아지는 햇빛은 잔물결과 몸을 섞어 반짝이는 윤슬을 빚어내고 있었다. 삼 년 전만 해도 가평 자라섬에서 저렇게 눈부신 광경을 S와 함께 보았었다. 하지만 이곳에 내려오기 직전 그의 집에 가서 어머니께 인사를 하고 온 뒤로는 연락이 뜸해졌었다. 좀 더 세련돼 보이려고 한껏 멋을 내고 갔었는데. 난생처음 귓불을 뚫고 거금을 들여 14K 나비 귀걸이까지 했었다. 그 뒤로도 몇 번 전화와 문자가 왔지만 나는 응답하지 않았다. 그러고는 끝이었다. 수려한 풍광 속에 기껏 헤어진 남자 친구를 떠올리는 나 자신이 마뜩잖게 여겨져서 그만 일어나 카페를 나왔다.

돌아오는 차 안에서 홀연 궁금증이 일었다. K회장은 난초 농원을 하면서 왜 손이 많이 가는 야생화 농장까지 겸해서 하고 있는 것일까? 여러 가지로 호기심이 일어 세엽에게 연락처를 받아 바로 약속을 잡았다. 빨리 가서 연보라색 무릇 한 분을 얻어와 키우고 싶었다.

사흘 뒤 서안동 IC 부근에 있는 학가산농원으로 갔다. 이층 양옥집 뒤에 넓은 주차장이 있었고, 집 왼쪽으로 유리온실이 두 동 서 있었다. 주차를 하면서 보았더니 첫눈에 들어오는 것이 있었다. 그가 다윈농장에 올 때 타고 왔던 흰색의 할리였다. 몸체에 CVO 리미티드라고 쓰인 걸 보면 장거리 주행에 최적화된 럭셔리 모델이었다. 대학 동기 S가 꿈에도 그리던 기종. 자세히 살펴보자 윗부분은 완전히 새것인데 크롬 도금이 된 아랫부분이 여기저기 벗겨져 있었다. 머플러에도 흙과 모래가 묻어 있고 낙엽 부스러기도 끼어 있었다. 불현듯 어떤 생각이 머리를 스쳤다. 저 낙엽 부스러기가 혹시 세엽이 아버지 휴대폰을 찾아냈다는 그 산책길에서 묻어온 것은 아닐까, 하는. 그렇다면 사고 당일 K회장은 저 바이크에 류 소장을 태우고 함께 벽력암에 올랐는지도 알 수 없었다. 그러다 나는 곧 고개를 저었다. 낙엽 부스러기야 어디서든 묻어올 수 있는 게 아닌가, 하고. 잠시 후 K회장이 나와 야생화 온실로 나를 안내했다. 온실에 들어가자마자 절로 탄성이 나왔다.

"어머나, 산에서 보던 것보다 꽃들이 색깔도 진하고 더 화사해 보이는데요."

내 말에 그가 고개를 가로저으며 말했다.

"아마 이 아이들이 서 대표 말을 알아듣는다면 섭섭해서 엉엉 울지도 몰라요. 산과 들에서 자유롭게 맘껏 햇빛이랑 바람을 쐬며 살던 때가 그리워서요."

"정말 그럴까요? 산이랑 비슷하게 환경을 맞춰주실 거 아녜요?"

"아니죠. 상품화하려고 야성을 거세하고 비료를 먹여가면서 꽃단장을 시킨 것이거든요. 사람한테 와서 순치된 거죠. 서 대표라면 기분이 어떻겠어요?"

"그렇게 따지면 난초도 마찬가지잖아요? 결국 산에서 데려와 온실에 적응시킨 거니까요."

내 말에 그는 꽃들을 애잔하게 바라보며 말했다.

"네, 맞아요. 그런데 야생화라는 이름 때문에 더 안타깝게 여겨지는지도 모르겠어요."

"아, '온실에서 자라는 야생화', 듣고 보니 정말 그렇군요. 그건 그렇고 저 오늘 화분 하나 얻어가려고 왔어요."

"어떤 거 말이죠? 꽃 값은 내셔야 하는데."

"물론 내야죠. 음, 무릇요. 월령교 앞 조경카페에서 봤는데 기다란 꽃차례에 연보라색 꽃이 다닥다닥 달린 모양이 별처럼 예뻐서요. 이름도 멋지구요."

"아, 거기서 보셨군요."

"네, 학가산 협찬이라고 쓰여 있어 얼마나 반갑던지."

"아, 여기 있군요. 제일 튼실한 놈으로 드리죠."

"얼마 드리면 될까요?"

"우리 농장에선 제값을 받습니다. 그게 꽃에 대한 예의니까요."

"그래도 정해놓은 가격이 있지 않나요?"

"주고 싶은 만큼이 곧 가격입니다. 이 꽃 하나에 들인 정성과 노력을 생각해서 주시면 됩니다."

나는 고민이 되었다. 그의 정성과 노력에 합당한 액수가 얼마인지. 그러다 그만 마을인턴으로서는 주제넘은, 너무나 벅찬 가격을 결제하고 말았다. 그는 크게 만족하는 표정이었다. 그러면 됐다고 나는 생각했다. 단지 비싼 값에 사 온 꽃을 집에 두었다가 금세 죽이게 될까 봐 걱정되었다. 결국 집에 데려와 하룻밤을 재우고는 얼른 세엽에게 갖다 맡겼다. 얘기를 들은 남매는 배꼽을 잡으면서 나를 놀려댔다. 야생화를 웬만한 춘란 값의 몇 배나 주고 사 왔다는 얘기는 난생처음 듣는다고.

다음 날은 류 소장의 승용차 주행 이력에 들어 있는 체화정을 찾았다. 풍산읍 큰길가에 널찍한 연못을 안고 있는 정자는 양쪽에 흐드러지게 쌍으로 피어 있는 선홍색 배롱나무 덕분에 쉽게 찾을 수 있었다. 연못엔 드문드문 연꽃이 피고 아기자기한 세 개의 인공섬도 조성돼 있어 세련된 느낌을 주었다. 하지만 류 소장의 승용차가 왜 이곳에 왔는지는 도무지 알 수가 없었다. 연못 앞에 서서 잠시 검색을 해보았다. '안동시 풍산읍 상리에 있는 조선 시대 정자. 영조 때 진사 이민적이 세움.' 그뿐이었다. 실망이 컸다. 그러다 한참 만에 찾아냈다. 찰방 임기를 마치고 한양으로 올라갈 무렵 단원이 이곳에 들러 정자의 또 다른 현판을 썼다는 기록이었다. 담락재(湛樂齋). '화합해야만 즐겁고 기쁠 수 있다'는 뜻이었다. 나는 돌다리를 건너 정자 마루에 걸터앉았다. 그 옛날 단원이 와서 앉았던 자리일지도 알 수 없었다. 체화정이란 현판은 처마 바로 밑에, 단원의 현판은 더 안쪽에 걸려 있었다. 현판에 새겨진 그의 글씨에서는 단아함과 격조가 풍겼다. 눈을 감자 마루에 앉아 붓글씨를 쓰는 단원의 모습이 어른거리는 듯했다. 화선지 위로 붓이 지나가는 소리며 그의 숨소리, 기침 소리까지도 어렴풋이 들려오는 것 같았다. 돌아오면서 생각했다. 사고 당일 류 소장의 승용차로 이곳을 다녀간 이는 누구일까. 어쩌면 그것이 고인에 대한 그만의 추모 방식이었을까.

수상한 주행 이력

단원의 흔적은 몇 군데에서 확인했지만 아기 옷의 문양과 관련된 그의 난초 그림은 어디에서도 찾지 못했다. 난초 그림을 찾지 못해 실의에 빠져 있을 때 두 군데서 일거리가 들어왔다. 서울에서 내려와 도산면 예끼마을에서 공방을 하고 있는 노부부의 애완견을 수의사에게 데려가 예방주사를 맞히는 일과 소두들 마을 할머니네 밭에서 풀을 깎는 작업이었다.

"여긴 워낙 외진 데라 외국인 노동자도 들어오길 꺼리는데, 와줘서 고맙네."

할머니 말씀에 나는 도리어 서툰 사람에게 일을 맡겨줘서 감사하다고 인사를 했다. 농가에서 의뢰한 일을 마치자마자 다시 단원의 난초 그림 찾기에 들어갔다. 다행히 그사이 주문한 책들이 도착했다. 며칠 동안 밤잠을 줄여가며 단원의 난초 그림을 찾아보았다. 하지만 어느 책에서도 찾을 수 없었다.

이튿날 아침, 국립박물관 홈페이지에 들어갔다가 학예사의 연락처를 알게 되었다. 전화를 했더니 친절하게도 좋은 정보를 주었다. 박물관엔 없지만 몇 년 전 어느 옥션에 출품된 단원의 난초 그림을 본 적이 있다고. 단원의 난초 그림은 왜 그렇게 찾기 힘드냐고 물었더니 학예사가 답을 해줬다.

"늘 어명으로 그려야 할 그림이 있었고, 민간에서 들어오는 주문도 많다 보니 한가롭게 자신이 그리고 싶은 것을 그릴 시간이 없지 않았을까 싶어요."

옥션 회사 두 곳에 전화와 이메일로 문의를 했다. 두 군데 모두 삼 년이 넘은 자료는 모조리 폐기한다는 답이 왔다. 그러다 단원 전문가인 C교수가 생각났다. 학교 홈페이지에서 이메일 주소를 알아내 메일을 보냈다. 질문은 두 가지였다. 단원의 난초 그림을 찾기 힘든 이유가 무엇인가, 그리고 그가 서민들의 삶을 주로 화폭에 담은 것은 임금의 주문이었나, 아니면 자신의 독창적인 화풍이었나, 하는 것이었다. C교수에게서 빠른 답이 왔다.

"도화서 화원들은 난초를 잘 그리지 않습니다. 화원 시험에서 중요한 것은 대나무 그림이었고 난초는 주로 문인화가들이 그렸죠. 또 힘든 서민들의 삶을 그리게 된 것은 김홍도 자신의 선견지명이라 할 수 있습니다. 자신이 창안한 독창적인 화풍입니다."

의문이 확 풀리는 답변이었다. 이제 포기해야 하나 생각하다 장난삼아 검색창에 써넣어보았다. '단원 김홍도의 그림 값'이라고. '사억오천에서 오억 원'이라는 숫자가 나왔다. 무슨 얘긴가 싶어 눈을 비비고 들어가보았다. 2009년 3월 12일자 S경제신문 기사였고 출품명은 「인물잡화 10폭 소병풍」이었다. 소재는 게·북두칠성·괴석·국화와 난초 등이었다. 마지막 폭에는 초기에 사용하던 호인 '서호(西湖)'가 적혀 있어 단원의 작품임을 증명해주었다. 드디어 난초 그림을 찾은 거였다. 다만 난잎들 가운데에 국화 한 송이가 턱 하니 들어가 있는 것이 아쉬웠다. 이파리만 보자면 정조의 시전지와 아기 옷의 난초 문양과 거의 비슷한 구십 도 구도인데. 그래도 반가운 마음에 나는 마치 오늘의 이 발견을 위해 내가 낙동강 상류 마을로 내려온 것일까, 라는 생각마저 들었다. 당장 그 회사로 전화를 했다.

"신문 기사에서 보았는데 2009년 경매 물건인 「인물잡화 10폭 소병풍」이 단원의 작품이 맞나요?"

내 질문에 회사 직원이 말했다.

"그림 제목과 기사 날짜를 문자로 남겨주세요. 확인하고 나서 연락드릴게요."

잠시 후 큐레이터에게서 전화가 왔다.

"네, 틀림없는 단원의 작품입니다. 자료는 남아 있지 않지만,

저희 회사에서 나간 홍보자료를 근거로 작성된 기사니까요."

마음을 졸이던 나는 크게 안도의 한숨을 내쉬었다.

이튿날 농장에 들어가자 세엽이 환하게 웃으며 말했다.

"대표님이 힌트를 준 덕분에 운안동 조사는 아주 쉽게 끝났어요."

소심도 방에서 달려 나오며 내 손을 덥석 잡고는 말했다.

"저두요. 덕분에 임청각 잘 다녀왔어요."

두 사람 모두 말하는 태도며 몸짓이 전보다 훨씬 경쾌하고 활기차 보였다. 남매가 아버지 책상 위에 놓인 컴퓨터 앞에 나란히 앉았다. 나는 소심 옆에 가서 앉으면서 말했다.

"전부터 궁금했어요. 아버님이 업계 사람들과 어떤 사이였을까, 하고요. 그걸 알면 사건을 풀어가는 데 도움이 될 것 같아서요."

잠시 머뭇거리던 세엽이 조금 뜸을 들이다가 말했다.

"국산 춘란을 제주 한란과 교배하는 데 대해서는 별 반대가 없었어요. 그런데 중국이나 일본의 것과 교배하는 데 대해선 상당히 싸늘한 반응이 나왔어요. 아버지께는 사실대로 말씀 드리지 못했지만."

세엽의 말에 소심도 자신이 아는 사례를 일러주었다.

"맞아, 몇 년 전 홍화소심이랑 중국 춘란 송매를 교배해서 청향을 얻었다고 발표했을 때도 그랬어. 꽃도 잘 나오고 향도

진해서 정말 성공적이었는데."

"성공했는데 분위기가 왜 냉랭하죠?" 나의 질문.

"한국 춘란의 순수성을 흐리게 한다, 그거죠." 세엽의 대답.

"그것 말고 다른 이유는 없을까요? 교배육종을 시도하는 분이 아버님뿐은 아닐 텐데요."

"아, 다른 분들은요. 향은 조금 얻었는지 몰라도 꽃의 색깔이나 모양에서는 도리어 부모 세대보다 못한 결과가 나왔어요. 잎이 꼬이고 반점이 생기거나 꽃 색깔이 흐릿해지거나. 그런데 아버지가 개발하신 건 꽃도 잎도 그대로인 채 향만 입혀졌거든요. 그러니까 더 원종에 위협이 된다고 생각하는 것 같아요."

소심의 말에 나는 저절로 한숨이 나왔다. 그때 세엽이 적시에 화제를 바꿨다.

"이제 현지답사 보고로 들어가죠."

소심이 먼저 시작했다. 컴퓨터 화면에는 복원 중인 임청각 사진이 떠워져 있었다.

"이것이 아흔아홉 칸의 거대한 고택이었던 임청각이에요. 일제가 철도를 놓는다고 절반 정도만 남기곤 헐어버렸죠. 독립운동의 맥을 끊겠다는 의도로요. 그걸 지금 복원 중인데 거의 완공이 다 되어가요."

마음이 조급한 나는 무엇보다 가장 궁금한 것이 있었다.

"그런데 아버님 승용차가 왜 그 집 앞에 그렇게 오래 주차했던 거죠?"

소심이 내 말에 고개를 끄덕이고는 말했다.

"그 이유는 조금 있다가 말할게요."

그러고는 임청각 얘기부터 했다. 집주인은 이 고택을 팔아 자금을 마련한 다음 만주로 들어가 독립운동을 한 석주 이상룡 선생이다. 그보다 백여 년 전, 안기 찰방으로 내려와 있던 단원이 이곳에 와서 화첩을 그려주었다. 바로 이 그림이다.

그녀는 컴퓨터 화면에 그림 한 장을 띄우고 나서 말을 이었다.

"안타깝게도 난초 그림은 없지만 여기 「갈대꽃과 게」라는 그림이 유명해요. 게가 갈대꽃을 꼭 붙잡고 있는 그림인데 이건 과거급제를 상징한다고 하네요. 일종의 행운을 빌어주는 그림이죠."

"와, 게가 살아서 다시 바다로 기어갈 것처럼 싱싱한데." 세엽의 감상.

이번엔 소심이 퇴락한 기와집 한 채가 담긴 사진을 화면에 띄우고는 나를 보며 말했다.

"아까 물어보셨죠? 차가 왜 종택에 오래 머물렀냐구요. 차를 임청각에 세워두고 근처에 있는 이 정자에 들르느라 그랬을 것 같아요. 이 집 후손 한 분이 분가해 나가면서 지은 정자인데요. 이가당(二可堂)이라는 현판을 김홍도가 썼다고 단원 연구서에 나와 있었어요. 눈이 확 떠졌죠. 하지만 어딘지 알 수가 있어야죠. 법홍동 자치센터에 가서 물어봤어요. 그랬더니 복원을 위해 지금은 폐쇄되었다고 하면서 위치를 알려줬어요. 두근대는 가슴을 안고 영남산 쪽으로 올라갔죠. 산자락 초입에 완전 폐허가 된 이가당이 쓸쓸히 서 있었어요. 시간은 참 잔인하더군요. 지금은 여기도 복원 중일 거예요."

소심의 설명을 듣고 나서 세엽이 못 참겠다는 듯 불쑥 끼어들었다.

"분명히 가까운 사람이야, 누나. 아버지를 존경하고 무척 아끼면서도 어떤 이유에서인지 도저히 용납이 안 되는 그런 사람."

이제 세엽의 보고 차례였다. 그가 맨 처음 화면에 띄운 것은 단원로에 있는 어느 타이어 가게였다.

"저는 운안동에 가자마자 눈을 부릅뜨고 골목골목 샅샅이 뒤지고 다녔어요. 설마 안기역이나 찰방 관사가 있었던 곳에 단원이 왔었다는 어떤 표시라도 동판에 새겨져 있겠지, 하구요. 하지만 그런 건 눈을 씻고 찾아봐도 없었어요."

"그래서 어떻게 했어요?" 나의 질문.

"자치센터로 가서 안기 찰방 관사 주소를 물었더니 알려주더군요. 단원로 113번지라고."

"아니, 그 주소가 이 넥슨타이어테크 가게라구?" 소심의 질문.

"응, 누나. 거기는 찰방 관사 자리고 안기역 터는 지금 S랑 M 두 아파트 단지가 들어서 있는 운안동 일대라고 했어. 자치센터를 나오면서 보았더니 운안동 뒷골목 어느 아파트 담벼락에 단원의 그림 몇 점을 어설프게 그려놓은 거야. 그러고 선 '단원 김홍도 공원'이라는 팻말을 붙여놓았더라고. 그것도 최근에 생긴 거였어. 다들 무심했지. 단원의 흔적을 이제야 발견한 나도 그렇고."

그 말을 하고 나서 세엽은 눈을 감고 입을 꾹 다물었다.

"이제라도 그런 것이 생긴 게 어디예요. 세엽 씨, 그런데 아버지 차가 그 근처 호프집 앞에도 주차한 기록이 있다면서요?"

내 질문에 세엽이 눈을 크게 뜨고는 말했다.

"참, 맞아요. 친구들이랑 여러 번 가본 호프집이었어요. 타이어 가게에서 몇 발짝만 더 내려가면 '간이역'이란 간판이 보여요. 들어가서 혼술을 했죠. 꼬치구이 시켜놓고요. 한잔하고 있자니 허무감이 뼛속까지 스며드는 것 같았어요. 안기역이나 찰방 관사는 흔적조차 없고, '간이역'이라는 호프집 이름 속에 옛날 단원이 관리했던 역참의 이미지만 남아 아련하게 어른거리는 듯했어요."

세엽의 말에 잠시 침묵을 지키던 소심이 뭔가 생각이 난 듯 다시 입을 열었다.

"애, 거기서 조금 더 내려가면 유명한 글자가 새겨진 암벽이 있잖아."

"아, 맞다. 간이역에서 조금만 더 내려오면 연립주택 밑에 수직 암벽이 나와요. 그 암벽에 '운안동천(雲安洞天)'이란 글귀가 새겨져 있는데 '하늘 아래 신선이 내려와 살 만큼 아름다운 동네'라는 뜻이에요. 아무리 곤드레가 된 술꾼도 거기엔 실례를 하지 못한다고 하는, 신성하고 유서 깊은 바위죠. 공민왕의 친필이라고 하는데 이 암벽 글자 역시 안기역의 이정표가 되겠네요."

나는 세엽에게도 박수를 보내며 말했다.

"결국 안동에서 대화가를 기리고 있는 분명한 흔적이라고는 2.5킬로미터 되는 단원로뿐이군요."

남매도 허탈한지 내 말에 말없이 고개를 끄덕였다. 그때 내 입에서 저절로 어떤 말이 튀어나왔다.

"아니, 우리가 답사했던 곳이 모두 김홍도와 관련된 곳이잖아요. 그 모두가 아버님이 생전에 누군가와 함께 뭔가를 찾으려고 다녔던 장소가 아닌지 모르겠어요. 어쩌면 아기 옷 문양의 출처를 찾으려구요."

내 말에 남매의 눈이 점점 더 커져갔다. 세엽이 먼저 입을 열었다.

"맞아요. 그것도 모르고 아빠가 어딜 가자고 하면 요리조리 핑계만 댔죠."

"나도 아빠가 그럴 때마다 바쁘다며 퇴짜를 놓았어."

소심도 후회하듯 말했다.

시인이 된 화가

그러다 돌연 세엽이 색다른 제안을 했다.

"얘기 나온 김에 한번 짚고 넘어가죠. 아버지가 그토록 관심을 갖고 찾아다녔던 것이 김홍도의 난초 그림인데요. 이 인물의 정체성은 뭘까요? 화가 말고."

나는 머릿속에서 내가 알고 있는 단원을 그리면서 말했다. 무인 집안에서 태어나 중인이었던 그는 외모가 수려하고 풍채도 좋았다. 성격은 활달하고 기분파였다. 그림 값으로 삼천 전을 받으면 그중 이천 전은 매화를 사는 데 쓰고, 팔백 전으로 술을 사서 친구들과 매화음(梅花飮)을 즐겼다. 나머지 이백 전으로 쌀과 땔감을 사야 했는데 턱없이 모자라는 액수였다.

세엽은 내 말을 듣고는 웃으면서 말했다.

"내 얘기는 그런 외적인 것 말구요. 화가 이전에 어떤 소양을 지녔고, 또 남모르는 어떤 깊은 고민을 갖고 있었나, 하는 거요."

"좋아요. 세엽 씨가 공부를 많이 한 것 같은데 먼저 얘기해봐요."

세엽이 화면에 그림을 띄우고는 말했다.

"제일 먼저 생각나는 단원의 정체성이라면 난 '시인'이라 말하고 싶어요. 이 「마상청앵도」를 보면 여실히 드러나죠. '말 위에서 꾀꼬리 노래를 듣다'라는 그림. 말을 타고 봄 강변을 지나던 선비가 버드나무에서 들려오는 꾀꼬리 노랫소리에 발길을 멈춘 모습인데요. 봄 풍경에 흥건히 젖어든 나그네의 시심이 느껴져요."

그건 나도 동감이었다. 그런데 나는 좀 다른 얘기를 하고 싶었다.

"또 다른 정체성은 단원의 스승인 강세황이 정확하게 짚어 준 것 같아요."

나는 어느 책에서 읽고 가슴 아팠던 대목을 소개했다. 강세황이 산문집에 쓴 글이었다. '평소 호탕하던 단원이지만 울적할 때면 매번 칼을 두드리고 비장한 노래를 부르고 때로는 눈물을 흘린 적도 있었다'라고. 당시 중인이 겪던 서러움을 말하는 듯했다.

그러자 소심도 할 얘기가 있다고 했다.

"내가 읽은 평전에 이런 일화가 나와요. 안기 찰방 시절이 어땠느냐고 동료 화원들이 묻자 단원이 껄껄 웃으며 답했다구요. '안동은 벼슬 못한 양반인 향반이 워낙 많은 고장이라 나로선 중인 대접을 톡톡히 받고 왔지'라고요. 아무리 왕의 어진을 그린 화가라도 양반들 앞에서는 머리를 조아려야 하는 것이 당시 중인의 신세였다는 얘기였어요."

그 얘기를 듣자 나도 생각나는 그림이 있었다. 나라면 '삶은 모두의 잔치'라고 이름 붙이고 싶은 그림, 「기로세련계도」였다. 나는 화면에 그 그림을 띄우고는 말했다.

"이 그림은 환갑 노인 64명을 초대해 개성 만월대에서 열었던 잔치를 그린 건데요. 동원된 인원과 구경꾼들까지 합하면 130명이 넘는다고 해요. 여기서 들병이를 찾아보실래요?"

"들병이가 뭐더라?" 세엽의 질문.

"왜, 소설가 김유정이 '조선의 집시'라고 불렀던 여인들 있잖아. 술병을 들고 밖으로 돌아다니면서 잔술을 팔던." 소심의 힌트.

세엽이 눈을 부릅뜨고 그림을 훑어 내려가더니 말했다.

"아, 여기 술 항아리를 놓고 갓 쓴 남정네들에게 둘러싸여 있는 여인?"

"정답입니다. 좋아요. 이번엔 불청객 한번 찾아보세요." 나의 주문.

"찾았어요. 여기 오른쪽에 퇴짜를 맞는 듯한 사람들. 뒷머리가 텁수룩한 걸 보니……" 소심의 추측.

"거지나 불량배?"

세엽이 누나의 말을 받아 완성했다. 나는 손뼉을 치면서 말했다.

"와, 합작 성공. 부랑배들이 주방 쪽을 기웃거리다 무안하게 거절당하는 장면이죠. 거지뿐 아니고 몸을 가누지 못하는 취객도 있고 나무하다 말고 잔치를 훔쳐보는 더벅머리 머슴들도 끼어 있어요. 내가 이 그림을 '삶은 모두의 잔치'라고 부르는 이유예요."

"대표님 말이 맞아요. 화가가 정말 그렇게 생각한 것 같네요." 세엽의 반응.

"이 그림은 단원이 참석해서 직접 보고 나서 그린 게 아니에요. 잔치가 끝난 뒤에 현장 설명을 듣고서 그린 거래요. 그러니까 잔치에 대한 화가 자신의 생각이 담긴 거라고 할 수 있죠."

그러자 소심이 한탄하듯 말했다.

"내가 뭐 잘난 척하는 건 아닌데, 여태 뭐 하고 살았는지 몰라. 미술사 공부했으면 이런 그림 보고 척척 해설해냈을 텐데. '단원의 그림에는 신분 따위로 소외되는 사람은 없다'고 말이야."

그 말에 세엽이 한마디 하지 않고는 못 배기겠다는 듯 말했다.

"누나, 알고나 있어? 이미 엄청 잘난 척하고 있다는 거. 미술사 공부 안 했어도 이 정도인데, 했으면 큰일 낼 뻔."

소심이 세엽의 등을 툭 치며 웃어넘겼다. 소심 남매의 말을 듣자 나도 할 말이 있었다.

"그건 제가 할 소리예요. 사학과의 미술사 강의를 두 학기나 들었는데 방금 세엽 씨 말 듣고서야 교수님 말씀이 기억나네요. '베르메르가 유럽에서 처음으로 보통 사람들의 시대를 열었다면 동양에서는 김홍도가 그 역할을 했다'고 하던 말이요."

이번엔 소심이 화제를 돌렸다.

"대표님, 이런 얘기도 재미있지만 이제 본론으로 들어가야죠."

자연스레 나의 답사 보고로 넘어갔다.

"지금부터 240년 전 8월 보름 이틀 뒤, 단원은 청량산에서 열린 지방 유지들과의 시회에 참석합니다. 자 보세요. 청량산 열두 봉우리 중의 하나인 금탑봉을 오른쪽에 두고 돌아가면 깎아지른 절벽 위에 이런 전망대가 나와요. 이게 어풍대예요."

나는 난간을 쳐둔 어풍대 사진을 화면에 띄웠다. 뜻밖이라는 표정을 짓는 걸 보니 남매는 어풍대를 별로 눈여겨보지 않은 모양이었다.

"그날의 시회는 당시 흥해 군수였던 성대중의 『청성잡기』

라는 책에 기록돼 있어요. 단원은 청량산을 한 폭의 그림 같은 즉흥시로 읊어 참석자들을 감탄하게 만들었다고 해요. '구름 병풍 안개 휘장, 한 폭 한 폭 드러나니/어떤 장인의 뜻이런가. 망망한 열두 폭 그림.' 그리고 나서 퉁소를 구성지게 불어 일행을 즐겁게 했다고 적혀 있어요. '맑고 유려한 음률이 숲의 꼭대기까지 울려 퍼졌다'라고요."

청량산 시회 얘기에 소심과 세엽은 넋을 잃은 듯 보였다. 소심이 먼저 입을 열었다.

"세상에, 조선의 대화가인 김홍도가 청량산에 와서 시를 읊고 퉁소를 불었다구요?"

세엽도 어깨를 펴며 목소리를 높였다.

"와, 가슴이 확 펴지면서 자부심이 생기는데요. 그 아름다운 역사적 순간이 우리 동네 청량산에서 있었다니."

나는 물 한 잔을 마시고 나서 보고를 계속했다. 예천 쪽으로 달리다 보면 풍산읍 큰길가에 '체화정'이라는 정자가 있다. 역시 아버지 차가 들렀던 곳이다. 처음엔 책에도 별 기록이 없어 실망하다가 인내심을 갖고 찾아보았더니 이유가 있었다. 단원이 임기를 마치고 한양으로 올라가기 전, 이곳에 와서 정자 주인에게 현판 글씨를 써준 것이다. '담락재(湛樂齋)'라고.

"세엽아, 누군가가 저기도 아버지랑 같이 자주 다녔던 곳이라는 애기잖아. 와, 무섭다."

이쯤에서 나는 오늘 할 일이 더 남았음을 상기시켰다.

"참, 오늘 가장 중요한 애기를 빠뜨렸군요. 아기 옷의 난초 문양 애기예요. 사실 단원의 흔적도 그 난초 문양과 연결되지 않으면 의미가 없어요. 그래서 저, 요 며칠 사이 밤을 새우며 찾아봤어요. 여러 서화가들의 작품을요."

"오, 어떡해. 많이 힘들었겠어요." 소심의 반응.

세엽도 긴장을 하며 내 말에 촉각을 곤두세웠다. 나는 좀 더 애를 태울까 말까 망설이다가 결국 애기를 시작했다.

"어느 책에도 단원의 난초 그림이 없어서 국립박물관 학예 사에게 전화를 해봤어요. 하지만 박물관에도 단원의 난초 그림은 없다는 거예요. 그 이유가 뭐냐고 물었죠."

"그랬더니 뭐래요?" 세엽의 질문.

"어명을 수행하기도 바쁜데다 민간에서도 주문이 폭주하는 바람에 자기가 그리고 싶은 것을 그릴 시간이 통 없었을 거라고요."

"그래서요?" 소심의 채근.

"그럼 전시회에 나온 작품은 없느냐고 물었더니 학예사가 이러는 거예요. 몇 년 전 어느 옥션에 나온 걸 본 적은 있다구요. 그 말에 귀가 번쩍 뜨여서 어느 회사냐고 물어보았죠. 그랬더니 기억이 안 난대요."

"뭔가 찾은 거 아니에요?"

세엽이 넘겨짚었지만 나는 끝까지 포커페이스를 유지했다.

나는 옥션 회사에 알아본 얘기를 들려주었다. 삼 년이 지나면 자료를 다 폐기한다고 했다. 오기가 나서 검색창에 써넣어 보았다. '단원 김홍도 그림 값'이라고. 사억오천만 원이라는 숫자가 떴다. 그 당시 곧 열리게 될 경매의 시작 가격이었다. 2009년 3월 12일 S경제신문에 난 그림의 제목은 「인물잡화 10폭 소병풍」. 내 말이 끝나기 무섭게 세엽이 물었다.

"그런데요?"

그는 후끈 몸이 단 듯했다. 나는 단원의 소병풍 그림 중 하나를 골라 확대해서 화면에 띄웠다. 「국화와 난초」 그림이었다. 그리고 마지막 쪽에 적혀 있는 서호(西湖)라는 단원의 초기 호도 보여주었다. 세엽이 먼저 반응을 했다.

"와, 드디어 찾았네요. 축하해요, 대표님. 국화랑 같이 그려져서 좀 섭섭하긴 하지만."

소심도 놀라워하며 그림을 한참 더 살펴보고 나서 말했다.

"대단하세요. 수백 점의 단원 그림 중에서 이걸 찾아내다니."

세엽은 금세 뭔가 특이한 점을 발견한 듯 말했다.

"어? 이거 어디서 많이 본 구도인데. 누나, 내가 시전지 파일 찾아내 띄울 테니까 누난 아기 옷 좀 갖고 와봐."

나는 가슴이 벅차올라 견딜 수가 없었다. 잠시 대청마루로 나가 마룻장을 세며 빙글빙글 돌아다녔다. 한참 후 방으로 들어가 세엽의 옆에 앉았다. 그가 먼저 침묵을 깼다.

"대표님, 난초 그림에서 이렇게 구도가 일치되는 경우가 흔할까요? 구도만 보면 아기 옷의 문양도 단원의 그림이 맞는 것 같아요."

그림을 뚫어져라 보고만 있던 소심이 마침내 입을 열었다.

"그런데 꽃이 없잖아요. 꽃이 보이지 않는데 같은 사람 솜씨라고 보는 것은 무리가 아닐까요? 이 화가의 다른 난초 그림을 봐야 판단이 서겠어요."

세엽도 누나 말에 동의하는 듯했다. 벅차오르던 내 가슴은 와르르 무너져 내렸다. 그래도 나는 조금도 내색하지 않았다. 꽃이 없는 건 사실이었다.

이제 각자가 용의선상에 오른 인터뷰 대상자들을 정할 차례였다. 나는 최근에 류 소장과 사이가 소원해졌다는 신안 압해도농원의 J회장과 처음 이 집을 방문했던 날 보았던 학가산농원의 K회장을 꼽았다. 나머지는 소심과 세엽이 나누어 맡았다.

집으로 돌아오려는데 세엽이 내 팔을 붙잡았다.

"잠깐만 다시 앉아봐요. 의논할 게 있어요."

그 말을 듣자 퍼뜩 어떤 직감이 머리를 스쳤다. 세엽이 뭔가에 대해 의문을 갖고 있다는.

"무슨 얘긴데요?"

내 질문에 그는 목소리를 가다듬고 나서 말을 이었다.

"이제 다들 솔직하게 털어놓아야 될 때가 왔어요. 외부인이든 가족이든 누군가가 아버지 금고에 손대는 걸 본 사람이 있는지."

내 직감이 맞아떨어졌다. 소심이 동생을 언짢은 듯 바라보며 나무랐다.

"얘가, 식구들한테 무슨 소리니?"

그래도 세엽은 멈추지 않았다.

"그 문제로 의견을 나눠본 적이 없잖아. 각자 따로따로 경찰에 가서 참고인 조사를 받았을 뿐이지. 조사를 안 받은 사람도 있고."

"아니, 걔 얘긴 왜 꺼내? 말도 못하고 팔다리도 맘대로 놀리지 못하는 애야. 그러다 너, 생사람 잡겠다." 소심의 반론.

세엽도 지지 않았다.

"누나, 작업치료사가 그랬잖아. 단지 신경운동장애일 뿐이라고. 언어 표현이나 사지 동작에는 문제가 있지만 지능도 보통은 되고 시각이나 청각, 촉각은 무척이나 예민하다고. 누나도 걔 기억력 좋다고 했잖아."

나는 어쩔 줄 몰라 하다가 그저 궁금한 거 한 가지를 물어보았다.

"그런데 아버지 방에 접근할 만한 인물이 가족 말고 또 누가 있을까요?"

잠시 생각하던 세엽이 기억을 더듬으며 말했다.

"글쎄, 양미금? 아버지가 나랑 같이 불러서 방에 들어온 적이 있어요. 차 마시면서 미금 씨가 온실에서 수고를 해줘서 난초가 다 건강하다고 칭찬하셨어요."

"그래? 미금이가 이 방까지 들어왔었다고?"

소심이 고개를 갸우뚱하며 말했다.

"응, 두어 번 들어왔던 것 같아." 세엽의 대답.

가슴팍에 이파리 하나 꿰차고

　목포 고속버스터미널에서 택시를 타고 압해도로 넘어가는데 멀미가 나려 했다. 사건과 관련된 어떤 인물에 대한 호기심과 두려움이 울렁증으로 나타나는 듯했다. 기사에게 농원 이름을 말한 다음 주소를 대려 하자 '필요 없어요'라는 말이 돌아왔다.

　"압해도농원 모르는 사람 없어요. 산채하면 다들 거기 가서 판정을 받는걸요."

　"어떻게 그렇게 잘 아세요? 난초를 좋아하시나 봐요."

　기사는 나를 힐끗 돌아보며 말했다.

　"신안에서는 난초를 키우지 않는 사람을 찾기가 더 어려워요."

　그 말에 속이 좀 진정되는 듯했다.

　"와, 난초를 좋아하다니 다들 좋은 분들일 것 같아요."

"아니죠. 솔직히 다들 한밑천 잡으려고 하는 거예요."

압해대교를 건넌 택시는 구불거리는 해안선을 달려 삼십 분 만에 압해도농원에 나를 내려주었다. 차 소리를 듣고 나온 J회장이 환하게 웃으며 나를 반겨주었다. 그의 안내로 먼저 난실부터 들어갔다. 다원농장과 같은 스마트팜은 아니어도 규모가 상당한 크기의 유리온실이었다. 열린 창문으로 바다에서 불어오는 미풍이 시원하면서도 부드러워 기분이 절로 상쾌해지는 듯했다.

"지금은 꽃이 없어서 구별이 잘 안 될 거예요. 봄에 꽃 피고 전시회에 출품하기 직전이 제일 볼만하죠."

사무실로 들어와 그와 마주 앉았다. 소파에 앉자 맞은편 벽에 걸린 액자가 눈에 들어왔다. 자세히 보려고 일어나려 하자 J회장이 태블릿에서 연보라색 꽃을 찾아 띄우고는 말했다.

"바로 이 새우란이에요. 길고 굵은 꽃대에 열 송이 이상의 꽃이 달려요. 향기가 좋아 너도나도 캐가는 바람에 멸종 위기를 맞았죠. 그래서 현지 복원 작업을 했는데 류 소장의 도움이 컸어요. 둘도 없는 파트너였는데."

새우란 덕분에 자연스럽게 류 소장 얘기가 나왔다.

"두 분이서 마음이 잘 맞으셨군요."

J회장은 눈을 들어 창밖을 바라보며 말을 이었다.

"말해 뭐 하겠어요? 하늘이 보내준 사람이었는데. 뛰어난 원예 실력에다 이 땅에 살고 있는 식물에 대한 애정이 남달랐죠. 거기에 훌륭한 인품까지, 뭐 하나 나무랄 데가……"

거기까지 말하고 입을 다물었을 때 나는 그의 눈빛이 한없이 쓸쓸해진다는 느낌을 받았다. 마치 말로 할 수 없는 어떤 비밀을 간직한 듯한 그런 눈이었다. 분위기가 너무 숙연해져 있어 화제를 딴 데로 돌렸다.

"이 동네는 물고기도 많이 잡히고 농사도 잘돼, 다들 마음의 여유가 있나 봐요. 난초 열기가 뜨겁다면서요?"

그는 내 질문에 답은 하지 않고 도리어 내게 질문을 던졌다.

"마음의 여유요? 글쎄요. 다들 왜 그렇게 열렬한 산채꾼이 됐는지 아세요?"

"글쎄요. 왜일까요?"

"배가 아파서죠. 남이 나보다 더 좋은 난초를 가진 걸 못 보는 겁니다."

처음 만난 사람에게 쑥스러운 속내를 스스럼없이 털어놓는 그의 솔직함에 나는 적이 놀랐다.

"난초를 키우다 보면 저절로 인격 수양이 되지 않아요?"

"천만에요. 전혀 상관없어요. 돈이 되는 거라서 눈에 불을 켜고 달려드는 것뿐이죠. 차라리 난초가 잡풀이었으면 좋겠어요. 그저 평범한 화초로만 좋아할 수 있게요. 다들 그러다 난잎에 한번 크게 베이는 날이 올 겁니다."

"네? 난잎에 베여요? 회장님께서도 그런 말씀을……"

내 눈은 점점 더 크게 떠졌다. 그는 내 반응에 흥미를 느꼈던지 더 직설적으로 말했다.

"왜 아직도 난초를 선물로 보내겠어요? 승진을 하거나 선출직에 당선된 사람한테요. 가슴팍에 난 이파리 하나 꿰차고서 자신을 경계하라는 뜻 아니겠어요? 부패하지 말고 고결하게 그 직을 수행하라고."

그 말을 듣자 내 머릿속에서는 또 다른 이파리가 떠올랐다. '난잎에 베이다'라는 생모의 편지에 나오는 이파리였다. 다시 류 소장 얘기로 돌아갔다.

"류 소장님과 나눈 대화 중에 아직도 잊지 못하는 게 있다면 뭘까요?"

"이런 얘기였어요. '꽃의 운명은 결국 누가 그 아름다움을 먼저 발견하고 애정을 갖고 잘 키워내느냐에 달려 있다.' 그러면서 튤립이나 장미를 예로 들더군요."

이야기가 저절로 제 궤도로 잘 굴러가는 듯했다.

"정말 좋은 말씀이세요. 그렇다면 이 지역에서 발견돼 가장 많은 사랑을 받게 된 난초는 어떤 거죠?"

그는 태블릿 피시에서 어떤 난초를 찾아내 띄우고선 말했다.

"첫손가락에 꼽을 수 있는 게 이 천운소예요. 누구나 탐내는 꿈의 난초죠. 이 꽃잎을 좀 보세요. 녹색과 붉은색, 그리고 노란색의 번짐과 스밈이 참 오묘합니다. 정말 예술이지요. 처음에는 촉당 삼억씩 하다가 최근에는 증식이 좀 돼서 두 촉에 일억 원에 경매됐어요."

세엽에게 들어서 알고 있는 난초지만 가격을 알게 되자 입을 다물 수가 없었다.

"두 촉에 일억요?"

"네, 많이 내려간 겁니다. 난초 가격을 말하니까 표정이 뜨악해지던데, 돈 얘기를 하는 게 속물처럼 보입니까?"

이때다 싶어 나는 묻고 싶었던 질문을 꺼냈다.

"그렇게 누구나 탐내는 난초라면 최신 육종 기술로 향도 입히고 증식을 시켜서 대중에게 싼값에 즐길 수 있도록 해주면 어떨까요?"

J회장은 내게 짓궂은 웃음을 지어 보이고는 말했다.

"농담이 심하시군요. 누가 들으면 큰일 날 소리요. 아마 화병으로 몸져누울걸요."

그러고는 급히 화제를 딴 데로 돌렸다.

"오늘 일정이 어떻게 되지요?"

"차를 렌트해 목포 화훼단지를 좀 돌아다녀보려고요. 본격적인 인터뷰는 내일 진행하면 어떨까 싶은데요. 질문지를 드리고 가겠습니다."

"그럽시다. 그럼 지금 나가서 요기를 한 다음 목포 시내로 나가죠. 무안 쪽에 세발낙지 하는 집이 있어요."

세발낙지는 한 번도 먹어보지 못한 거여서 좀 꺼려졌지만 나는 씩씩하게 말했다.

"네, 이 동네 왔으니까 먹어봐야죠. 출장비를 받아왔으니까 점심값은 염려 마세요. 제가 모시겠습니다."

낙지 전문식당에 들어가 메뉴를 보는데 주인이 다가와 내게 말했다.

"꿈틀대는 게 싫으시면 차렷 자세로 나오는 기절 낙지도 있습니다."

나는 자신 있게 대답했다.

"괜찮아요. 산낙지로. 여기까지 왔는데."

드디어 낙지가 나왔다. 모든 다리가 다시 바다로 가겠다는 듯, 온 힘을 다해 몸부림을 치고 있었다. 회장이 먼저 꿈틀거리는 다리 한 개를 초장에 찍어 입에 넣고 우적우적 씹으면서 말했다.

"혀 위에서 꼼지락대는 낙지발, 요거, 요거, 이 생명력을 느끼려고 먹는 건데 소금을 쳐서 낙지를 기절시켜 먹는 사람도 있다니."

나도 그를 따라 낙지를 초장에 찍어 대범하게 입에 넣었다. 그러고는 꼬막과 풋고추, 오이를 입에 넣고 같이 씹었다. 결코 심약한 티를 내서는 안 되었다. 나는 지금 류 소장 사건과 관련해 어떤 혐의가 있을지도 모르는 사람과 마주하고 있는 중이었다.

"회장님께서는 어쩌다 난을 키우게 되셨어요? 젊어서부터 바로 농원을 하지는 않으셨을 것 같은데."

그는 젓가락으로 낙지 다리를 집어 입으로 가져가다 말고 눈을 치켜뜨고 말했다. 그의 젓가락에 매달린 낙지가 나를 공격할 것처럼 맹렬하게 다리를 뻗었다 감았다 했다.

"왜 그러시오. 내가 난 키울 사람처럼 보이지 않습니까?"

"아뇨. 그게 아니라 성격이 강직하면서도 화통한 데가 있으신 것 같아서요."

그는 맥주를 한 잔 쭉 들이켜고 나서 손으로 입가에 묻은 거품을 닦으면서 말했다.

"선친께선 아들이 정계로 나가길 바라셨어요. 그래서 나를 당신 친구인 국회의원 수행비서로 들여보냈죠. 그분 따라다니다가 젊은 시절을 다 보냈어요. 그러다 마흔이 넘어 이건 아니다 싶어 그제야 내 인생을 살게 된 겁니다."

"그러셨군요. 어쩐지 남다른 이력을 지니신 분 같았어요."

점심 식사를 마친 뒤 렌터카를 빌린 나는 화훼단지로 가서 난초 전문 가게로 들어갔다. 내가 희귀 춘란을 좀 갖고 있다고 하자 주인은 심드렁한 표정을 지었다.

"춘란은 부르는 게 값이라서요. 일반 난원에서는 거의 취급을 하지 않습니다. 그런 건 압해도농원에 가서 상담받으세요."

그러자 여자 점원이 와서 주인에게 귓속말을 했다. 무슨 얘긴가 궁금해하고 있는데 주인이 나를 쳐다보며 말했다.

"이 친구 말이 압해도농원의 J회장이 최근에 난초 거래를 중재하다가 두 손 들었다고 한 적이 있다고 하는군요. 아마 양쪽의 욕심에 몹시 시달렸던 모양입니다."

무척이나 냉소적이던 J회장의 말이 사실인 모양이었다. 나는 주인에게 다시 물어보았다.

"요즘 사람들이 춘란을 찾지 않는 이유가 뭘까요?"

"요즘은 카틀레야나 팔레놉시스, 파피오 같은 서양란, 아니 열대 난초를 많이 찾죠. 원산지인 열대지방에서 채집한 것을 서양의 육종학자들이 가져가 오랜 시간을 들여 더 우아한 꽃으로 재탄생시킨 난초들이죠. 그래서 서양란으로 불러왔는데 이제는 열대 난초로 불러요."

"교배종도 상관없이 사가나요?"

"그럼요. 상관없어요. 요즘은 꽃을 투자가 아닌 취미로 키우니까 꽃과 향기만 좋으면 돼요. 춘란은 아주 가끔 나이 지긋한 분들만 찾죠. 선물용으로나."

그의 답변을 듣는데 가슴이 서늘해왔다.

"열대 난초는 어떤 매력이 있을까요?"

"일단 꽃이 크고 화려한데다 향이 좋아요."

"국산 춘란이 좀 더 매력적이 되려면 어떻게 돼야 할까요?"

"무엇보다 중국산에 비해 향이 없다는 점에서 매력이 많이 떨어져요."

"그럼 육종을 통해 좋은 향기가 입혀지고 꽃이 더 화려해진다면 찾는 사람들이 많아질까요?"

"글쎄요. 향기가 있으면 좋긴 하죠. 아 참, 아니에요."

"아니 무슨 말씀이죠?"

"향이 입혀지면 중국 춘란인 줄 잘못 알고 더 싸구려 취급을 해요. 우리나라에선 다른 피가 섞인 잡종은 용납을 못하니까요."

'다른 피'라는 말을 듣자 가슴이 답답해왔다. 잠시 눈을 감고 크게 숨을 쉬며 마음을 진정시켰다. 남들과 뭔가가 다르다는 이유로 배척당했던 사람들. 그들은 종교와 피부색이 다르다는 이유로 핍박을 받았다. 그중엔 위그노 신자들과 스피노자도 있었다. 그들을 받아들인 나라와 추방한 나라는 어떻게 달라졌던가? 받아들인 쪽은 부흥의 길을 걸었고 내친 쪽은 오랫동안 그 여파로 휘청거렸다.

허탈함을 달래면서 유달산 밑에 있는 또 다른 난원으로 향했다. 목포난초연구소에서 추천한 곳이었다. 수십 년 전, 할아버지 때부터 해외 희귀 난초를 채집해 키워온 것이 아버지를 거쳐 손자에게까지 내려온 삼대난원이었다. 가게 안엔 온 갖 색깔의 열대 난초들이 화려한 자태와 함께 진한 향기를 풍기고 있었다. 원산지는 네팔, 태국, 멕시코, 브라질, 베네수엘라, 에콰도르 등지라고 적혀 있었다.

"요즘은 어떤 경로로 들여오나요?"

"정상적인 수입 절차를 거쳐서 세금 낼 거 다 내고 들여오죠."

내가 꽃잎이 너풀거릴 만큼 크고 향기도 진한 핑크색 난초를 가리키자 난원의 대표가 말했다.

"삼십 년 전 아버지가 남미의 에콰도르에서 채집해 온 카틀레야인데요. 향기도 좋고 꽃이 아름다워 분양받으려는 손님들이 줄을 섰어요."

회사를 다니다 그만두고 가업을 잇고 있다는 그에게 난이 주는 가장 큰 즐거움이 무엇인지 물어보았다.

"그저 바라보기만 해도 좋아요. 건강한 뿌리와 잎이 있고 매혹적인 색깔의 꽃이 피어나 싱그러운 향을 풍기면 그걸로 족해요."

"그게 밥이 되니까 더 좋겠죠?"

"그야 물론이죠."

난원을 나오기 전에 물어보았다. 갖고 있는 춘란을 평가받고 싶다면 누구한테 가면 좋겠느냐고. 그는 망설이지 않고 답했다.

"압해도농원의 J회장님이시죠. 합리적인 판정으로 유명하니까요."

난을 그저 바라보기만 해도 좋다는 난원의 대표에게 물어보았다.

"요즘 고객들 취향에 뚜렷한 변화가 생겼다고 하던데요?"

그는 힘 있는 목소리로 대답했다.

"그럼요. 확실합니다. 봄에 대만이나 도쿄의 세계난초전시회에 가보면 알아요. 춘란 부스에는 관람객이 손에 꼽을 정도로 한산해요. 반면에 카틀레야나 팔레놉시스, 파피오, 덴드로븀처럼 꽃과 향이 좋은 열대 난초 쪽에는 언제나 관람객이 북적대죠."

삼대난원을 나온 나는 유달산 일주도로를 달려 압해도로 넘어가기로 했다. 왕복 4차선 드라이브 코스였다. 얼마 가지 않아 '대반동 해수욕장, 목포대교 두 마리 학'이라는 표지판이 보였다. 나도 모르게 핸들을 목포대교 쪽으로 꺾었다. 하중을 케이블로 지지하는 사장교여서 고요한 밤, 하늘에 별이 뜨고 바람이 불면 하프 소리를 낸다는 얘기를 들은 적이 있었다. 케이블 모양이 '두 마리 학'의 모습을 닮았다고 했다. 경치를 보려고 느린 속도를 유지하고 있는데 느닷없이 뒤에 검은색 SUV 차량이 따라오는 것이 백미러에 비쳤다. 나는 깜빡이를 켜고 2차선으로 옮겨 갔다. 그런데도 검은색 차량은 굳이 2차선으로 넘어와 내 차 뒤를 졸졸 따라왔다. 속도를 좀 더 내보았다. SUV 역시 속도를 높이면서 내 뒤를 따라왔다. 안동에서 겪은 것과 똑같은 미행이었다. 그 순간 케이블의 하프 소리와 두 마리 학에 대한 환상은 사라졌다. 속도를 내기 시작했다. 검은색 SUV는 내가 유달산 쪽으로 좌회전을 한 다음 산정교차로에서 압해도 쪽으로 들어설 때까지도 계속 따라왔다. 그 뒤로는 바짝 긴장을 하고 앞만 보고 달리느라 뒤 차가 언제 사라졌는지도 알 수 없었다.

이튿날 아침, 농원 사무실에서 만난 J회장은 차를 끓여주며 내게 물었다.

"그래, 어제 화훼단지 탐방은 잘하셨습니까?"

"네, 덕분에요. 그런데 산채해 온 춘란을 거래할 때는 다들 회장님께 와서 상담을 받는다고 하던데요."

"저라고 뭐 뾰족한 수가 있나요? 그저 상식적인 수준에서 조정해줄 뿐이지요."

차를 마시고 나서 나는 그에게 양해를 구했다.

"제가 회장님 말씀을 빨리 따라 적을 수가 없어서 녹음을 좀 해야겠는데, 괜찮으시겠어요?"

그는 고개를 끄덕이며 흔쾌히 허락했다.

"회장님, 열대 난초에 비한다면 국산 춘란은 어떤 점이 좀 더 보강되어야 한다고 생각하세요?"

그는 조금도 주저함 없이 마치 강의하듯 유창하게 대답을 해나갔다. 한국 춘란은 중국산에 비해 향이 미약한 것이 아쉽다. 그러나 향이 없어도 꽃과 잎이 세계 어느 난초보다도 우아하고 청초하다. 또 꽃이 화려하지 않다는 점도 안타깝다. 그렇지만 동양에서는 예부터 난초는 꽃보다도 잎을 더 중시하고 거기에 정신적인 의미를 부여해왔다. 가람 선생이 그러지 않았나? '좋아하는 책 몇 권과 술 한 병 그리고 난초 두서너 분만 있으면, 그 어떤 벼슬도 부럽지 않다'고. 춘란은 지금의 모습 그대로 잘 지켜나가면서 자연스레 일어나는 변이를 즐기자는 생각이다. 나는 그 말에 반론을 폈다.

"그건 옛날 시각이구요. 지금은 대중들의 취향이나 꽃을 보는 눈도 달라졌잖아요? 그래서 국제 경쟁력을 가지려면 꽃에 향기를 입히고 잎의 무늬도 더 예술적으로 개발해야 한다는……"

그가 내 말을 끊고 들어왔다.

"아, 나는 거기에 대해선 단호한 입장입니다. 사실 내가 류 소장과 불화했던 지점이 바로 그거였어요. 사고 나기 직전에 류 소장이 천운소에 청향을 입혔다면서 우리 섬에 갖다 심겠다고 하는 거예요. 내가 깜짝 놀라 뜯어말리려고 올라갔어요. 마침 청향 탄생 축하연에 초대받기도 했고요. 가서 그랬죠.

'원래 잡종은 형질이 강해서 원종보다 더 오래 살아남는다. 그러다가는 원종이 다 잡아먹힌다'라고요. 아무리 얘기를 해도 듣질 않아요. 도리어 향기 있는 교배종을 많이 개발해내면 산채꾼이 확 줄어들 거라나요. 인간의 본성을 몰라도 너무 몰라요. 순진하기 짝이 없어요. 그래서 한마디만 내뱉고는 홱 돌아서서 나왔어요. '제주도 곶자왈 꼴이 나봐야 알겠느냐'고요."

"곶자왈에서 무슨 일이 있었죠?"

"어쩌다 들어왔는지도 모르는 대만나리가 들판을 점령하는 바람에 토종나리가 시들시들 죽어가고 있어요. 뉴스에도 나왔잖아요. 외래종이 그 공간의 양분을 모조리 빨아먹기 때문이라고. 향이 없으면 어때요? 한국 춘란은 지금 그대로가 이미 시나 예술이에요. 가느다란 잎새가 바람에 흔들리는 모양이라든가, 부드럽게 늘어진 잎의 맵시며 달밤에 창호지 문에 드리우는 실루엣까지도."

이렇게 솔직한 사람이라면 결코 누구를 해칠 것 같지 않았다. 하지만 그것을 위장막으로 이용하고 있을지도 모를 일이었다. 어제 나를 미행했던 차량이 어쩌면 J회장과 연결돼 있는지도 알 수 없었다.

"회장님, 한 가지 경우를 가정해볼게요. 여기, 꽃도 아름답고 향기도 좋아 수출이 잘되는 교배종 춘란이 있어요. 그런데도 원종과 똑같은 대우를 해선 안 된다, 그렇게 생각하시나요? 상을 준다든가 나라의 꽃으로 선정……"

"세상에, 잡종에다 상을? 또 뭐, 나라의 꽃이라고요? 어림도 없어요."

"일본이나 다른 나라에서는 하이브리드 난초에도 시상을 한다고 들었는데요."

"생각해보세요. 교배종에 상을 주고 우대하면 원래 이 땅에 태어나 살던 원종은 뭐가 되는 겁니까? 그건 자신의 정체성을 포기하는 거나 마찬가지예요. 나야 솔직하니까 류 소장 면전에 대놓고 쓴소리를 했죠. 다른 사람들은, 본인 있는 데선 절대 반대를 하지 않아요. 뒤로는 무슨 짓을 할지 모르지만. 비겁한 인간들."

그 순간 몸이 오싹해오는 것을 느꼈다. 그도 속으로는 류 소장의 죽음이 단순한 실족사가 아니라고 생각하는 것일까. 나는 다른 예를 들어보았다.

"회장님, 싱가포르 국화가 뭔지 아세요?"

"뭔데요? 그게 뭐 중요합니까?"

"반다 미스 조아킴이라고 하는 하이브리드인데 어떻게 생각하세요?"

나는 태블릿으로 그 난초를 찾아 그에게 보여주었다. 흰색과 핑크, 그리고 보라색이 잘 어우러져 청초하고도 우아한 꽃이었다. 잠시 당황한 기색이던 그가 다시 기세를 올리며 말했다.

"싱가포르요? 거긴 다인종 국가 아닙니까?"

"네, 맞습니다. 중국인, 말레이인, 인도인, 아랍인, 유럽인 등으로 구성되어 있죠."

"그런 나라니까 잡종이든 뭐든 가리지 않는 것이죠. 우리는 순수한 단일민족 아닙니까?"

단일민족론을 믿는 분과 교배종 얘기를 계속하기란 어려울 듯했다.

"회장님. 이제 류 소장님도 가셨는데 다윈농장의 진로에 대해 조언을 좀 해주시지요."

"다 얘기했잖소."

그는 한참 뜸을 들이다가 말했다.

"에, 차라리 반대가 있든 없든 류 소장 소신대로 밀고 나가라고 하세요. 이상을 좇아 나가는 것이 인생의 보람 아니겠어요?"

나는 어이가 없어 한마디 했다.

"조금 전과는 전혀 다른 말씀이시네요."

그러자 그는 다시 목소리를 가다듬고 차분하게 말을 이었다.

"실은 나도 입으로는 '춘란, 춘란' 하지만 요즘 들어 회의를 느낄 때가 많아요. 춘란에서 저 지중해만큼이나 멀리 뚝 떨어져 나간 대중들을 생각하면 눈앞이 아득해요."

머리가 지끈거리기 시작했다. 한 사람의 입에서 두 가지 소신이 나온다는 건 그만큼 자신도 갈등을 겪고 있다는 뜻일까? 아무 말도 하지 않고 눈을 감고 있던 그가 한참 뒤 눈을 뜨고선 내 눈을 뚫어지게 응시하며 말했다.

"내 말 똑똑히 들어요. 국내 난초 애호가들 마음엔 교배종이 들어설 자리란 털끝만큼도 없어요. 그렇지만 우리 땅에 난향을 입히겠다는 그 굳은 의지를 내가 어떻게 말리겠어요. 어차피 물 위에 떠가는 나뭇가지처럼 잠시 머무는 인생. 안 되는 줄 알면서도 밀고 나가는 것, 그게 운명 아니겠어요?"

나는 그에게 정중하게 인사를 하고 사무실을 나왔다. 그는 점심이라도 먹고 가라고 나를 붙잡지 않았다. 그저 묵묵히 앉아 있었다. 이런 식의 작별을 마치 예감이라도 한 듯이.

향기 없는 장미

J회장의 마지막 조언에 내가 별말 없이 인터뷰 자리를 정리하고 나온 것은 그의 얘기가 섭섭하거나 앞뒤가 맞지 않아서가 아니었다. 도리어 거기에 다른 말을 얹어 그의 말이 흐려질까 염려되어서였다. '안 되는 줄 알면서도 밀고 나가는 것'과 '운명'이라는 말. 압해도에서 올라온 나는 남은 인터뷰를 마저 끝내기로 했다. 아직 학가산농원의 K회장이 남아 있었다.

미리 약속을 하고 찾아갔지만 K회장은 사무실에 없었다. 소파에 앉아 기다리고 있는데 사십 분이 지나서야 전화가 왔다. 급한 일이 생겼으니 사무실에서 조금만 더 기다려달라고.

기다리기가 지루해 나는 탁자에 읽다가 엎어둔 잡지를 뒤집어보았다. '다양한 난의 세계'라는 특집기사가 실려 있었다.

"90년대 초 일본의 '부귀지광'이란 난초가 국내에 처음 소개되었을 때의 얘기다. 노란색 꽃잎 끄트머리에 주황색이 살짝 어린데다 진한 청향을 풍기는 이 환상적인 춘란에 모두들 감탄했다. 그러다 얼마 뒤 중국산 아버지와 일본산 어머니를 둔 교배종임이 밝혀지자 분위기가 단숨에 싸늘해지면서 여기저기서 탄식 소리가 들렸다."

이런 기사를 찾아보다니 K회장도 시대의 변화를 느끼고 있는 것일까. 그런 생각을 하고 있는데 문이 열리고 그가 들어왔다. 약속 시간에서 거의 한 시간이 지나서였다. 숨 가쁘게 사무실로 들어온 그는 서울 양재동 화훼공판장의 온라인 경매가 예상보다 늦게 끝났다며 사과를 했다.

"그래, 경매는 어떠셨어요?"

"아, 네에. 그저 평년작은 된 것 같습니다. 요즘은 증식이 많이 돼서 명품 시세가 예전 같지가 않아요."

긴장된 시간을 보냈는지 이마에는 땀방울이 송송 맺혀 있었다.

"어디 선수들 좀 보여주시죠. 저도 안목 좀 높이게요."

그는 손수건을 꺼내 이마의 땀을 닦으며 탁자 위의 태블릿 피시를 열어 파일을 찾아 띄웠다.

"이번 출품작들은 주로 잎을 감상하는 엽예품이에요. 이것이 요즘 인기가 치솟고 있는 '천종'입니다."

"와 짙은 녹색 이파리 가운데로 굵은 노란색 줄무늬가 힘차게 쭉 뻗어 있군요. 이런 건 산에서 올 때부터 이런 무늬를 갖고 있어요?"

그는 초보자의 질문이라는 듯 웃으면서 받아주었다.

"처음엔 잘 몰라요. 몇 년 키우다 보면 이런 무늬가 나타나기 시작하죠. 사람의 힘으로는 어찌할 수 없어요. 자연적으로 변이가 되어야죠. 한때 일본에서는 이 난초가 없으면 전시회를 못 열 정도였어요."

'자연적으로 변이가 되어야죠'라는 말에 그는 힘을 주었다.

나는 휴대폰을 테이블 위에 꺼내놓으면서 말했다.

"양해해주세요, 회장님. 녹음을 좀 하겠습니다. 제가 다 받아 적을 수가 없어서요."

"제 얘기가 다른 데로 새거나 그러는 건 아니겠죠?"

"그럴 리가요. 염려하지 않으셔도 됩니다. 그런데 이렇게 멋진 이파리에다 향기까지 더해진다면 인기가 더 올라가지 않을까요?"

K회장은 향기 얘기가 나오자 입을 꾹 다물었다. 향기 같은 것쯤 걸칠 필요조차 없다는 뜻인 듯했다.

"회장님, 교배육종으로 향기 있는 춘란을 만들어 야생에 갖다 심으면 어떨까요? 그럼 산야가 더욱 향기로워질 텐데요."

내 말에 한참 눈을 감고 생각에 잠겼던 그가 다시 입을 열었다. 조금도 흥분하지 않고 조용조용 이야기를 시작했다.

"서 대표, 모든 식물은 말이죠. 저마다 독특한 향을 내뿜습니다. 그 향으로 해충과 질병으로부터 스스로를 지켜요. 그런데 어느 날 옆의 난초에서 전에 없던 낯선 향기가 풍겨온다면 어떻겠어요? 자기가 사는 서식지가 이상하게 변했다고 느끼지 않겠어요?"

그는 자기주장을 강하게 밀어붙이기보다는 에둘러 부드럽게 표현하는 인물이었다. 나는 직설적으로 다시 물어보았다.

"아하, 자기 옆에 있는 친구가 평소와는 전혀 다른 향을 풍긴다면 그것을 교란이나 침략으로 받아들일 거란 말씀인가요? 이런 얘기 류 소장님과도 나눈 적이 있나요?"

그는 더욱 정중한 말투로 대답했다.

"꽃의 세계에서 '교란'이니 '침략'과 같은 말은 어울리지 않습니다. 류 소장이 원예학자인데 그런 것쯤 모를 리가 있겠어요? 굳이 말해줄 필요가 없죠."

"회장님 말씀은 한국 춘란은 더 이상 보태고 빼고 할 것 없이 지금 상태가 최선이라는 말씀 같습니다."

내 말에는 대꾸도 하지 않고 그는 난초 사진 두 장을 태블릿 피시에서 찾아 내 앞에 들이밀었다. 둘 다 흰색 꽃이 핀 난초였다.

"이건 무슨 난초죠?"

"향기를 맡고 싶으면 이런 중국 춘란을 키우면 됩니다. 관음소심하고 철골소심이죠. 이런 걸로 성이 찬다면 말이죠. 값

도 아주 저렴합니다. 어때요? 비교가 되나요? 한국 춘란은 청
향과도 바꿀 수 없는 독특한 매력을 지니고 있어요."

철골소심은 옅은 아이보리 색의 꽃이 피면 향이 보따리를
푼 듯하다는 평이 있었다. 거기에다 가늘고 긴 잎이 위로 쭉
뻗어 있어 잎선이 곧아 보이는 것도 매력이었다. 관음소심도
역시 아이보리나 흰색 계열의 꽃에다 향이 달콤하고 청아하다
고 알려져 있었다. K회장이 혹시 어떤 선입견을 갖고 있는 것
은 아닐까, 라는 의문이 들었다. 나는 다른 예를 들어보았다.

"장미는 계속적인 육종개량으로 더 탐스럽고 향기로운 꽃
을 피울 수 있다는 것이 증명되었잖아요? 원래의 야생 장미는
분홍과 연노랑, 또는 흰색뿐이었고, 꽃잎도 홑겹의 얄팍한 다
섯 장이었는데. 한국 춘란도 교배육종을 통해 장미나 튤립처
럼 세계인의 꽃으로 키울 수는 없을까요?"

내 말을 들은 그가 교배의 실례를 들어가며 자세히 설명을
해나갔다.

"일본은 교배의 역사가 한 오십 년쯤 됩니다. 하지만 일본 춘
란을 한란과 지속적으로 교배했더니 어떻게 됐는지 아세요?"

"어떻게 됐죠?"

"잎이나 꽃이 원산지의 특색을 완전히 잃어버리고 개성 없
는 평범한 난초가 되고 말았어요. 우리 춘란도 그렇게 되기
를 바라세요? 그걸 한란 서식지에 갖다 심으면 어떻게 되겠어

요? 원래 있던 순수한 원종은 교배종에 먹혀 사라지게 돼요."

나는 세엽에게 들은 얘기가 있어 자신 있게 반박했다.

"저는 다르게 알고 있어요. 일본에서는 교배종이 대세라고 들었습니다. 해마다 도쿄에서 열리는 세계난초전시회에서는 교배종에도 원종과 똑같이 시상을 하고 있구요."

"그건 맞아요. 그렇다고 교배종의 남발로 인한 폐해를 무시할 순 없어요."

아무래도 더 적극적으로 반론을 펴야만 할 것 같았다.

"만약 우리가 하지 않으면 다른 나라에서 춘란을 세계인의 꽃으로 만들 수도 있지 않을까요? 장미나 튤립처럼요. 한때 튤립 광풍으로 나라 경제가 휘청거린 적이 있긴 하지만 신품종을 제일 많이 생산해내는 네덜란드 같은 데서 말예요. 세계 원예계는 지금 DNA를 기반으로 하는 분자육종이란 기술로 꽃의 전쟁에 돌입하고 있는데요."

"꽃의 전쟁이라는 말은 과장이고요. 지금의 튤립이나 장미는 대기업의 자본이 장기 투자로 교배육종을 최대한 밀어붙인 결과예요. 계속 교배해서 꽃잎이 백 장을 넘는 탐스러운 장미를 만들다 보니 어떤 일이 생기는지 알아요?"

"어떤 일이 생기죠?"

"향기 없는 장미가 계속 생겨나고 있는 겁니다. 꽃은 기가 막히게 예쁜데 향기가 전혀 나질 않아요. 꽃의 색깔이나 모양, 절화의 수명과 같은, 원하는 조건을 얻으려 욕심부리다 도리어 다른 좋은 형질을 잃어버린 것이죠."

"류 소장님께도 그런 말씀 하셨나요?"

"말해봤자 귀에 들어오지 않았을 겁니다. 워낙 자신의 성공에 확신을 갖고 있어서요."

"회장님, 원예학자들이 부작용이 일어나지 않도록 잘 조정해나가지 않겠어요?"

내 말에 그는 손을 저으면서 반박을 했다.

"천만에. 교배로 재미를 본 사람들은 멈출 줄을 모릅니다. 무슨 마법이라도 되는 양 미친 듯이 밀어붙이죠."

나는 그에게 호소하고 싶었다. 장미나 카네이션, 그리고 난초의 종자를 들여오는 데 각 종마다 수십억 원의 저작권료를 지불하고 있다. 우리도 신품종의 개발이 절실하다. 하지만 얘기가 통하지 않을 것 같아 꾹 참았다. 자칫하면 언쟁이 일 것 같은 위태로움이 느껴졌다. 나는 화제를 다른 데로 돌렸다.

"주차장에 할리가 서 있던데 산에 오를 때도 자주 사용하세요?"

K회장은 한번 멈칫하더니 웃음 띤 목소리로 답했다.

"아, 가끔요. 산기슭에 작은 인삼밭이 있어서 거기 갈 때 더러 이용합니다. 납작하게 엎드려서 경사로를 타는 재미가 쏠쏠해서요."

"산에다 인삼밭을요? 혹시 밭이 맹개마을에서 올라가는 임도 부근에 있나요?"

"네, 맞습니다. 인삼은 부엽토가 풍부한 흙에서 잘 자라니까요."

"네에. 거기에 류 소장님을 태우고 다닌 적 있으세요?"

"그, 글쎄 그, 그런 적은 어, 없는 것 같은데."

그는 조금 당황한 듯 말을 더듬거렸다. 목소리는 떨리고 눈빛도 좀 흔들리는 듯했다. 교배에 대한 반대 논리를 펼 때의 자신 있고 조리 있는 말투와는 비교되었다.

"네에, 오늘 좋은 말씀 듣고 공부가 많이 됐습니다. 미금 씨가 회장님께 배워서 난초 박사가 되었나 봐요."

"제가 가르쳤다기보다 워낙 영특해요. 두 분이 좋은 친구가 되면 좋겠어요."

"네, 그러고 싶어요. 앞으로도 자주 찾아뵙겠습니다. 그래도 되죠?"

그는 얼굴에 발그름한 홍조를 띠며 답했다.

"내가 젊은이들한테 배워야죠. 언제든 연락하세요."

집에 도착한 나는 인터뷰 끝부분을 다시 돌려보았다. 류 소장을 할리에 태우고 다녀봤느냐는 질문에 답할 때 그의 목소리가 떨렸던가를 확인하기 위해서였다. 몇 번을 되풀이해 들어보아도 기대만큼 크게 떨리는 목소리는 아니었다. 하지만 말을 조금 더듬는 것에서 당황한 기색이 또렷이 느껴지긴 했다. 자려고 누워도 잠은 오지 않고 이런저런 생각에 머리가 어지러웠다. 류 소장이 그날 할리 뒷좌석에 타고 가다가 비탈길에서 오토바이가 흔들리는 바람에 휴대폰을 주머니에서 떨어트린 것은 아닐까. 자기 스스로 교배종에 관한 기사를 찾아볼 정도인데 굳이 육종학자를 해칠 이유가 있었을까. 그렇다면 다른 이유로?

수도원으로 간 그림

이튿날 아침 일찍 들어간 농장에서는 남매의 얼굴이 전에 없이 밝아 보였다. 아마도 베를린에서 노트 번역본이 온 뒤로 생긴 변화처럼 여겨졌다. 소심이 먼저 입을 열었다.

"지난번에 대표님이 그랬잖아요. 아버지 양부께서 아기 옷의 난초 문양에 큰 관심을 갖고 있었을 거라고요. 그 말이 맞았어요. 아버지 노트에 그 얘기가 나와요. 양부께서 아는 수사한테서 뮌헨 근처 수도원에 그 비슷한 난초 그림이 있다는 얘기를 들었다구요. 그래서 거기까지 찾아갔었대요. 그런데 가보니 그림은 없고 소장목록에 제목과 화가의 낙관만 기록돼 있었다고 해요."

나는 기대감에 가슴이 떨려왔다. 지금 그림이 그곳에 없다고 해도 그 존재는 확인된 거였다.

"와, 그 얘기 들으니 독일에서 돌아온 겸재 정선의 화첩이 생각나는데요."

그러자 소심이 힘찬 목소리로 말했다.

"누구 그림인지도 알아냈어요."

나는 놀라서 눈을 크게 뜨고 물었다.

"네? 화가를 알게 됐어요? 세상에."

소심이 설명을 이어갔다.

"소녀와 함께 그려진 그림이고 제목은 「난향을 맡는 소녀」 인데요. 낙관이 '첩취옹'이라고 되어 있었어요. 그래서 단원 연구서를 찾아봤더니 바로 나오더군요. 단원이 말년에 쓰던 호라구요. '매번 술에 취한 늙은이'라는 뜻이래요."

"와, 호가 참 해학적이네요. 단원이 은근 유머가 있어요. 그런데 그 그림이 어떻게 해서 그 수도원으로 가게 됐대요?"

내 질문에 세엽이 신이 난 듯 말했다.

"그 과정이 재미있어요. 우리나라에 왔던 최초의 선교사 귀 츨라프 아시죠? 루터교 목사요. 그분이 동남아로 선교를 나 왔다가 영국 상선을 타고 충청도 홍주, 지금의 보령 부근 고 대도라는 섬에 상륙하잖아요?"

"맞아요. 그랬죠. 귀츨라프는 상륙한 뒤 홍주 목사를 통해 왕실에다 영국과의 통상을 요구하는 청원서를 보냈어요. 하 지만 한 달 뒤 조정으로부터 거절당하죠. 순조 때인가, 그럴 걸요."

세엽이 내 말에 맞장구를 치며 자세히 설명을 해나갔다.

"네 맞아요. 그러자 홍주 목사 이민희는 입장이 난처해졌죠. 선교사가 그동안 주민들에게 좋은 일을 많이 했거든요. 감자랑 포도 재배법도 알려주고 기도문도 번역해주구요. 그래서 어디선가 그림 한 점을 구해 와, 선교사에게 선물로 주었어요. 그게 바로 「난향을 맡는 소녀」라는 그림이었대요. 양부가 수도원에 가서 듣고 온 얘기를 아버지가 노트에 기록해두신 거예요."

"그렇다면 그림이 비텐베르크에 있는 루터교회 본부로 가야 되잖아요?" 나의 질문.

거기엔 소심이 답을 했다.

"물론 처음엔 루터교회로 갔죠. 그런데 수십 년 뒤 평소 한국 문화에 관심이 많았던 상트 오틸리엔 수도원의 베버 원장이 그 교회에 멋진 한국 그림이 있다는 소문을 듣고 찾아갔대요. 그러고는 집요하게 청원을 해서 그림을 받아오게 되었다고 해요. 다른 그림이랑 교환하는 조건으로요."

세엽이 그때 무슨 생각이 난 듯 끼어들었다.

"누나, 그 그림을 후임 원장이 다른 곳으로 보내버린 건 아닐까? 수도자들이 그림에서 뭔가 에로틱한 감정을 느낄까 봐 말이야."

소심도 그 말에 동감을 표했다.

"그림을 봐야 알겠지만 그럴 수도 있을 거 같네."

남매의 대화를 듣던 나는 얘기가 딴 데로 흐르는 것 같은 느낌이 들었다.

"그런 추리도 해봄직한데요. 지금 중요한 건 그 난초 그림이 아기 옷의 난초 문양과 닮았느냐, 아니냐 하는 거잖아요."

내 말에 잠시 생각에 잠겨 있던 소심이 입을 열었다.

"세엽아, 그걸 확인하려면 아무래도 현지에 직접 가봐야 하지 않겠니? 그림의 행방도 알아보고."

누나의 제안에 잠시 침묵을 지키던 세엽이 대답을 내놓았다.

"그럼 좋긴 하지. 간 김에 고모랑 삼촌도 만나보고. 아, 삼촌 만나고 나서 암스테르담에서 귀국하면 되겠다."

남매는 독일행을 마치 동네 마실가듯 생각하고 있었다. 아버지 본가가 거기 있기 때문인 듯했다. 그건 둘이 알아서 결정할 문제이고 나로서는 또 다른 궁금증이 있었다.

"아버지 일기에 혹시 아기 옷의 문양을 두고 가족 사이에 오간 대화 같은 건 없었나요?"

내 말에 세엽이 눈을 감고 기억을 더듬다가 답을 했다.

"아, 있었어요. 부모님이 큰아들이랑 아버지 얘기를 하는 내용이었어요."

내가 반색을 하고 나서자 그가 노트 번역본을 펴면서 말했다.

"아버지가 고교 시절 여동생이랑 요트를 타고 온 날 쓴 거예요."

오후에 동생 루이사와 함께 집 근처 슐라흐텐제 호수로 요트를 타러 갔다가 막 집에 돌아왔을 때였다. 거실로 들어서는데 문이 살짝 열린 안방에서 두런대는 소리가 들렸다. 부모님이 형과 함께 나누는 대화였다. 말소리는 드문드문 들렸다.

"알아보니까, 그 문양이 고귀한 인격을, 아무튼 귀한 집……"

"아니지, 여보. 정반대일 수도 있지. 그런 집이 아니니까 일부러 그런 문양을 아기 옷에…… 그렇다면 양자회에서 우리한테 뭔가……"

그러다 목소리를 높인 형의 목소리가 또렷하게 들려왔다.

"엄마, 무슨 그런 말씀을 하세요? 걘 이미 엄마 아빠 자식이고, 제 동생이에요. 그런데 지금 와서 출신 성분이 무슨 문제가 된다구요. 이런 얘기 헤스 귀에 들어가봐요. 걔 심정이 어떨지. 아이가 얼마나 착하고 속이 깊은데요."

출출해서 주방에서 간식을 찾고 있던 나는 시장기가 싹 달아났다. 처음으로 서러움을 느꼈다. 재빨리 발뒤꿈치를 들고 살금살금 이층 내 방으로 올라갔다.

짧은 몇 줄 글에서 입양아의 근원적 외로움과 함께 삼촌의 인품도 느껴졌다.

"삼촌은 무슨 일 하세요?"

"나노광학을 전공해서 지금 암스테르담 대학에서 교수로 계세요. 아버지한테 가업을 잇는 동생이 있어 다행이라는 말을 자주 하셨대요." 소심의 대답.

나는 그런 삼촌을 한번 만나보고 싶다는 생각이 들었다. 농장을 나오려는데 세엽이 잠깐만, 하고 나를 붙잡았다.

"지난번에 대표님이 추측을 했잖아요. 차의 주행 이력이 모두 김홍도와 관련 있는 곳인 걸 보면 아버지가 아기 옷 문양의 출처를 찾아다닌 건지도 모른다고요. 그 추측이 맞았어요."

그러고는 하이파이브를 청한다는 듯 손바닥을 펴서 내밀었다. 나는 가볍게 손바닥을 마주치고 나서 말했다.

"빨리 그 얘기 마저 해봐요."

세엽이 자신 있게 얘기를 풀어놓았다.

"임청각 옆에 있다는 이가당 정자 있잖아요. 누나가 답사했던 데요. 아버지도 거기 현판 액자 가장자리에 사군자가 그려져 있다는 기록을 책에서 보고는 찾아갔었다고 해요. 안동에 온 지 얼마 되지 않았을 때래요. 아마 폐쇄되기 전이어서 들어가서 볼 수 있었나 봐요."

소심도 한마디 보탰다.

"나는 그 부분을 읽고도 그냥 지나쳤는데 이제 보니 중요한 단서네."

"그래서 난초 문양을 찾아냈대요?" 나의 질문.

"아뇨. 국화나 매화, 대나무는 또렷이 보였는데 난초는 너무 작게 그려져 있어 아기 옷의 것과 같은 문양이라고 단정하기는 어려웠대요." 세엽의 대답.

"일단 난초 문양의 출처를 알기 위해서 찾아갔다는 사실을 알게 된 건 큰 성과네요."

그 말을 남기고 나는 농장을 나왔다. 정말 다행이었다. 하나씩 퍼즐이 맞춰지고 있다는 느낌이 왔다.

이튿날은 단천리 모과나무집 할머니가 부탁한 일을 처리해야 되었다. 농지의 토지대장을 인터넷으로 발급받고 나서 현장 사진을 찍어 인화를 한 다음 미국에 있는 아들에게 EMS로 부치는 일이었다. 또 한 가지는 마을인터 홈페이지와 연결돼 있는 안동특산물 판매사이트를 업데이트하는 것이었다. 청포도농원과 유기농 사과농장, 안동간고등어 그리고 안동기지떡집이 신청을 해왔다. 아무래도 먼저 바깥일을 보고 와서 해야 할 것 같았다. 외출을 하려고 하자 어쩐지 몸이 좀 근질근질한 느낌이 들었다. 며칠 동안 호세를 안아보지 못한 게 생각났다. 소파에 앉아 기타를 안고 막 첫 음을 뜯으려는데 밖에서 무슨 소리가 났다. 마루로 나가보니 얼마 전 찾아왔던 고등학생이었다. 이번에는 친구와 함께였다. 지난번에 내가 한 말이 기억나서 나는 큰 소리로 말했다.

"다시는 얼씬거리지 말라고 했지! 어서 돌아가!"

그러고는 「로망스」를 두 번 치고 나서 나갈 채비를 하는데 '대표님' 하고 부르는 소리가 났다. 마루에 나가서 내다보니 녀석들이 아직도 돌아가지 않고 있었다. 나는 조금 화난 어조로 말했다.

"내가 뭐랬어? 다신 기웃거리지 말라고 했지?"

정규가 눈을 밑으로 내리깔고 조심스런 말투로 대답했다.

"저어, 드릴 말씀이 있어서 왔어예."

건방이 뚝뚝 듣던 지난번과는 사뭇 달라진 태도였다. 어떻게 해서 생각이 바뀌었는지는 모르지만 어쨌든 오해가 풀린 모양이었다. 나는 두 녀석을 불러들여 마루에 걸터앉히고는 마당에 서서 단호한 어조로 말했다.

"오늘은 왜 친구까지 데려왔지?"

정규가 설명을 했다.

"야는 지 외사촌인데예, 안동에서 학교 다니는 이주원입니더. 서울에서 아부지 직장을 따라 전학 왔어예. 작년에 이어 올해도 래프팅에 같이 참가했고예. 주원이가 대표님 꼭 만나 뵙고 싶다고 했심더."

나는 이름을 단단히 외워두려고 한 명씩 손으로 가리키면서 불렀다.

"김정규, 이주원."

그러자 둘 다 '넵' 하고 큰 소리로 대답하는 바람에 나는 움찔했다. 내가 마치 기숙사 사감이라도 된 것 같았다. 나는 정규를 쏘아보며 말했다.

"잔말 말고 용건이나 빨리 말해."

"용건은예, 우리도 대표님 사업에 동참하고 싶다는 깁니더. 휴일에 부르기만 하면 언제든 올 수 있심더. 허드렛일부터 할 게예."

어이가 없어 나는 녀석에게 따지듯이 말했다.

"뭐야? 한판 겨뤄보겠다고 큰소리치더니만, 이젠 뭐 일을 같이하고 싶다고?"

"넵. 래프팅이든, 마을인턴이든 어디든 따라다니면서 돕고 싶어예. 아프리카든 남미든. 그래서 대표님 사업이 세계화되면 지구인턴이 되는 게 꿈이라예. 주원이는 전동킥보드도 있고 자동차 운전도 한다 아입니꺼."

"아서라, 면허증도 없으면서. 운전은 꿈도 꾸지 마. 그러다 사고 치면 어떻게 되는지 알지?"

미련을 갖지 못하도록 냉정하게 끊기로 작정했다.

"마을인턴 녹록지 않다. 밑바닥으로 내려가 주민들 섬기는 일이야. 머슴이야, 머슴. 당장 돌아가!"

정규는 미련이 남은 눈빛으로 쭈뼛거리며 돌아섰다. 주원이
가 가다 말고 돌아서서 내게 꾸벅 인사를 하더니 입을 열었다.

"실례가 많았습니다, 대표님. 다음번엔 시간 좀 내주세요."

나는 들은 척도 하지 않고 차에 올랐다. 액셀을 막 밟으려
고 하는데 정규가 달려와 열린 조수석 창문으로 뭔가를 던져
넣었다. 브레이크를 밟고는 '뭐야?' 하고 소리치자 녀석이 다
가와 한껏 낮은 목소리로 속삭였다.

"박하 은단이라예. '물의 요정'이랑 니코틴 냄새는 좀 어울
리지 않는다, 아입니꺼."

나는 은단통을 집어 창밖으로 던지면서 매몰차게 쏘아붙였
다.

"건방진 자식."

그러고는 쌩하고 속도를 내 우체국으로 향했다. 가는 동안
별생각이 다 났다. 난데없이 '물의 요정'이라니. 도시에 출렁
대는 안동호의 물 때문에 얘들이 어떻게 됐나? 내 구질구질
한 과거를 모르는 풋내기들 눈에는 처음 보는 여자 래프팅 가
이드가 좀 색달라 보였나? 경기도 변두리에서 박봉의 샐러리
맨 막내로 태어나 엄마 없이 형제들한테 치여 비실이로 자랐
는데. 기껏 내세울 거라고는 지질한 실연의 이력뿐이고. 우체
국을 들렀다 집으로 돌아온 나는 특산물 사이트 개편에 손을
대기 시작했다. 밤늦도록 홈페이지 작업을 마치고 다음 날엔

은박지 까는 일을 하러 예안면 도촌리에 있는 과수원으로 갔다. 혼자서 작은 과수원을 가꾸는 할머니는 은박지 롤을 펼치면서 말했다.

"사과야, 지발 엉디까지 햇볕 듬뿍 쪼여갖고 달고 시원하게 익거래이."

할머니의 말은 사과나무를 축복하는 말처럼 들렸지만 나는 왠지 가지마다 붉게 익은 열매를 주렁주렁 매달고 있는 사과나무가 안쓰러웠다.

저녁에는 세엽이 준 인터뷰 보고서를 훑어보았다. S대 원예학과 P교수의 견해는 학자로서의 비전을 담고 있었다.

'요즘 특정 유전자를 선별해내는 분자마커라는 기술이 활발히 적용되고 있다. 질병에 대한 저항성이나 과일이나 꽃의 향을 콕 집어내 다른 작물에 직접 삽입하는 기술이다. 하얀 딸기도 그렇게 해서 탄생되었다. 춘란에 향기를 입히는 작업에도 이 기술을 충분히 이용할 수 있다.'

그리고 농업진흥청 W연구원도 원예육종의 필요성을 강조하고 있었다.

'최근 플로리다 대학에서 골프장용 양잔디를 새로 개발해냈다. 겨울에도 초록색을 유지하는데다 비단결과 같은 부드러운 촉감으로 골퍼들에게 환영을 받고 있다. 이런 마당에 잡종 타령을 하고 있다는 건 시대착오적인 일이다. 류 소장의

향기 프로젝트를 적극 지지한다.'

인터뷰 보고서를 보고 나서 궁금한 게 있었다. 「난향을 맡는 소녀」의 주인공이 향기를 맡은 난초는 어느 나라 것일까, 하는 것이었다. 향기가 진하게 났다면 혹시 교배종이 아니었을까. 세엽에게 문자를 보냈다. '국내에서 개발된 교배종 춘란 리스트 있어요?' 세엽이 금세 전화를 해왔다.

"다 정리돼 있어요. 당장 내일이라도 와서 보세요."

그의 목소리에서 평소와는 다른 팽팽한 긴장감이 느껴졌다. 직감적으로 아버지 노트에서 뭔가 또 새로운 게 나온 건 아닐까, 하는 생각이 들었다.

이튿날 아침, 농장. 세엽은 그동안 농장에서 개발한 교배종을 하나하나 모니터에 띄우고는 설명을 시작했다.

"아버지가 제일 먼저 교배에 성공하신 게 바로 이 홍매예요. 국산 춘란 황화소심을 어머니로, 중국 춘란 송매를 아버지로 교배를 했죠. 꽃은 선명한 노란색 그대로인데 꽃잎 모양이 매화처럼 더 동글동글해졌어요. 거기에 진한 청향이 입혀졌고요. 가장 최근에는 지난번에 얘기한 천운소에 향을 입힌 천녹소가 있구요. 지금까지 교배에 성공한 것이 열다섯 건쯤 돼요."

세엽의 설명을 듣고 나서 의문이 생겨 물어보았다.

"그렇다면 그림 속 소녀가 향기를 맡는 난초도 교배종일 가능성이 있겠네요."

내 질문에 세엽이 답을 했다.

"정교한 기술이야 없었겠지만 그때도 교배를 해보려는 시도는 있었겠죠. 그러다 운 좋게 교배가 이루어졌을 수도 있고요. 아버지는 향기 있는 춘란이 대량생산되면 꽃을 샐러드로 만들어 식탁에 올릴 수도 있다고 하셨는데."

"와, 그래요? 향긋한 춘란 샐러드, 맛이 어떨지 궁금하네요."

향기 다음으로 궁금한 것은 돌연변이였다.

"난계 사람들은 돌연변이가 반드시 자연적으로 일어나야 한다고 강조하던데요. 그렇다면 인위적으로 만드는 돌연변이도 있어요?"

"그럼요. 방사선을 쏘이는 방법이죠. 우주선에 난초 씨앗을 실어 보내는 것과 같은 원리예요. 지난 2008년에 진도 석곡과 풍란 씨앗 이만 개를 작은 캡슐에 담아 소유즈 우주선에 태워 보낸 거 아세요?"

"처음 듣는데요. 아, 우리나라 여성 우주인이 타고 갔던 그 우주선?"

"맞아요."

"우주에 가면 무슨 일이 일어나는데요?"

"무중력 공간에 들어간 난초 씨앗은 크게 몸부림을 친대요."

그 말을 하고 나서 세엽은 자기 몸을 뒤틀면서 마구 흔들어

댔다. 그러고는 다시 말을 이었다.

"우주방사선 세례를 받아서예요. 그러면 유전자 구조가 틀어져서 변이가 생기거든요. 그 싹이 삼 년 뒤에 꽃을 피웠는데 이 여릿여릿한 연분홍 꽃이에요. 그 우주인 이름을 따서 '소연란'이라 이름 지었죠."

소연란 이미지를 본 내가 몸을 뒤틀며 말했다.

"와, 이러다 동물이나 사람도 좀 더 나은 품격을 갖추도록 방사선이나 뭐 다른 물질로 실험하는 건 아닌지 모르겠어요. 아유 무서워라."

내 말에 세엽이 웃음을 터트렸다. 그때 소심이 프린트한 보고서를 갖고 들어오며 말했다. "무슨 얘기가 그리 재미있어요?"

나는 방금 세엽과 나눈 얘기를 소심에게 들려주었다.

"난초 돌연변이 얘기가 짜릿짜릿하네요. 그런데 세엽 씨 말이 향기 있는 춘란이 대량생산되면 샐러드로 식탁에 오를 수도 있다는데, 사실이에요?"

소심이 조금 쓸쓸한 미소를 지으며 말했다.

"네, 맞아요. 아버지가 그러셨죠. 하지만 설사 그런 날이 온다 해도 난 차마 입에 넣지는 못할 것 같아요. 아버지 생각에."

소심의 말에 내가 감히 반론을 못하고 있는데 세엽이 다른 소리를 냈다.

"누나, 춘란 샐러드도 의미가 없진 않지. 꽃잎의 식감을 즐기다가 향기에 끌려 난을 키우게 된다면."

잠시 울컥하던 소심이 감정을 가라앉힌 다음 말을 이었다.

"얘, 식재료가 될 만큼 대량생산이 되려면 교배종에 대한 반감부터 없어져야 되는데 그게 과연 되겠니?"

그러고는 내게 자신의 심경을 털어놓았다.

"대표님 인터뷰해 오신 거 읽고 많이 속상했어요. 압해도 J 회장님은 생전에 당신 소신을 여러 번 분명하게 밝히셔서 으레 그러려니 했어요. 그런데 학가산의 K회장님은 정말 이해가 안 돼요. 아버지랑 그렇게 친하셨는데."

누나의 말에 세엽이 난감한 듯한 표정으로 말했다.

"누나, 내가 다시 한번 여쭤볼게. 회장님이 일반인들의 인식을 얘기하신 게 아닐까. 설마 아버지가 하신 향기 프로젝트가 잘못된 거라고 하신 건 아닐 거야. 아버지랑 얼마나 가까웠는데. 심성도 착하시고."

세엽의 말에 소심이 더 뾰족한 반응을 보였다.

"그래서 내가 팔짝 뛰겠다는 거야. 아버지 생전엔 그런 얘기 뻥긋도 안 하시고 청향이 탄생됐을 땐 와서 축하까지 해주셨잖아. 화환도 보내주시고. 그랬던 분이 어떻게 하루아침에 그렇게 돌변하냐구."

그 말을 하고 나서 소심은 인쇄해온 자료를 내게 주며 말했다.

"이건 내가 만나본 다른 농장주들의 의견이에요. 합천의 T 농장주와 함평의 G농장주요. 요약한 거 대표님이 좀 읽어주세요."

"먼저 합천 T농장주 말씀이에요. '춘란은 인간의 고상한 정신세계를 나타내는 상징이 된 지가 이미 수천 년이나 되었다. 함부로 잡종을 만들어 순수하고 고귀한 한국 춘란의 혈통을 혼탁하게 해서는 안 된다. 향기 프로젝트는 재고되어야 한다.' 이번엔 함평 G농장주. '향기 프로젝트를 실천해온 고인께 경의를 표한다. 하지만 난초농장도 사업이다. 수익이 없이는 지속되기 어렵다.' 엄혹한 현실론이네요."

내가 소심의 보고서를 읽고 나자 남매는 한참 동안 아무 말이 없었다. 얼마간 시간이 흘렀을 때 내가 한마디 했다.

"남의 평에 너무 주눅 들지 않았으면 좋겠어요. 아버님이랑 같이 오랫동안 모든 걸 다 쏟아부은 사업인데."

소심이 내 말을 받았다.

"맞아요. 동감이에요. 그런 뜻에서 내가 오늘 특별한 걸 준비했어요. 김홍도가 그린 「난향을 맡는 소녀」에 대해 알기 위해서는 단원이 그동안 그린 여성 인물화를 살펴보는 게 어떨까 싶어서요. 이제 모니터 화면에 하나씩 띄울 테니까 보시고 '난향 소녀'의 모습을 유추해주세요."

"와, 누나가 이 시점에 꼭 필요한 작업을 했네." 세엽이 누나를 추켜세웠다.

소심이 그림 한 장을 띄워놓고 말했다.

"이건 「빨래터」라는 그림인데요. 여인들 몇이서 산속 계곡물에 나와 있는데, 바위 뒤에서 얼굴을 살짝 가리고 이들을 훔쳐보는 사내가 등장합니다. 자, 여기서 여인들의 표정과 몸짓을 잘 보세요. 뭐가 보이죠?"

내가 먼저 눈에 보이는 대로 감상을 말했다.

"와, 누군가가 훔쳐보고 있는 것도 모르고 다들 자기 할 일을 열심히 하고 있네요. 빨래에 방망이질을 하고, 물속에 들어가 빨래를 헹구고, 감은 머리를 빗어서 땋고 있어요."

세엽은 그림 속 여인들이 나누는 대화를 상상하며 말했다.

"남자들은 감히 끼어들 수 없는 여자들만의 세상이에요. 온갖 애환을 나누고 있겠죠? 시집살이의 고초랄지, 아니면 마을에서 들은 소문들로 수다를 떨면서요."

나도 한마디 더 보탰다.

"저는 무엇보다도 팔을 걷어붙이고 종아리를 다 드러내놓고 자기 할 일 열심히 하는 모습이 보기 좋아요. 화가도 여성들의 그런 꾸밈없는 모습에서 어떤 감각적인 매력을 찾은 게 아닐까 싶어요."

소심이 또 다른 그림을 띄우며 말했다.

"멋진 감상평이에요. 이번에는 장에 나가는 부부의 모습인데, 「행상」이라는 그림."

내가 먼저 본 대로 소감을 말했다.

"남편은 지게를 지고, 아내는 아기를 업고 머리에 광주리를 인 모습. 온 가족의 시장 출정이네요."

그림을 뚫어지게 들여다보던 세엽이 자기만의 감상을 밝혔다.

"와, 이건 바뀐 시대 분위기를 말해주는데요. 농사지을 작은 밭뙈기 하나 없는 사람들이 행상으로 나설 수밖에 없었던 시대 말이에요. 거기에 참신한 아이디어가 더해졌어요. 치마를 과감하게 척 접어 올린 모습요. 새롭고도 실용적인 패션 감각처럼 보이는데요. 의도하지 않았을진 몰라도."

소심이 이번엔 또 다른 그림을 띄워놓았다. 「매염파행」, 소금과 해산물을 팔러 나가는 아낙네들이었다. 나는 보자마자 가슴이 짠해왔다.

"와, 생활력 강한 조선의 여인들, 눈물 나려고 해요. 근데 머리에 인 광주리와 항아리에는 뭐가 담겼을까요?"

내 질문에 소심이 일러주었다.

"이 그림에 붙은 스승 강세황의 해설이 기가 막혀요. '밤게, 새우, 소금을 광주리와 항아리에 그득 채워 포구에서 새벽에 출발한다. 해오라기 놀라서 날고 한번 펼쳐보니 비린내가 코를 찌르는 듯하다.' 어때요? 코를 찔러오는 비린내가 맡아져요?"

나는 강세황의 해설에 더욱 가슴이 아려오는 듯했다.

"화폭에서 진동하는 비린내를 맡다니요. 해설자의 감수성이 놀랍네요. 포구의 배에서 생선을 받아 시장에 팔려 나가는 여인들의 의연하고 담담한 표정도 눈물겹구요. 신발도 삼이나 왕골로 짠 미투리나 짚신을 신었어요. 남자들이 사랑방에서 에헴 하고 공맹을 논할 때 여인네들은 이렇게 생활전선에 뛰어들었던 게 아닐까요?"

그다음 화면에 뜬 것은 손에 검을 들고 공중에 떠 있는 젊은 여인의 모습이었다. 나는 놀라서 눈이 크게 떠졌다. 세엽도 감탄한 듯 말했다.

"아니 이건 여협객이잖아. 하늘을 날고 있는."

세엽의 말에 소심이 부분 부분을 확대해서 보여주며 말했다.

"맞아. 제목이 '하늘을 나는 선녀 협객'이란 뜻의 「비선검무(飛仙劍舞)」야. 좀 더 자세히 뜯어봐. 무엇이 보이는지."

"일단 공중에 날아올랐다가 숲 쪽으로 뛰어내리면서 곧 칼로 세게 내려칠 자세인데."

세엽의 말이었다. 나는 감이 잘 오지 않아 그저 겉으로 보이는 것에 대해서만 얘기했다.

"다부진 입매랑 힘찬 발놀림에서 당찬 기운이 느껴져요."

둘의 감상평을 듣고 난 소심이 말했다.

"이 그림은 단원이 중국 위나라가 위기일 때 나라를 구하겠다고 나선 여검객이 있었다는 이야기를 읽고 그린 거래요."

그러고는 세엽과 내게 두 손을 내밀고는 말했다.

"자, 그림 구경한 값들 내세요. 이제 '난향 소녀'가 어떤 모습일지. 대표님부터."

나는 눈을 감고 소녀를 그리기 시작했다.

"'난향 소녀'는 꼬질꼬질한 흰 무명 저고리에 검은 통치마를 입고 있어요. 긴 머리는 두 갈래로 묶었고, 소매를 걷어 올리고 있어 햇볕에 그을린 가무잡잡한 손과 팔뚝이 훤히 드러나 보여요. 신발은 짚신을 신었고요. 추위에 살갗이 터서 뒤꿈치가 터실터실해져 있어요. 또 일에 몰두하느라 콧등이나 뺨에 흙이 묻은 것도 몰라요. 난향을 맡으면서 그 신비스러움에 입술이 살짝 열린 모습이에요. 어느 대갓집의 화초 노비가 아니었을지."

"와, 대단한 상상력이에요."

"세엽이는?"

"더 보탤 말이 없네요. 굳이 보태자면, 그리움이 담뿍 담긴 눈빛을 하고 있을 것 같아요."

"어머나, 소녀의 눈에서 절절한 '그리움'을 찾아내셨네요. 대단해요, 세엽 씨. 그 말 들으니까 단원의 다른 여성 인물화가 생각나요."

나는 모니터에 그림 한 장을 찾아 띄우고는 말했다.

"단원의 '봄날의 서정은 끝이 없어라'라는 그림이에요. 「춘한맥맥」이라고. 앵두꽃이 수줍게 봉오리를 틔운 꽃밭을 바라보고 선 여인의 모습 어때요?"

"정말 담장 너머로 뭔가를 그리워하고 있는 듯한 표정인데요."

세엽의 감상평에 소심도 거들었다.

"봄날에 싱숭생숭해진 여인의 마음이 보이는 것 같아요."

그러더니 세엽을 보고는 말했다.

"이제 마음의 준비가 됐니?"

나는 의아해서 두 사람을 번갈아 바라보았다. 세엽이 자신 있게 대답했다.

"넵, 준비됐습니다. 총무님."

나는 세엽을 돌아보며 물었다.

"독일 출장? 그 수도원으로, 혼자?"

"아뇨. 둘이 가기로 했어요."

"누나랑?"

이번엔 소심이 웃으며 말했다.

"아뇨. 쟤가 딴 사람이랑 가겠대요."

세엽은 말없이 웃기만 하고 소심이 내 쪽을 바라보며 말을 이었다.

"이거 본인한테는 물어보지도 않고 우리끼리 정해서 미안해요, 대표님. 일을 빨리 추진해야겠다 싶어 일단 그렇게 정해놓고 의견을 물어보기로 했어요. 양해해주세요."

너무 갑작스런 제안이어서 당황스러웠다.

"곧 추수철이 닥쳐서 당장 답하기가 좀 어렵네요. 회원들과 상의하고 알려드릴게요. 이틀만 말미를 주세요."

생각 같아서는 다 집어치우고 곧바로 세엽을 따라나서고 싶었다. 대학 시절 아르바이트를 해서 번 돈으로 서유럽 몇 나라를 대충대충 스치듯 배낭여행을 한 적은 있었지만 독일은 아직 가보지 못했다.

왜 하필 나였나요?

집에 돌아온 나는 마을인턴 홈페이지에 공지를 띄웠다. '앞으로 일주일 후부터 열흘 동안 개인적인 일로 자리를 비우게 됐다. 떠나기 전날까진 일할 수 있으니 일손이 필요하면 신청해달라'는 내용이었다.

그러자 세 곳에서 요청이 들어왔다. 땅콩밭 추수에다 선산의 풀 깎기가 두 건이었다. 농장에 메일을 보냈다. 세엽보다 며칠 뒤에 떠나 수도원으로 직접 가겠다는 제안이었다. 세엽이 금세 답을 보내왔다. '대표님의 직업의식 존중합니다. 좋아요. 10월 5일 수도원에서 만나요.'

수도원 게스트하우스에 예약하는 일은 쉽지 않았다. 메일을 보냈더니 지금은 피정 온 손님들이 많아 자리가 없으니 일단 수도원 입구에 있는 레스토랑 이층 숙소에 와서 머물라며 메일주소를 알려주었다. 그러면 자리가 나는 대로 연락을 주겠다는 거였다. 세엽은 그곳에 자주 피정을 가는 고모 덕분에 쉽게 예약이 되었다고 했다. 나도 부탁을 할까 하다가 그만두었다. 모든 것을 내 힘으로 돌파해내고 싶었다. 일단 수도원 측 말을 믿기로 하고 레스토랑 숙소에 예약을 했다. 가서 부딪쳐보겠다는 생각이었다.

이튿날은 예초기를 메고 가서 두 군데 산소의 풀 깎기를 했다. 한 군데는 청량산 아랫마을 김씨 일가 선영인데 서울 사는 아들이 부탁한 것이었다. 무덤에 잡풀이 숲을 이루어 묘가 잘 보이지 않을 정도였다. 예초기로 풀을 말끔하게 깎은 다음 비석이 들어가게끔 사진을 찍었다. 또 한 군데는 서부리 깊은 산속에 있는 정씨네 선영이었는데 강릉으로 전근을 간 종손이 의뢰한 거였다. 지난여름 폭우로 흙이 많이 깎여져 나가 진입로가 심한 비탈이 되어 있었다. 일을 마치고 말끔해진 무덤과 함께 무너진 진입로 상태도 사진 찍어 보냈다. 풀 깎는 일은 힘들었지만 종일 향긋한 풀 향기에 젖었던 하루였다.

마지막으로 땅콩밭 추수가 있었다. 내 밭은 아니어도 뭔가 생산적인 일을 한다는 느낌이 들었다. 고등학교 철학 교사를 하다가 명예퇴직을 한 선생님은 밭 옆에다 농막을 짓고 혼자 농사를 짓고 있었다. 책을 들었던 손은 이제 마디가 툭 불거져 억센 갈고리손이 다 되어 있었다.

집에 돌아와 샤워를 하고 마루에 큰대자로 드러누워 한숨

자려고 할 때였다. 문자 오는 소리가 들려 휴대폰을 열어보았다. 베를린에서 세엽이 보낸 거였다.

'메일 보냈으니 확인 바람. 출국 전에 보시라고.'

대뜸 일어나 노트북을 펴고 첨부파일을 열었다. 제목은 '왜 하필 나였나요?'

내가 입양아라는 사실은 초등학교 2학년 때 아버지에게 들었다. 학교에 입학하면서 그럴지도 모른다는 걸 어렴풋이 짐작은 하고 있었지만 막상 아버지가 그 사실을 확인해주자 적지 않은 충격으로 다가왔다. 그렇지만 엄마 아빠가 나를 절대적으로 사랑한다고 믿었기에 가슴앓이는 가벼운 감기처럼 지나간 듯하다. 그런데 한 가지 궁금한 것은 아버지가 왜 한국 고아에 관심을 가졌을까, 하는 점이었다. 그 이유를 알아야만 아버지와 나 사이에 어떤 운명적인 연결 고리가 완성될 것 같았다. 어느 날 나는 그 질문을 어렵사리 꺼냈다.

"근데 아빠, 왜 하필 한국 아이였어요?"

아버지는 조금도 망설임 없이 얘기를 시작했다.

"아, 그걸 밝히자면 먼저 내 아버지 얘기부터 해야겠구나. 너희 할아버지 말이다. 내 아버지가 대학 생활을 한 60년대는 자식들이 부모 세대에 강한 분노를 쏟아내던 때였다. 내 아버지도 당신 아버지에게 똑같이 굴었던 것 같다. '나치가 그토록 만행을 저지를 때 아버지는 대체 어디서 무얼 하셨어요? 가만히 앉아 구경만 했다면 공범 아닌가요? 그나마 움트던 창의적이고 실험적이었던 바이마르의 이상은 어디로 갔나요? 어떻게 나라를 학살 국가, 전범국가로 만들었냐구요?' 그렇게 따갑게 몰아붙였지. 그러자 당신의 아버지는 이렇게 말씀하셨다고 했다. '그래. 우리 세대는 네 말대로 후대에 죽을죄를 지었다. 하지만 엎질러진 물을 이제 와서 어쩌겠니? 이제부터라도 세상을 한 뼘만큼이라도 더 나은 곳으로 만들기 위해 할 수 있는 일을 찾겠다는 말밖에는.' 그 말을 듣고 나서 아버지는 당신 아버지에게 더 이상 그런 질문을 할 수가 없었다고 했다. 당신의 아버지도 과거 일로 해서 고통받고 있다는 걸 알게 됐으니까.

그런 뒤에 원예학자가 된 나는 백합 육종을 위해 참나리를 찾아 제주도에 가게 되었다. 아버지와 같이 가본 뒤로 두번째였어. 암스테르담에서 만난 일본 학자에게서 한라산에 좋은 나리꽃이 있다는 얘기를 들었기 때문이지. 그즈음 한국은 한창 전쟁고아를 해외로 입양시키고 있던 때였어. 제주에서 그 뉴스를 접한 나는 즉시 한 아이에게 아비가 되기로 마음먹었다. 그러니까 너와 나를 맺어준 건 제주참나리란다. 그때 대구양자회로는 한 아기가 오고 있었지. 운명의 시계는 재깍재깍 돌아가고 있었어. 그 아기가 내 품에 안길 순간을 향해."

나는 그 얘기를 듣고 나서 더는 아버지에게 묻지 않았다. 왜 하필 나였느냐고.

파일을 다 읽고 나자, 가슴에 조용한 파문이 일었다. 로펌을 다닐 때 만난 독일 출신 의뢰인과 나눈 대화가 다시 생각났다.

그때 내가 물었다.

"독일 사람들 이해가 안 돼요. 지난 삼십 년 동안 통일세를 또박또박 납부해왔다면서요? 또 몇 년 전에는 그리스 난민촌에서 화재가 나자 정부에다 난민을 더 받아들이라고 전국 각지에서 시위를 했고요. 독일 시민들, 도대체 왜 그러는 거죠?"

내 질문에 그는 딱 한마디만 하고는 입을 꾹 다물었다.

"글쎄요. 뭐라고 답해야 할지. 말을 꺼냈다간 또다시 부끄러운 과거를 들추는 꼴이 될 테니까요."

류 소장의 양부와 그 아버지의 부끄러움은 다른 시민들도 공유하고 있다는 느낌이 들었다.

짐은 최대한 가볍게 싸기로 했다. 청바지와 청재킷으로 열흘을 버틸 생각이어서 가방엔 속옷과 티셔츠 몇 장만 담았다. 그리고 꼭 챙겨야 할 것이 있었다. 14K 나비 귀걸이. 그것만 하면 비장의 무기인 듯 왠지 마음이 든든했다. 짐을 다 싸고 나서 뮌헨에 도착 후 일정을 짜고 있는데 휴대폰이 울렸다.

모르는 번호였다. 혹시 새로운 의뢰인이거나 다급한 회원일지 몰라 받았다.

"여보세요, 대표님. 저 정규인데예. 급히 알려드릴 게 있심더."

"밤늦게 무슨 전화야? 어서 끊어."

"잠깐, 끊지 마이소. 중요한 일이라예. 오늘 오후에 주원이가 봤는데예. 어떤 젊은 남자가 대표님 집 앞을 흘깃거리더랍니더. 그러다 주원이가 가족인 것처럼 집 앞으로 바싹 다가가자 슬며시 꽁무니를 빼더니 멀찌감치 세워둔 카니발에 올라타고 잽싸게 달아났다 캅니더."

나는 애써 침착함을 유지하면서 쌀쌀맞게 말했다.

"쓸데없는 소리 지껄이고 다닐래? 어서 끊어."

그 뒤에는 문자 오는 소리가 났다.

'지 말 헛소리 아입니더. 진짜라예. 몸조심 단디 하이소. 뭔가 이상해예. 주원이가 차 번호도 찍어뒀답니더.'

정규의 전화를 받고 나서 며칠 뒤였다. 일을 끝내고 집에 왔더니 마치 집안 분위기가 이삿날 같은 느낌이었다. 냉장고가 뒷마당에 나가 누워 있고 소파가 탱자나무 울타리 아래, 세탁기는 뒤뜰 툇마루 아래 내팽개쳐져 있었다. 혹시 정규나 주원이가 와서 장난을 친 걸까, 하고 잠시 의심을 하기도 했다. 그러다 가슴이 서늘해지면서 공포가 와락 밀려왔다. 혹시 미행을 해오던 사람들이 이제 다른 식으로 내게 압박을 해오는 것일까? 농장 일에서 손을 떼라고? 다음엔 또 어떤 위해를 끼치려 할지 생각만 해도 온몸에 소름이 쫙 돋았다. 세엽에게 말할까 생각하다가 그만두었다. 사람을 불러 유리창에 도어락을 설치하고 방마다 잠금장치를 새로 달았다. 경찰 신고도 생각해봤지만 사진을 찍어둔 다음 일단 뒤로 미루었다. 행여나 류 소장 사건은 묻히고 혼자 사는 여성의 안전 문제만 부각될까 염려되어서였다.

뮌헨 공항에 내린 나는 지하철을 한 번 갈아타고 포치스트라세의 한국인이 운영하는 민박집을 무사히 찾아왔다. 어깨에 짊어진 무거운 책임감 때문인지 배낭여행을 다닐 때와는 기분이 확실히 달랐다. 군기가 바짝 든 신병의 느낌이랄까. 민박집에 들자마자 나는 한국인 주인 부부에게 말했다.

"내일은 오후에 오페라 보러 갈 거구요. 모레 상트 오틸리엔 수도원에 갈 거예요. 거기서 누굴 만나기로 되어 있거든요."

수도원 얘기를 꺼내자 주인아저씨가 무슨 책을 들고 나와 내게 보여주며 말했다.

"몇 년 전 서울 손님을 모시고 그 수도원에 갔다가 구내 서점에서 샀어요."

『선교박물관의 한국 유물』이라는 책이었다. 일제강점기에 한국에 선교사로 나갔던 상트 오틸리엔 수도원의 베버 신부가 수집해온 문화재 사진들이 실린 책이었다. 그 책을 보고 나자 시내에서 사십 킬로미터 떨어져 있다는 수도원이 한달음에 닿을 수 있는 듯 가깝게 여겨졌다.

이튿날 일어나 보니 소심의 메일이 와 있었다.

'대표님, 김정규랑 이주원이라는 고등학생들 아세요? 대표님 안부가 몹시 궁금하다면서 찾아왔었어요. 해외 출장 중이라고 했더니 가슴을 쓸어내리네요. 지금이 체험학습 기간이라며 농장에서 뭐 할 일이 없겠느냐고 아주 진지하게 물어보는데 어떻게 하죠? 소심.'

나는 즉시 답장을 보냈다.

'둘 다 저희 래프팅에 이 년 연속으로 참가한 학생들이에요. 글쎄요. 그동안 미뤄놓았던 온실 청소라든가, 화분 옮기는 일, 잡초 뽑기 같은 가벼운 일이나 한번 시켜보시죠. 미금 씨랑 의논해보세요. 서홍화 드림.'

답장을 보내고 나자 내가 정규 녀석에 대해 왜 별안간 너그러워졌는지 알 수가 없었다. 단지 농장에 가서 말썽만 일으키지 않기를 바랐다. 오후에는 독일 오기 전에 미리 예매해둔 오페라를 보러 갔다. 오페라극장은 중앙역에서 도보로 이십 분 거리여서 산책도 할 겸 걸어서 갔다. 「오시아네, 바다에서 온 여인」이라는 작품이었다. 낯선 곳에서 온 물의 요정처럼 자유로운 개성을 지닌 여인이 독일의 어느 보수적인 바닷가 마을에 와서 사랑을 찾으려 애쓰다가 꽉 막힌 그곳의 분위기에 좌절하고 다시 바다로 돌아간다는 이야기를 그린 오페라였다. 남는 시간을 어떻게 보낼까 하다가 영어 자막이 있다고 해서 예매를 했던 터였다. 독일 문학에서 괴테와 토마스 만을 이어주고 있다는 테오도르 폰타네의 미완성 소설을 각색한 것이었다. 특히 '독일인들은 아직도 프랑스인들만큼 개명되려면 멀었어'라는 식의 대사가 나올 때는 객석에서 웃음이 터졌는데 나로서는 그런 관객들의 반응도 재미있는 감상 거리였다. 그런 대사를 웃음으로 받아넘기는 것은 아마도 이제는 자신들이 결코 그 나라에 뒤지지 않는다는 자신감의 표현이 아닐까, 하는 생각이 들었다. 오페라에 빠져 있느라 시간이 얼마나 되었는지도 몰랐는데 벌써 열시가 넘어 있었다. 지하철을 타고 어찌어찌해서 포치스트라세에 내리긴 했는데 밤인데다 비까지 내려 도무지 방향을 잡을 수가 없었다. 아무리 가도 민박집이 나오지 않았다. 근처 파출소에 도움을 청하려고 창문을 두드렸지만 남자 경찰이 창문만 빼꼼히 열고는 말했다.

"여기는 행인 길 찾아주는 곳이 아닙니다."

내 딴엔 영어로 공손하게 물어보았는데 그 말만 하고는 창문을 쾅 닫아버렸다. 거리나 전철 안의 시민들은 영어가 잘 통하고 모두가 깍듯하고 친절했는데 도리어 경찰이 이토록 냉정하다는 게 믿어지지 않았다. 밤은 점점 깊어가고 이제는 이정표가 될 지하철역 입구조차 찾기 힘들었다. 출장 와서 임무를 채 시작도 못했는데 무슨 일을 당하는 건 아닌가, 하는 위기감이 목덜미를 움켜잡는 듯했다. 그때 마침 순찰차 한 대가 파출소를 향해 들어오는 것이 보였다. 무작정 달려가 창문을 두드렸다. 여경이 창문을 내리고 무슨 일이냐고 물었다. 오페라 보고 오다가 길을 잃었는데 택시를 좀 잡아달라고 했다. 그러자 여경이 선뜻 전화로 택시를 불러주었다. 민박집에 도착하니 열두시가 넘어 있었다. 덕분에 위기를 넘겨 여경에게 감사한 마음이었다.

이튿날은 일찍 수도원으로 향했다. 민박집 주인이 가르쳐준 대로 지하철을 타고 마리엔광장으로 가서 광역전철인 S6으로 갈아탔다. 바이에른의 가을 들녘은 드넓고 풍요로워 보였다. 전체적으로 누런 기운이 감도는 들판에는 지붕이 가파르고 아담한 독일식 단독주택이 드문드문 보였다. 어제는 시차를 별로 느끼지 않고 오페라까지 봤는데 오늘은 자꾸만 눈이 감기더니 나도 모르게 그만 소르르 잠에 빠져들었다. 얼마 후 깨어 보니 전동차 안에 나 혼자만 덩그마니 남아 있었다. 놀라서 허둥지둥 이 칸 저 칸으로 가보아도 승객은 한 명도 보이지 않았다. 탑승구 문도 창문도 꼭꼭 잠겨 있었다. 어제에 이어 이게 무슨 일인지 도무지 알 수 없었다. 가슴이 철렁했다. 민박집 주인은 S6을 타면 종점인 겔텐도르프까지 간다고 했는데. 나는 문을 쾅쾅 두드리고 유리창 앞에서 손을 저어 사람이 타고 있음을 알리려고 애를 썼다. 계기판에 있는 단추를 모조리 눌러댔다. 한참 애를 태우다가 창밖을 보았더니 누군가가 다가오고 있었다. 제복 차림으로 보아 역무원이었다. 그는 문을 열고는 말없이 손을 내밀었다. 나는 그의 손을 잡고 내리면서 말했다.

"성가시게 해드려 죄송합니다. 종점인 겔텐도르프까지 가는 줄 알고 마음 놓고 잠이 들었나 봐요."

그가 덤덤한 표정으로 말했다.

"놀라셨겠습니다. 하지만 염려 마세요. 낮잠은 아주 안전하게 주무신 겁니다. 여기가 파징역인데 S4로 갈아타세요."

역무원은 웃음을 보이지도 않고 능청스럽게 말했다. 상당히 유머 있게 얘기한 건데도 웃질 않으니 딱히 친절하다고는 느껴지지 않았다. 하지만 어제의 그 경찰에 비하면 구세주로 보였다. 이십 분쯤 기다렸다가 열차에 올랐더니 승객이라고는 오로지 어린 두 딸을 동반한 한 가족뿐이었다. 부부가 각각 큰 가방을 끌고 있는 것으로 보아 멀리서 온 게 분명했다. 아이들 아버지인 듯한 건장한 남자에게 여행 온 거냐고 물었더니 그는 가방을 가리키며 말했다.

"아프가니스탄에서 왔는데 농장에 일자리를 구했어요."

나는 배낭에서 브레첼 봉지 한 개를 꺼내 큰딸에게 건넸다. 아이들 엄마가 자기 가방에 손을 넣더니 봉지 하나를 꺼내주면서 사모사라고 했다. 홍대 앞 인도식당에서 먹어보고 카레 맛과 향긋한 향신료에 반한 적이 있어 반가웠다. 종점에서 내려 아프가니스탄 가족과 헤어진 다음 물을 사려고 편의점을 찾아보았다. 두 군데 모두 문이 닫혀 있었다. 빵은 있는데 물이 없어 점심을 먹을 수가 없었다. 역사 뒷길에서 두리번거리고 있자니 지나가던 승용차가 멈춰 섰다. 운전하던 청년이 창문을 내리고 '뭘 찾느냐'고 물었다. 나는 생수를 사려고 하는데 편의점이 다 문을 닫았다고 했다. 청년은 차에서 내리더니 말했다.

"오늘은 통일기념일이어서 다 문을 닫았어요. 잠시만요."

그리고는 트렁크에서 맥주 한 병을 꺼내와 내게 건넸다. 맥주를 받아 든 내가 병뚜껑을 가리키며 난감해하자 그는 조수석에 탄 친구에게 '노흐 아이너(하나 더)'라고 소리쳤다. 친구가 맥주 한 병을 더 가져왔다. 맥주병 하나를 뒤집어 병따개처럼 다른 병뚜껑에 걸더니 뚝딱 따주었다. 그럴 경우 보통은 한 병만 열렸던 것 같은데, 청년은 어떤 기술을 쓴 건지 두 병 다 뚜껑이 열렸다. 청년은 뚜껑이 따진 맥주 두 병을 내게 건넸다. 특별히 상냥하지 않고 그저 덤덤해 보이는 청년들이었다. 나는 '당케 쉔' 하고는 손을 흔들면서 그들과 헤어졌다. 햇볕이 따스한 바이에른의 조용한 시골 역 벤치에 앉아 아프가니스탄 가족을 생각하며 사모사부터 먹었다. 겉은 바삭하고 속은 촉촉했다. 바이에른에 와서 생각도 못했던 서남아시아의 사모사 맛을 보게 된 것도 작은 즐거움이었다. 무엇보다 물을 사 오지 않기를 잘한 것 같았다. 덕분에 청년들을 만나 맥주를 두 병이나 얻게 되었으니까. 때로는 엉성한 준비가 도리어 풍성함을 부르게 되는 모양이다. 맥주 두 병이 금세 바닥이 났다. 불콰해진 얼굴로 수도원에 들어가기는 좀 민망했다. 슬슬 걸어가면서 술기운을 날려 보내기로 했다. 수도원 너머 조금 먼 하늘 아래 알프스의 만년설이 은은하게 빛나고 있었다. 세엽의 아버지가 자주 난초 탐사를 나갔던 바바리안 알프스가 손에 잡힐 듯했다.

기차역 뒷길에서 오른쪽으로 돌자 굴다리가 나오고 곧이어 툭 트인 평원 한가운데에 나 있는 긴 가로수 길이 보였다. 길 양쪽에 서 있는 전나무의 호위를 받으며 포장되지 않은 흙길을 걸어 들어갔다. 길 양쪽 밭에는 추수가 끝났는지 둥글게 말아놓은 건초 더미가 한가롭게 뒹굴고 있었다. 조금 멀리 성당의 종탑이 보이는 방향을 향해 한 삼십 분쯤 걸었더니 수도원 담장이 보였다. 담장 안으로 들어가자 마트에서 장을 보고 나오는 주민들이 눈에 띄었다. 수도원 마트? 호기심이 생겨

들어가보았다. 정육에서부터 우유, 치즈, 야채에 이르기까지 온갖 식료품들이 바구니에 담겨 줄줄이 놓여 있었다. 과연 농부 수도원이었다.

마트를 지나 안으로 걸어 들어가자 어느 건물 벽에 기괴한 모양의 벽화가 그려져 있었다. 관 속에 누운 해골 위로 지폐가 비처럼 쏟아져 내리는 그림이었다. 돈 비가 쏟아져도 관 속에 누운 이에게는 아무 소용이 없다는 뜻일까? 레스토랑 표지판을 보고 오른쪽으로 돌아 조금 더 갔더니 출판사와 목공소, 그리고 서점 겸 성물방과 레스토랑이 나왔다.

레스토랑으로 들어가 종업원에게 숙소 예약 메일을 보여주었더니 이층으로 나를 안내했다. 객실에서 물을 끓여 커피 한 잔을 마시고는 아래로 내려왔다. 수도원이 어떤 모습일지 몹시 궁금했다. 손님이 없는 시간이어서인지 눈썹이 유난히 짙은 종업원이 안내하겠다며 앞장을 섰다. 수도원 안쪽을 향해 걸어가던 중에 그가 오른쪽에 있는 작은 건물을 가리켰다. 무슨 얘기를 하려는데 그의 휴대폰이 울렸다. 손님이 온 모양이었다. 전화를 끊고 나서 미안하다는 듯 어깨를 으쓱하고 식당으로 걸어가던 그가 돌아서서 건물을 가리키며 말했다.

"저 안에 재미있는 볼거리가 있어요. 들어가보세요."

건물 안에는 뜻밖에도 재봉틀 전시관이 있었다. 온갖 브랜드의 재봉틀이 전시실을 가득 채우고 있었다. 전시관을 나오자마자 바로 옆에 '세탁실'과 '청소 도구실'이 보였다. 저절로 고개가 끄덕여졌다. 신성한 수도원에도 세탁과 청소를 도맡아줄 곳은 물론 필요할 터였다.

안쪽으로 좀 더 걸어 들어갔더니 작은 광장이 나오고 왼쪽에 '피정의 집'이라는 게스트하우스와 선교박물관이 나왔다. 나도 모르게 발길이 먼저 박물관 쪽으로 향했다. 입구에 들어서기 무섭게 수많은 박제 동물들이 줄을 서서 나를 반기는 듯했다. 탄자니아산 사슴, 하마, 여우, 하이에나, 들소 그리고 온갖 새들의 박제품이었다. 선교박물관이 아니라 마치 자연사박물관에 온 듯했다. 수도원에 왜 저토록 많은 박제품이 필요한지는 의문이었다. 벽에 걸린 박제된 얼룩말의 머리가 입을 벌리고 내게 스와힐리어로 '후잠보(안녕하세요)'라고 말을 걸어올 것만 같았다.

박제 동물들을 지나 안쪽으로 들어가자 '고요한 아침의 나라에서'라는 제목의 한국 문화재 컬렉션실이 나왔다. 모형 한옥에서부터 조선 시대 남녀 복식과 문방구류, 담뱃대 등 갖가지 민속품이 망라되어 있었다. 겸재 정선의 화첩도 이 가운데 끼어 있다가 돌아온 것이었다. 그러나 난초 그림은 찾을 수 없었다.

박물관을 나와 왼쪽에 있는 게스트하우스로 갔다. 흰 블라우스에 검정 스커트를 입은 접수부 여직원은 조금 뚱한 표정으로 내게 용건을 물었다. 수도원 측과 주고받은 메일을 보여주자 그녀가 말했다.

"객실이 다 차서 당분간은 예약을 받을 수 없습니다."

포기한 채 돌아서는데 마침 벽면에 붙은 안내문이 눈에 띄었다. 가까이 다가가 보았더니 무슨 공지문인데 맨 밑에 '담당자 슈필만 신부'라고 적혀 있었다. 나도 모르게 다시 접수부로 가서 여직원에게 물어보았다.

"오늘 저녁 식사는 예약 가능할까요?"

직원은 잠시 머뭇거리더니 어딘가로 전화를 했다. 그러더니 무심한 표정으로 가능하다고 했다. 저녁 식사 때까지는 세 시간을 더 기다려야 되었다. 그동안 뭘 할까, 생각하다가 문득 아까 수도원 입구 쪽에서 본 특이한 벽화가 생각나 그쪽으로 발걸음을 옮겼다. 벽화에 거의 다다랐을 무렵 발소리가 들려 뒤를 돌아보았더니 어떤 신부가 다가오고 있었다. 그가 내 옆에 가까이 다가왔을 때 나도 몰래 불쑥 인사를 건넸다.

"신부님, 안녕하세요? 코리아에서 온 서홍화입니다. 수도원에서 며칠 머물고 싶어서 왔어요. 그런데 게스트하우스 예약이 잘 되지 않아 애를 태우고 있습니다. 오늘 저녁 식사만 겨우 예약이 되었어요."

신부의 대답은 너무나도 뜻밖이었다.

"저녁 식사 때 이층 식당으로 올라와 맨 안쪽 테이블에 앉으세요. 거기서 만나요. 게스트하우스엔 내가 얘기해놓을 테니 내일 아침, 접수부로 가서 예약하세요. 슈필만 신부가 추천했다고 하시고요. 사우스 코리아죠?"

"네, 신부님. 감사합니다."

그는 손을 들어 인사를 표한 후 가던 길을 재촉했다. 세상에 이런 우연의 일치가 있을 수 있을까. 나는 왜 슈필만 신부의 이름을 보자마자 게스트하우스에 저녁 식사를 예약할 생각을 했을까. 하필 그 시점에 나는 왜 그 기이한 벽화 쪽으로 발걸음을 옮겼을까. 거기서 우연히 마주친 신부에게 게스트하우스 예약 이야기를 꺼낼 생각은 또 어떻게 했을까. 그리고 그이가 안내문에서 본 그 슈필만 신부였다니! 긴 사제복 자락을 펄럭이며 성큼성큼 걸어가는 신부의 뒷모습을 나는 한참이나 바라보았다.

여백에 이는 바람

벽화를 보고 나서 숙소로 돌아왔더니 폰에 세엽이 보낸 문자가 떴다. 숙소에서만 와이파이가 되나 보았다. '메일을 보냈으니 확인하시길. 고모는 상태가 좋아져 퇴원. 예정대로 모레 수도원행 가능. 아버지 노트에서 요약한 한 대목 보냄. 세엽.'

드디어 일기의 마지막 부분에 대한 얘기가 있을까 하고 노트북을 열어 파일을 여는데 손이 떨리고 가슴이 쿵쾅거렸다. 하지만 그게 아니었다. 제목은 '여백에 이는 바람'.

대학에 입학하고 난 뒤 어느 날 아버지는 작은 아기 옷을 꺼내 펼치면서 얘기를 시작했다.

"헤스야, 이게 네가 처음 내 품에 와서 안기던 날 입고 온 아기 옷이란다. 여기 수놓인 난초 잎새를 보려무나. 뻗어나간 난초 잎 말고 또 뭐가 보이니?"

"글쎄요. 아무것도 없는데. 아, 빈 하얀 옷감?"

"그래, 텅 빈 나머지 공간이 있지. 그러니까 이 옷에서 그림은 이파리뿐 아니라 이 공간도 되는 것이지."

"어? 그게 무슨 뜻이에요, 아빠?"

내가 얼떨떨한 표정을 짓자 아버지가 자세히 설명해주었다.

"난초 잎새 하나가 빈 공간에 팔을 쭉 뻗는다고 생각해봐. 그 잎새는 오로지 혼자 힘으로 뻗어나가는 게 아니야. 이 빈 공간이 있어 맘껏 더 멋지게 팔을 뻗을 수 있는 것이지."

"아직도 잘 모르겠어."

내 말에 아버지는 거실 벽에 걸린 그림을 가리키면서 말했다.

"저기 서양화를 보려무나. 캔버스가 어떤 형상과 물감으로 꽉 차 있지? 빈 공간이라는 게 전혀 없잖아."

"응, 그건 나도 알아. 동양화와 서양화의 차이지."

"그래. 그 옆의 그림은 내가 한국에 갔을 때 사 온 산수화인데 잘 보렴. 여기저기 여백이 보이지? 그 여백이 곧 보는 이의 감성과 상상력을 끝없이 자극한단다. 어떤 사람은 그 여백에서 물이랑 구름, 바람과 같은 자연을 느끼기도 하고 또 다른 이는 그보다 더 큰 우주의 기운을 느끼기도 하지. 그러니까 빈 공간은 의도적으로 비워둔 거야. 네 아기 옷의 텅 빈 하얀 부분처럼."

"일부러 비워둬요?"

"그렇지. 네 작은 몸을 보드랍게 감쌌던 이 옷을 처음 볼 때 아빠 마음이 어땠는지 아니? 빈 공간에 쭉 뻗어나간 난초 이파리가 내 마음을 흔들었단다. 이파리와 빈 공간, 그 사이에서 무슨 일이 일어나는 것 같았지. 그래서 새하얀 옷감에다 난 이파리 몇 가닥만 수놓아 입혀 보낸 너의 생모에게 깊이 감사한다."

아버지는 그 말을 하고 나서 아기 옷을 품에 꼭 껴안았다. 나는 얼추 알아들었으면서도 어깃장을 놓고 싶은 충동을 느꼈다.

"아직도 잘 모르겠어, 아빠. 다른 걸로 한번 예를 들어봐."

"어디 보자, 뭐가 좋을까. 아, 얼마 전에 너 나랑 같이 베를린필 공연 보러 갔었지?"

"응 아빠, 말러 교향곡「대지의 노래」였나? 아유, 그때 얘기하면 창피한데. 내 인생의 흑역사야. 꾸벅꾸벅 조느라 제대로 듣질 못했거든."

"그래. 5악장까지 쿨쿨 자고 있었지. 괜찮아. 피곤하면 잘수도 있지, 뭐. 근데 너 전날 밤, 공부 안 하고 만화 보느라 늦게 잤지?"

"어? 어떻게 알았어, 아빠?"

"괜찮아, 만화도 봐야지. 나도 그랬는걸. 아무튼, 6악장 '고별'이 시작되기 직전에 내가 흔들어 깨운 건 기억나니?"

"응, 기억나. 아빠가 귓속말로 이랬지. '헤스야, 이번 악장은 못 들으면 인생에 큰 손해일 거다'라고."

"그럼! 손해이고말고. 그 6악장 앞부분에 말이다. 작곡가가 일부러 동양화의 여백처럼 빈 공간을 만들어둔 게 있었거든. 그걸 알려주고 싶었어. 기억해봐. 그게 뭐였는지."

"음, 뭘까? 아, 맞다. 6악장 시작되고 나서 얼마 안 돼 잠시 악기 소리가 싹 사라진 그 부분 말이지?"

"그래, 아주 짧은 정적이 있었지. 그 침묵의 공간을 플루트랑 알토가 치고 들어가잖니."

"아하, 알았어요. 그 빈 공간 덕에 음악은 더욱 쓸쓸하고 구슬픈 이별의 분위기를 자아내게 된다, 그런 말씀?"

"와, 역시 우리 헤스! 다음에도 데려가야겠는데."

"아, 아니, 나 사양할래, 아빠. 아직 교향곡은 좀 어려워. 근데 그날 들은 가사 중에 한 소절은 기억나. '친구여, 그대 어디로 가려는가? 꼭 가야만 하나?' 맞지?"

"그래, 맞아. 아유, 신통한 우리 헤스. 그러니까……"

"아빠, 잠깐. 이제 알았어. 내 아기 옷에도 그런 빈 공간이 있어 난초 이파리가 더 멋지게 뻗어나간 거다, 그런 얘기지?"

아버지는 그 순간 눈가가 촉촉해지면서 나직한 목소리로 말을 이었다.

"옳지. 그래, 우리 아들. 난초 이파리가 쭉 뻗어나가면서 그 빈 공간을 가를 때 말이다. 어떤, 향기로운 바람이 일어났던 것 같아. 돌이켜보니 양자회에서 너를 처음 받아 안을 때, 뭔가가 스윽, 내 살갗으로 스며드는 느낌이었거든."

"살갗으로 스윽?"

나는 오른손으로 왼쪽 팔뚝을 밑에서부터 위로 쓱 훑으면서 물었다.

"그래, 그랬단다. 그것이 곧, '여백에 이는 바람'이 아니었을까, 싶어."

그날 나는 평소 장난치며 친구처럼 놀아주던 아빠가 아들 앞에서 처음으로 수줍은 표정을 짓는 것을 보았다.

글을 읽고 나자 가슴이 먹먹해왔다. 세엽에게 뭐라도 써 보내야 할 것 같았다.

'세엽 씨. 아버지의 글 잘 읽었어요. 아버지가 왜 그토록 장지문에 드리운 난잎의 그림자를 좋아하셨는지 알 것 같아요. 그건 바로 생모에 대한 절절한 그리움 때문이었어요. 양부께서 하신 말씀 한마디 한마디에 전율이 느껴져요. 난잎이 수놓인 아기 옷에 살포시 싸인 그 작은 몸을 당신 품에 안을 때, 미지의 세계에서 불어오는 향기로운 바람을 느끼셨다니요. 살갗으로 스윽 하고 스며드는.'

저녁때가 되어 게스트하우스 식당으로 갔다. 나는 제일 안쪽 테이블에 가서 앉았다. 슈필만 신부가 말한 그 자리였다. 저녁은 먹을 생각도 하지 않고 나는 신부가 나타나기만을 기다렸다. 마치 어릴 때 집에서 혼자 오도카니 앉아 일하러 간 아빠가 돌아오기만을 눈이 빠지게 기다리던 때의 심정 같았다. 마침내 신부가 모습을 드러냈다. 그는 테이블마다 돌아다니며 손님들에게 인사를 한 다음 내가 있는 테이블로 왔다. 나와 악수를 한 그는 '멀리 코리아에서 오신 손님'이라고 나를 좌중에 소개한 뒤 내 옆에 앉았다. 저녁은 원래 굶는지 식사 시간 내내 그는 차만 마셨고 음식을 가져오는 모습은 볼 수 없었다. 몇 시간 전에 만난 신부가 마치 오래전부터 알아온 지인처럼 여겨졌다.

숙소로 돌아와 소심의 문자를 확인했다. '일꾼 제대로 만난 듯해요. 농장이랑 온실에서 버릴 것들만 치워보라고 했는데 완전히 클린팜이 되었네요. 미금 씨도 놀랐대요. 오늘은 또 뭘 시키면 좋을까, 고민 중. 소심.'

두 녀석이 실망을 시키면 어쩌나 했는데 다행이었다.

이튿날, 아침을 먹자마자 다시 게스트하우스로 갔다. 숙소 예약을 마무리 짓기 위해서였다. 슈필만 신부의 이름이 통할지 가슴이 콩닥거렸다. 접수부 여직원 앞에 서서 나는 자신 있게 말했다.

"어제 슈필만 신부님께서 당신 이름을 대고 예약하라고 하셨는데요."

여직원은 한순간의 주저함도 없이 서류를 내밀었다. 숙소는 세엽의 도착에 맞춰 내일로 예약이 되었다. 숙소가 해결되자 마음이 가벼워진 나는 수도원 깊은 곳을 탐험해보고 싶었다. 게스트하우스를 나와 왼쪽으로 돌아 건물과 건물 사이 좁은 골목길로 들어섰다. 고층으로 된 양쪽 건물들은 아마도 사제와 수사들의 숙소인 듯했다. 골목이 끝난 지점에 이르자 왼쪽에 연못과 묘지가 보였고 오른쪽에는 마당에 온갖 꽃이 만발한 학교가 있었다. 안내판에는 초중고생 칠백여 명이 다니는 기숙학교라고 쓰여 있었다.

학교 구역을 벗어나자, 작은 기차역이 나왔다. 수도원 이름을 딴 역이었다. 상트 오틸리엔. 승객은 한 명도 보이지 않는 작은 역사 앞 승강장에 온갖 색깔의 꽃을 가득 실은 손수레가 정성스레 놓여 있었다. 그리고 역사 옆에 조촐한 살림집이 한 채 있었다. 인적 드문 쓸쓸한 평원에 자리 잡은 소박하면서도 아리따운 풍경이었다. 잠시 후 대학생으로 보이는 청년이 백팩을 메고 승강장으로 올라왔다. 평소 이 작은 역을 자주 이용하느냐고 물어보았다. 그는 선뜻 시원스레 대답했다. 수도원을 통과해 조금만 걸어 나가면 뮌헨행 직행을 탈 수 있는 기차역이 나오지만 꼭 이 역으로 와서 지선을 타고 나가 갈아탄다고. 특별한 이유라도 있는지 물어보았더니 의외의 대답이 나왔다.

"이 꽃수레를 확인하려고요. 이게 저 집 주인의 안부를 말해주거든요. 수십 년이나 됐어요."

"그래요? 무슨 사연이라도 있어요?"

"기차역이 들어설 때 당국에서 그랬대요. 보상을 해줄 테니 다른 곳으로 이사를 가라고. 그런데도 주인은 그냥 살겠다고 했대요. 도리어 쓸쓸한 평원에 새 식구가 생겨서 좋다구요."

학생이 얘기를 하고 있는 동안 허리가 구부정한 여주인이 집 뒷마당으로 나와 꽃을 돌보는 모습이 보였다. 나는 속으로 그녀에게 인사했다. '멀리 극동에서 온 한 젊은 나그네가 당신의 꽃수레를 보며 여독을 풀고 있다'고.

초원에서 만난 수사

기차역을 벗어나 들판으로 계속 걸어 나가자 젖소 수십 마리가 흩어져 한가로이 풀을 뜯고 있는 넓은 초원이 나왔다. 이런 것이 진짜 방목이지, 라는 생각을 하며 한참 걷다가 창고 앞에서 오른쪽으로 난 길로 접어들었다. 그때 멀리 맞은편에서 누군가가 이쪽을 향해 다가오고 있었다. 누구일까. 초원의 외길 한가운데서 우리는 마주 섰다. 그는 청바지와 검은색 티셔츠 차림에 턱수염과 구레나룻이 무성한 젊은 남자였다. 내가 먼저 인사를 했다. 멀리 코리아에서 수도원 견학을 온 아무개라고. 그도 자기소개를 했다.

"수도원에서 공부하고 일하고 있는 수사 루카스입니다. 먼 오지까지 찾아주셔서 영광입니다."

머리숱이 풍성하고 건장한 몸에 서글서글한 성품의 수사였다. 어제 슈필만 신부와의 만남에 이어 다시 한번 낯선 곳에 와서 느꼈던 긴장과 불안이 서서히 가시는 듯했다. 그에게서 온기를 전해 받아 자신감이 생긴 나는 생각나는 대로 질문을 던졌다.

"이런 질문을 해도 될지 모르겠는데 이 목초지랑 소도 모두……"

"네 맞습니다. 수도원 소유죠."

'소유'라는 말이 좀 어색하다 싶었던지 그는 씽긋 웃고는 바람에 한들거리는 무성한 목초를 사랑 어린 손길로 쓰다듬으며 말했다.

"처음에는 황폐하고 쓸모없는 늪지였어요. 지금처럼 비옥한 초원이 되기까지는 오랜 세월 동안 흘린, 수많은 이들의 땀방울이 있었죠."

그 말을 듣자 출장 오기 전에 읽었던 책의 한 구절이 생각났다.

"제가 읽은 『수도원 이야기』라는 책에 이런 말이 있더군요. '수사들이 흘리는 기꺼운 땀방울, 인간이 잃어버린 낙원을 찾기 위한 것'이라고요."

"당케 쇤. 마침 산책 나갔다가 돌아가는 길인데 수도원 안내를 좀 해드려도 될까요?"

"어머나. 그래주시면 영광이죠."

나는 수사를 따라 수도원 쪽으로 향했다. 기차역 앞에 왔을 때 내가 꽃수레를 가리키며 학생에게 들은 얘기를 꺼냈다.

"이 꽃수레에 얽힌 이야기 들었어요. 어느 학생한테서."

"네에, 저희도 그 천사님께 매일 감사해하고 있어요. 벌써 수십 년째 꽃을 갖다 두시는 고마운 분이죠. 그리고 이 역은 한국과도 인연이 깊어요. 한국전쟁 때 수도원에 모인 구호품을 기차에 실어 내보내던 역이거든요."

마음속에 의문이 들었다. 도대체 이 수도원은 왜 이토록 한국과 관련이 깊은 거야? 수도원 오른쪽으로 천천히 걸어 들어가자 바싹 마른 옥수수 대궁과 짚단, 잘게 토막 낸 나뭇조각 등이 따로따로 산더미처럼 쌓여 있었다.

"근데, 수사님. 이런 쓰레기들은 대체 뭐 하러 모으는 거죠?"

"쓰레기요? 얕보지 마세요. 귀한 자원입니다. 바이오 에너지를 만드는. 유기물을 이용해 발전을 하면 이산화탄소가 적게 배출되거든요."

수사는 토막 낸 옥수숫대를 어루만지면서 말했다.

"바이오 에너지요? 와, 이걸로 발전을? 그걸로 필요한 전기가 충당이 되나요?"

"그럼요. 남아서 이웃 마을에까지 나눠주고 있는걸요."

"이게 다 수사님들 손으로 하나하나 끌어 모으고 다듬고 한 것이군요."

"그렇죠. 신부님들은 항상 선하고 성스러운 말씀만 하시죠. 그렇지만 이런 거친 잡목이랑 옥수수 대궁들을 모으고 갈무리하는 바지런하고 억센 손들이 있어야만 수도원이 돌아가요. 신부님들은 아무것도 모르세요. 수도원이 어떻게 돌아가는지."

마음에 있는 말을 솔직하게 뱉어내는 수사가 놀라워서 나는 입을 다물지 못했다. 그 말을 하고 나서 조금 민망했던지 그는 하늘을 바라보며 몇 마디 덧붙였다.

"하긴 뭐, 세상 물정을 몰라야 하늘의 말씀에만 집중할 수 있겠죠. 그러시라고 우리 같은 일꾼들이 있는 거구요. 제 말은 그저 한 귀로 듣고 한 귀로 흘려버리세요."

나는 살짝 웃음이 나오려는 것을 참으면서 말했다.

"아뇨. 너무나 솔직하고도 중요한 말씀이세요. 백번 천번 공감해요."

무더기로 쌓여 있는 바이오 자원들을 지나 안쪽으로 계속 걸어 들어갔다. 점점 고약한 냄새가 코를 고문하기 시작했다. 내가 손으로 코를 막자 그는 젖소 축사가 있어서라고 했다. 그러더니 나를 착유장 쪽으로 데려갔다. 착유장은 일층이지만 그는 나를 이층으로 데려가며 발소리가 나지 않게 조심조심 걸었다. 이층 난간에 선 그는 손으로 입을 가리고는 나지막한 목소리로 속삭였다.

"젖소들이 들으면 안 되는 비밀 얘기가 있어요."

위에서 내려다보니 목부들 몇이서 젖소 유두에 착유기를 갖다 대고 젖을 짜고 있었다. 수사는 계속 손으로 입을 가리고는 내 귀에 대고 속삭였다.

"몇 년 전, 연학 수사라고 사제 준비를 하던 수사가 있었어요. 그분이 관리하던 젖소들은 항상 우유를 풍성하게 내주었죠. 그런데 그 수사가 사제 서품을 받아 떠나고 다른 수사가 왔어요. 그러자 어느 젖소가 도무지 젖을 내지 않는 거예요."

"어머나, 그래서요?"

"하는 수 없이 신부가 된 왕년의 수사를 다시 모셔왔죠. 그분이 그 소를 끌어안고 한나절을 토닥이면서 같이 놀아주자 다시 전처럼 선선히 젖이 돌기 시작했어요."

그는 전혀 웃지 않고 진지한 표정으로 말했다.

"젖소가 연학 수사를 사랑했던 걸까요? 아니면 저 재미있으라고 수사님이 지어낸 얘기예요?"

"젖소가 수사를 사랑했는지는 저도 모르죠. 젖소 마음이니까. 그럴 수도 있구요. 어쨌든 제가 직접 목격한 일이에요. 그때 착유장에서 근무했거든요. 돌아가면서 일하니까."

웃음기 없이 정색을 하고 말하는 것으로 보아 사실인 듯했다. 축사를 나오면서 물어보았다.

"수사들은 주로 어떤 일을 하세요?"

"사회에 있는 거의 모든 직업이 다 망라돼 있어요. 제빵사, 목부, 목수, 농부, 요리사, 편집자, 축산 가공자, 포도주 양조자, 교사, 정원사, 재봉사, 엔지니어 등등."

내 입에서는 저절로 탄성이 터져 나왔다.

"와, 정말 온갖 직종이 다 있네요. 수도원은 복도 많으시지."

시간을 끌고 싶어 일부러 느린 걸음으로 걸었지만 어느새 내가 묵고 있는 레스토랑 앞까지 왔다. 건너편에 서점 겸 성물방이 있었다. 둘이 함께 서점으로 들어갔다. 그는 목각으로 된 몇 가지 물건을 가리키며 자신의 작품이라고 했다. 모든 게 수사들의 수제품이라는 얘기였다. 나는 수도원의 사계가 담긴 사진엽서 몇 장을 샀다. 그런 다음 카페에서 테이크아웃으로 커피를 사서 근처 벤치로 갔다.

"오늘 저 때문에 시간 낭비 많이 하셨죠? 괜찮으세요?"

그는 커피를 한 모금 마시고는 왼팔을 내가 기댄 벤치 등받이 위로 뻗고는 자신감 있는 표정으로 말했다.

"아, 괜찮아요. 누가 뭐래요? 하드 워킹 포 세브럴 데이즈 앤 메이드 어 셋 오브 데스크 앤 체어 니틀리."

수사가 하드 워킹과 니틀리를 유난히 강조하는 통에 내 머릿속에서는 그 말의 뉘앙스가 고스란히 느껴졌다. '내가 말야, 며칠 강행군으로 책걸상 한 세트 쌈빡하게 뽑아냈으면 됐지, 뭘 더 바라?'라는.

"오늘 오후에는 산책도 하고 좀 쉬기로 했어요. 그런데, 성함이……"

"서홍화예요. 그냥 홍화라고 부르세요."

"아마도 홍화 씨를 만나려고 요 며칠 사이 제 손이 그리도 날래게 돌아갔나 봅니다."

그 말을 하면서 그는 입을 알맞게 벌려 조신한 웃음을 지었다. 수도원 수칙에 '함박웃음 금지'라는 항목이라도 있는 것일까. 힘든 노동을 하면서도 전혀 스트레스를 받지 않는 듯한 수사가 좀 얄밉게 여겨져서 짓궂은 질문을 해보았다.

"젊은 수사들 중에 말예요. 엄격한 규율 때문에 탈선했다가 퇴출되는 경우는 없었을까요?"

"음, 여기도 사람 사는 동넨데 왜 없었겠어요? 전설 같은 얘기가 있어요. 옛날에 수련 중인 수도자들 몇이서 뮌헨 시내로 원정 나가 코가 삐뚤어지도록 술을 진탕 마시고는 며칠 만에 돌아왔다는. 그리고 또 하나는 수도자들이 항상 몸에 품고 다녔던, 아 그게 아니고 요즘……"

그는 하늘을 쳐다보며 딴청을 부렸다.

"날씨 참 좋죠? 올해는 풍년이 들어 수도원 살림이 더 풍성해지려나."

그의 수에 넘어가서는 안 될 것 같았다.

"수도자들이 몸에 품고 다니던 게 있었다구요? 그게 뭘까요? 어쩌다 발견됐죠?"

"아, 그건 비밀."

그는 애써 내 눈길을 피하려 했다.

"비밀이라뇨? 그런 게 알려지면 도리어 대중들이 더 친근감을 느끼게 될 텐데요. 수사 지원자도 왕창 늘어날걸요."

수사는 빙긋이 웃더니 목공실로 돌아가야겠다며 일어섰다. 우리는 메일주소를 교환했다. 숙소에 돌아와 사진을 메일로 보냈다. 딱 한마디만 썼다. '수도원, 그 신비의 문을 열어준 분께 감사하며.'

다음 날은 정확하게 새벽 다섯시경에 잠이 깼다. 새벽 미사에 꼭 갈 필요가 없는데도 그냥 벌떡 일어나졌다. 솔직히 루카스를 다시 만날 수도 있지 않을까 하는 기대감에서였다. 하지만 신부들을 따라 성당에 들어올 때와 나갈 때 유심히 살펴보았지만 똑같은 수도복 차림의 수사들은 누가 누군지 도무지 구별이 되지 않았다. 미사가 끝난 뒤 숙소로 돌아오는 길이었다. 광장을 지나 수도원 입구 쪽에 있는 대형 새장 앞을 지날 때였다. 뒤에서 저벅저벅 힘찬 발소리가 들려왔다. 돌아보았더니 어떤 수사가 나를 향해 다가오고 있었다. 긴가민가 했는데, 루카스였다. 그가 내게 손짓을 했다. 그 자리에 서라는 표시였다. 잰걸음으로 다가온 그가 말했다.

"사진 잘 받았어요. 솜씨가 좋으시던데요. 이쪽으로 가시는 걸 보고 따라왔어요. 어제 미처 보여주지 못한 데가 있어서요."

그는 도로 왼쪽의 작은 건물을 끼고 돌더니 나를 허브 정원으로 데려갔다. 허브 종류를 하나하나 설명해주고 나서 그가 덧붙였다.

"수도원에 계시는 동안 설사가 나거나 잠이 안 오거나 하면 여기 와서 설명을 보고 증세에 맞는 이파리를 따서 꼭꼭 씹어 먹어요."

나는 웃으면서 예의상 고개를 끄덕여주었다. 웬일인지 그가 약초 얘기는 건성으로 하고 있다는 느낌이 들었다. 말문을 터줘야 할 것 같았다.

"저어, 어제 말씀하신 거 있잖아요. 수련기 때 수도자들이 몸에 품고 다니던 게 있었다구요. 그게 뭔지……"

그는 어느 약초 앞에 쪼그리고 앉더니 입을 다물고는 땅만 내려다보았다. 나도 그 옆에 가서 앉았다. 우리는 마치 봄에 돋은 새싹을 바라보고 있는 노랑 병아리들 같았다. 한참 만에 대답이 나왔다.

"아, 그거요? 뭐 별거 아녜요."

오늘도 능청 떨기는 계속됐다.

"저 혼자만 알고 있을게요. 절대로 소문 안 내요. 약속."

나는 새끼손가락을 올리며 말했다. 그도 자기 새끼손가락을 내 손가락에 걸었다. 통통한 그의 새끼손가락이 육감적이어서 나는 약간의 간지러움을 느꼈다. 그가 손가락으로 길 옆의 건물을 가리키며 말했다.

"저기 오른쪽에 있는 건물 보이죠? 방금 지나온 곳. 거기 가면요, 좋은 볼거리가 있어요."

"아, 가봤어요. 재봉틀 전시관?"

"맞아요. 그런데 실은 재봉틀 말고 더 은밀한 게 있는데."

"뭔데요?"

"다 알려주면 재미없잖아요."

"뭐죠? 수도원 반입금지 품목 같은 거? 전시관 말고는 청소 도구실이랑 세탁실밖에 없던데요."

"아, 방금 힌트가 나왔어요."

"아유 감질나."

"그럼 이만 가볼게요."

"아 잠깐만요, 수사님. 이렇게 냄새만 피우고 가시기예요?"

그는 허브 정원에서 일어나 목공소 쪽으로 발길을 떼고 있었다.

"이러시면 저, 저녁 어스름에 목공실 담 넘어요."

나는 그의 뒤통수에다 대고 큰 소리로 말했다. 그래도 그는 들은 척도 하지 않고 발걸음을 재촉했다. 어떻게든 그를 붙잡아서 좀 더 얘기를 나누고 싶었다. 나는 목소리를 내리깔고 정중한 목소리로 말했다.

"수사님, 저 꼭 드릴 말씀이 있어요."

수사가 내 쪽을 돌아보았다.

"아주 중요한 거예요."

내 말에 그가 다시 허브 정원으로 돌아왔다. 사실 누구에겐가 꼭 털어놓고 싶은 이야기였다. 나는 허브 정원에서 그와 마주 서서 얘기를 시작했다.

"저 여기 와서 어떤 경찰관을 미워하게 됐어요. 그래서 괴로워요, 수사님."

"무슨 일로요? 그 경찰이 무슨 잘못이라도 했나요?"

나는 며칠 전 비 내리는 밤에 있었던 일을 털어놓았다. 오페라를 보고 밤중에 숙소로 돌아가다가 길을 잃었다. 파출소를 찾아갔더니 경찰관은 '우린 행인 길이나 찾아주는 그런 사람들 아니다'라고 말하면서 창문을 쾅 닫아버렸다. 털어놓지 않으면 나쁜 기억을 갖고 돌아가게 될까 봐 걱정된다. 그런 얘기였다. 내 말을 들은 루카스는 한숨을 폭 쉬더니 말했다.

"아마도 그 경찰관, 그날 몹시 힘든 일이 있었나 봅니다. 물론 그러면 안 되죠. 제가 대신 사과드릴게요. 그래서 집엔 어떻게 갔죠?"

"마침 순찰을 마치고 돌아오는 여경이 있어서 도움을 청했더니 택시를 불러줬어요. 덕분에 무사히 숙소로 돌아왔어요."

루카스는 한참 생각을 하더니 나를 위로하듯 말했다.

"그렇다면 이렇게 생각하면 어떨까요? 한 사람이 잘못한 게 있을 때 그걸 바로잡아주는 다른 누군가가 있다면 그걸로 됐다, 하고 넘어가주는 거요."

숙소로 돌아와 수사에게 곧바로 메일을 썼다.

'수사님 말씀 듣고 마음에 남아 있던 앙금을 털어낼 수 있었어요. 고맙습니다. 오늘 오후에 저희 농장 연구실장이 오면 연락드릴게요. 내일 꼭 같이 만나주세요. 서홍화 드림.'

내가 미처 알아내지 못한 건 세엽에게 맡기기로 했다. 아무튼 그가 도착하면 함께 나눌 얘깃거리가 많아 나는 부자가 된 느낌이었다.

세엽이 곧 도착한다고 생각하니 수도원을 감싸고 있는 대기의 온도가 몇 도는 더 올라간 느낌이었다. 아직 여린 면이 없지 않지만 아버지 류 소장 밑에서 자란 이십여 년의 세월은 그에게 한 인간으로서의 기품을 갖게 하기에는 충분한 시간이었던 듯했다. 오후 두시가 넘자 나는 그를 마중하기 위해 가로수 길로 향했다. 전나무 그늘을 걸어 가로수 길 중간 지점쯤 갔을 때 멀리서 다가오는 젊은 남녀의 모습이 보였다. 남자는 캐리어를 끌고 있었고, 여자는 그와 보조를 맞추느라 그런지 자전거를 끌면서 왔다. 세엽이라면 혼자 올 텐데 이상했다. 점차 거리가 좁혀지자 남자는 세엽인 게 분명했지만 십

대로 보이는 소녀는 누군지 알 수 없었다. 목까지 찰랑거리는 긴 머리에 녹색 원피스를 입고 빨간 자전거를 끌고 오는 소녀는 세엽과 무슨 이야기를 나누고 있는지 계속 유쾌하게 웃어 댔다. 나는 그에게 다가가며 말했다.

"드디어 도착했네요, 세엽 씨. 오느라 애썼어요. 그런데 이 예쁜 소녀는 어디서 만난 거예요?"

세엽이 겨우 웃음을 참으면서 대답했다.

"아, 전철에서 만났어요. 수도원에 간다고 했더니 길 안내를 하겠다고 해서 같이 왔어요. 내년에 대학에 간대요. 생물학 공부하러. 투 스터디 바이올로지 인 칼리지, 라잇, 크리스틴?"

그러자 소녀가 수줍은 표정으로 고개를 끄덕였다. 세엽이 두 사람을 소개했다.

"크리스틴 호프만. 서홍화, 컨설턴트 오브 아워 오키드 팜."

소녀와 나는 서로 손을 잡고 흔들면서 즐겁게 인사를 나누었다. 볼이 붉은 십대 소녀는 귀여우면서도 침착해 보였다. 내가 조금 심술 난 표정으로 물었다.

"둘이서 깨가 쏟아지던데 무슨 얘기였어요?"

세엽이 다시 웃음을 터트리며 말했다.

"아, 그거? 너무 웃겼어요. 퀴즈인데요. '음악이 있는 핸드 치즈'란 메뉴에서 음악은 무엇을 나타내는 걸까요, 라는 문제예요."

무슨 소린가 싶어 나는 뚱한 얼굴로 그를 바라보았다.

"그게 뭐가 우습다고? 하나도 안 웃기는데."

난생처음 만난 사람들끼리 편을 먹고서 나를 따돌리는 것이 몹시 언짢았다. 세엽이 재빨리 변명을 하고 나섰다.

"실은 내가 먼저 도발을 했어요. 독일인들이 논리적이고 진지하긴 한데 유머가 좀 부족하다는 소릴 듣지 않느냐고요. 그랬더니 크리스틴이 단연코 '노'라고 정색을 하면서 독일식 유머를 얘기했어요. 크리스틴 엄마 고향인 프랑크푸르트에 가면 '음악이 있는 핸드 치즈'란 메뉴가 있다구요."

세엽의 말에 크리스틴이 설명을 덧붙였다.

"식빵 위에 이 '음악이 있는 핸드 치즈'가 얹혀 나오는데요. 그 치즈 위에 음악이 살짝 올라와 있어요. 생으로요. 그러니까 치즈랑 음악을 조금씩 잘라 빵에 얹어 먹는 거죠. 여기서 음악은 무엇일까요? 프랑크푸르트 작센하우젠 먹자골목에 가면 쉽게 맛볼 수 있어요."

세엽이 소녀의 말을 받았다.

"그래서 내가 그랬어요. '빵 위에 폭죽이라도 얹었나?' 그랬더니 크리스틴이 '와, 정답에 많이 다가갔어요. 조금만 더, 조금만 더'라며 응원을 했죠. 그렇지만 끝내 알아맞히진 못했어요. 정답을 듣고 보니 저절로 웃음이 빵, 터지더라구요. 센스쟁이 대표님은 충분히 알아맞힐 거예요."

얼떨떨해하는 나를 곁에 두고 두 사람은 더 신이 나서 깔깔 댔다. 내가 토라진 듯한 표정을 짓자 크리스틴이 속삭이듯 말 했다.

"힌트 드릴게요. 그걸 먹는 사람은 음악 소리를 내게 돼요."

무슨 뚱딴지같은 소리야, 나는 속으로 중얼거리며 잰걸음 으로 수도원으로 향했다.

게스트하우스에서는 둘 다 이층에 방을 배정해주었다. 싱 글 침대와 책상 그리고 작은 옷장이 놓여 있는 방은 꽤 널찍 하고 쾌적해 보였다. 유리창에 드리워진 망사 커튼 사이로 이 제 막 물들어가는 노랑과 주황색의 나뭇잎들이 언뜻언뜻 보 였다. 책상 위에 무슨 팸플릿이 놓여 있어 살펴보았다.

수도원의 일과 : 일하고 기도하라.

기상 : 평일 5시 30분, 휴일 6시. 일과 식사 사이 다섯 번의 기 도 시간 준수.

수도자의 수칙 : 성 베네딕도의 규칙에 따라 최고의 겸손에 이 르도록 노력할 것.

필수사항 : 묵언과 노동. 대화는 조용조용 짧고 상냥하게. 수 다나 너털웃음 금지.

노동 : 불평과 읍소 금지. 비천하고 보잘것없는 일꾼으로서 취 사, 시중들기, 설거지 등을 기꺼운 마음으로 수행. 타인

에겐 친절, 농사엔 충실, 환자에겐 헌신, 독서와 글쓰기
엔 성실.

세상에 태어나 베네딕도회 수도자가 되지 않은 것을 다행
으로 여겨야 되겠다는 생각이 들었다.

오후 여섯시, 게스트하우스 식당에서 세엽을 만났다. 첫날
은 서로 떨어져 앉아보자고 내가 제안했다. 그는 식당 깊숙이
들어가 남자들 사이에 앉았다. 나는 중년 여자 셋이 앉아 있
는 테이블에 가 앉았다. 내가 한국에서 왔다고 먼저 인사를
했더니 자기들은 뮌헨의 중학교 교사들인데 휴가 기간을 맞
춰 피정을 왔다고 했다. 나는 푸딩과 샐러드, 그리고 흑빵과
햄, 치즈를 담아 와서 자리에 앉았다. 옆자리 교사가 말했다.

"굿 초이스."

어떤 것을 말하느냐고 물었더니 푸딩을 가리키면서 말했다.

"피시 푸딩인데 대구와 연어 살코기를 곱게 간 다음 야채와
사워크림, 그리고 으깬 감자를 섞어 오븐에 구워낸 거예요.
수도원에서 고기 대신 영양을 섭취하는 방식이죠."

푸딩에 생선이 들어갔다는 게 신기하고 재미있게 여겨졌다.
생선은 흔적도 없고 표면에 까슬까슬한 빵부스러기가 묻어
있어 고소한데다 입안에서 바삭거려 식감도 좋았다. 잠시 후
세엽이 커피잔을 들고 내 앞에 와 앉았다. 내가 물어보았다.

"어떤 분들하고 같이 식사했어요?"

"한 분은 뮌헨의 어느 출판사 대표였고, 또 한 분은 멀리 하노버에서 온 화훼 농장주였어요."

"무슨 얘길 나눴어요?"

"출판사 대표 말에 신부님까지 웃음을 터트렸어요. 주말이면 스마트폰의 노예가 된 자식들 보는 게 너무 괴로워서 원고 싸들고 수도원으로 피난 온다고 해서요."

"수도원으로의 도피, 아빠편이네요."

"또 하노버 농장주는 바이에른에 사는 친구분이 자기네 밭에 레이디슬리퍼라는 멸종 위기종 난초가 있다고 해서 보러 왔대요."

"레이디슬리퍼요? 어떻게 생긴 난초죠? 한번 찾아볼까?"

검색을 해보았더니 붉은 줄무늬가 나 있는 동그란 모양의 보라색 난꽃인데 우리말 이름이 '개불알꽃'이었다. 소리 내 말하기가 쑥스러워 세엽의 귀에다 대고 속삭여주었다. 그는 웃음이 터지려는 것을 억지로 참고 있었다.

커피를 마시고 나서 우리는 게스트하우스를 나와 어둠에 잠겨가는 수도원 경내를 산책했다. 성당 오른쪽, 나무가 우거진 숲속으로 걸어 들어갔다. 루카스 수사와 산책할 때도 걸었던 길이었지만 세엽과 단둘이 있게 되자 전혀 다른 느낌이 났다. 고즈넉한 수도원의 분위기에 젖어들었는지 그는 통 말이 없었다. 우리는 한동안 저물어가는 가을 숲에서 두 그루의 나무처럼 섞여 들어갔다. 그동안 쌓인 얘기가 많았지만 나는 왠지 말을 아끼고 있었다. 그러고는 속으로 이런 바람을 가져보았다. 이렇게 어둠 속에 앉아 둘이 손을 잡고 눈길을 마주치고 있으면 서로에게 하고 싶은 이야기가 저절로 머리에서 머리로, 눈에서 눈으로 전해질 수는 없을까. 그러려면 이 어둠의 입자들부터 몸 안에 온전히 받아들여야겠다는 생각이 들었다. 한참 뒤 눈에는 보이지 않는 그 미세한 입자들이 내 눈과 코와 입, 그리고 피부에 난 숨구멍을 통해 스르르 스며드는 듯했다. 그 순간 나무 사이 어디선가 어둑서니들이 내려와 어른거렸다. 이곳을 거쳐 간 수많은 사제들과 수사들, 박해를 피해 온 수천 명의 피난민들. 그리고 어쩌면 노동이 힘들고 바깥세상이 그리워 탈선을 하고 싶었던 젊은 수도자들의 혼도 이곳을 떠돌고 있을 것만 같았다.

밤의 수도원 정원에서 우리는 아무 말도 나누지 않고 침묵을 지키며 내내 어둠 속에 앉아 있었다. 아마도 둘 다 맡은 임무에 짓눌려 어떤 말도 함부로 내뱉을 수가 없는지도 몰랐다. 솔직히 말해 오늘 오후 세엽이 막상 도착하고 나자 나 자신도 의구심이 들기 시작했다. 여기까지 오긴 했지만「난향을 맡는 소녀」의 행방을 과연 알아낼 수 있을지. 현장에 와서 덜컥 겁을 집어먹고 있었다. 결국 우리는 아무 말도 나누지 못하고 각자의 숙소로 돌아왔다.

나는 잠들기 전 세엽에게 간단한 메일을 썼다. 주로 루카스 수사와 함께 나눈 이야기였다. 힘든 노동과 엄격한 수련에 지친 젊은 수도자들이 때로 일탈을 하기도 하고 몸에 뭔가를 품고 다녔다는 비밀스런 이야기, 그리고 바이오 에너지의 자원을 모으기 위해 몸을 아끼지 않는 수사들의 노고 등이었다.

이튿날은 세엽이 늦잠을 잤다며 연락을 해와 아침을 따로 먹었다. 식사 후 혼자서 수도원 정원을 산책하고 돌아왔더니 세엽의 메일이 와 있었다.

'메일 읽고 깜놀. 혼자서 벌써 그토록 많은 일을? 친절하신 수사님, 수도원의 비밀은 과연 무엇일지, 벌써 가슴이 뛰고 있음. 크게 한 발 뗀 것임. 서홍화, 당신은 우리 농장 비밀 병기.'

섬세하고 예민한 세엽이 루카스를 더 잘 설득할 수 있을 것만 같았다. 수사에게 바로 메일을 썼다.

'어제 말씀드린 김세엽 연구실장이 도착해 게스트하우스에 묵고 있어요. 시간을 말씀해주시면 오늘, 전에 갔던 그 약초밭에 가 있을게요. 세엽 씨가 수사님을 꼭 뵙고 싶대요. 서홍화 드림.'

수사에게서 곧바로 답장이 왔다. '오후 세시, 허브정원에서 만나요.'

수도원 세탁실의 비밀

오후 세시가 되자 우리는 허브 정원으로 갔다. 그러고는 어느 약초 앞에 쪼그리고 앉았다. 약초마다 이름과 효능을 적어 놓은 팻말을 보고 세엽이 말했다.

"수도원에서는 지금도 이런 민간요법을 쓰는가 보죠?"

"그러게요. 하긴 우리나라 수도원에서도 약초밭을 많이 가꾸고 있더라구요."

세시 조금 넘어 루카스가 허브 정원으로 슬며시 걸어 들어왔다. 세엽이 일어서서 수사와 씩씩하게 악수를 나누었다.

"농장 연구실장님이라고 들었습니다. 반갑습니다."

"네. 홍화 씨한테서 수사님 얘기를 많이 들어 벌써 친구가 된 것처럼 여겨져요. 약초밭이 꽤 넓은데요."

"혹시 어디 불편한 데 있으시면 제가 처방해드리죠."

"실은 시차 적응이 잘 안 돼서 밤에 잠을 잘 못 자는데 뭐가 좋을까요?"

"아, 여기 이 이파리를 몇 잎 따 가서 오늘 밤 잠자기 한 시간 전쯤 잘근잘근 씹어 드세요. 그리고 따뜻한 물 한 컵만 마셔요. 그럼 불면증이랑은 바이바이죠."

"무슨 약초죠?"

나는 처음 보는 이름이라 궁금해서 물어보았다.

"어? 이거 모르세요? 동양에서 온 건데. 그건 학명이고 원래 이름을 들으면 먹기가 좀 꺼려질 거예요."

"약으로 먹는 건데, 뭐 이름이 문젠가요?" 세엽의 반응.

"원래 이름이 쥐오줌풀이거든요. 뿌리에서 쥐 오줌 냄새가 난다고 해서요."

"네에? 쥐오줌풀요? 아우." 나의 반응.

"이파리를 먹는 거면 상관없죠." 세엽의 대답.

"좋아요. 세엽 씨의 그런 합리적인 태도."

루카스는 세엽의 반응에 만족한 듯 빙긋이 웃으며 말했다.

"수사님. 세엽 씨가 꼭 드릴 말씀이 있대요."

그 말을 하고 나서 나는 멀찍이 떨어져 앉아 다른 약초를 살피고 있었다. 세엽은 수사와 나란히 쥐오줌풀 앞에 쪼그리고 앉아 이야기를 시작했다.

"실은 제 아버지 일 때문에 수도원에 오게 됐어요. 옛날 그림을 찾으려구요. 아버지 입양의 비밀이 담긴 어떤 문양과 관계가 있는 그림이거든요. 아버지는 생후 삼 개월도 채 못 돼 독일로 입양돼서……"

애기가 쉽게 끝나지 않을 것 같아 나는 허브 정원을 나와 게스트하우스 앞 광장 벤치에 한참을 앉았다가 돌아왔다. 두 사람은 여전히 머리를 맞대고 얘기 중이었다. 무슨 얘기가 그렇게 긴지 나는 가슴이 조마조마했다. 수사가 과연 흔쾌히 협조를 해줄 것인지. 한참 뒤 두 사람이 내가 있는 쪽으로 왔다. 그들은 나를 가운데 두고 양쪽에 앉았다. 수사가 가느다란 막대기 하나를 줍더니 땅바닥에다 뭔가를 그리는 시늉을 하며 말했다.

"세엽 씨의 절절한 아버님 얘기를 듣고 나니 도와드리지 않을 수 없군요. 원래는 홍화 씨가 알아맞히도록 내버려둘 생각이었는데."

수사는 나와 세엽을 한 번씩 돌아보고 나서 씽긋 웃더니 수도원의 비밀을 털어놓기 시작했다.

"아주 오래전 일인데요. 재봉틀 전시관 옆 세탁실에서 놀라운 것이 발견됐어요."

나는 온 신경이 곤두서서 숨소리를 죽이고 듣고 있었다.

"세탁을 맡긴 몇 벌의 수사복에서 작은 카드 그림이 발견된 거예요. 소녀와 난초가 함께 있는 그림이요."

"소녀와 난초가요?" 세엽의 질문.

"네. 그래서 수도원이 발칵 뒤집혔대요. 알아보니까 박물관에 전시돼 있던 그림을 작은 카드에 모사한 것이었다고 해요. 그 카드 그림을 수도사들뿐 아니라 사……"

수사는 말하다 말고 갑자기 입을 꾹 다물었다. 내 호기심은 더 사납게 발동되었다. 그렇지만 안달 난 기색을 보여서는 안 되었다.

"아니, 그게 뭐 별건가요? 요즘 십대들 사이에 유행하는 아이돌 포토카드도 있는데. 그걸 수도자들뿐 아니라 사, 사……"

수사가 내 말을 끊으면서 들어왔다.

"아무튼 그 그림을 몸에 품고 있으면 청년기의 불안한 정서를 상당히 진정시켜주었다는 이야기가 전해오고 있어요. 그렇지만 수도원 측에서 볼 때는 불……"

"불경요? 아유, 그 정도는 봐줘야죠. 한창 피 끓는 청춘들인데. 그건 그렇고 원본 그림은 어떤 거죠?"

나의 질문에 수사가 세엽을 바라보며 또록또록하게 말했다.

"그게 바로 코리아에서 온 그림이라고 했어요. 그래서 홍화 씨가 처음 코리아에서 왔다고 했을 때 남다른 친밀감이 느껴졌어요."

"네? 코리아요?" 세엽의 질문.

"네, 맞아요. 우리 박물관에 한국 그림들 많잖아요. 풍속화도 있고."

"그런데 어떻게 된 거죠? 그런 그림, 박물관에는 없던데."
나의 질문.

"그 세탁실 사건이 있고 나서 다른 곳으로 보내졌대요. 참, 제목이 무슨 '향기, 소녀'라고 들은 것 같기도 하고."

'향기, 소녀'라는 말까지 나왔을 때 나는 가슴속에서 거세게 일렁이는 흥분을 누르기 힘들었다. 그렇지만 나는 애써 담담한 태도를 보였다. 세엽은 눈을 동그랗게 뜨고 수사의 말에 귀를 기울였다.

"제발 그 그림을 찾아서 세엽 씨 소원이 이루어졌으면 좋겠어요." 루카스의 말.

"그림이 어디로 갔는지 알아봐야겠네요. 제목이랑 화가 이름을 좀 정확히 알 수 있을까요?" 나의 질문.

"사무처에 물어보세요. 너무 오래전 일이라 기록이 남아 있을지 모르지만. 어려운 일 있으면 또 저한테 연락하시고요."

"정말 감사합니다, 수사님. 덕분에 큰 용기를 얻었어요." 세엽의 인사.

게스트하우스로 돌아오는 길에 세엽에게 물어보았다. 무슨 말로 수사의 입을 열게 만들었는지.

"그냥 아버지의 죽음과 입양의 진실을 밝히려면 그 그림이 필요하다고 했죠."

"그 얘기 하는 데 그렇게 오래 걸려요? 수사가 좀 까칠하게 나온 거 아니에요?"

"아뇨. 아버지가 모국에 돌아와 어떤 삶을 살았는지 물어봤어요. 그래서 솔직하게 다 털어놨죠. 모국이지만 생판 낯선 동네에 와서 고아 셋을 키우느라 정말 고생을 많이 하셨다구요. 그래도 꿈쩍도 않더니만 내가 사춘기 때 이유 없는 반항으로 아버지 속 썩인 얘기를 했더니 마음이 움직였나 봐요. 그제야 셋이 같이 얘기하자면서 자리를 옮긴 거예요."

"어? 루카스 수사님도 사춘기 때 부모님 속깨나 썩인 모양인데요. 그 말에 움직인 걸 보면."

세엽과 나는 모처럼 웃으면서 각자 자기 방으로 돌아갔다.

이튿날 오후, 세엽에게서 메일이 왔다. 어제 사무처에 메일을 보낸다더니 답장이 온 모양이었다.

'문의하신 한국의 옛 그림 「난향을 맡는 소녀」는 오랫동안 본 수도원 박물관에 소장돼 있다가 다른 수도원에 대여되었습니다. 자세한 사항은 직접 사무처로 오셔서 문의하시기 바랍니다. 사무처 담당.'

그날 오후 세엽이 사무처로 직접 가서 알아보았는지 오후 늦게 또 메일을 보내왔다. '그림을 대여해 간 곳은 라인 강변의 작은 도시 뤼더스하임에 있는 힐데가르트 수도원이라고 하네요. 프랑크푸르트에서 기차로 한 시간 거리.'

나는 루카스에게 메일을 보내 조언을 구했다. 그 여자 수도원도 게스트하우스 예약이 가능한지. 금세 답장이 왔다.

'물론 예약 가능함. 안 되면 저를 팔면 됨. 가거든 수녀들의 노동으로 생산되는 화이트와인 리슬링을 꼭 시음해보기를. 시인 괴테가 연인과의 첫 키스만큼 달콤하다고 평한 술임. 수도원 아랫마을에 있는 종달새 골목도 놓치지 마시라. 거기서 '종달새 노래'를 듣고 그것이 무엇인지 알아맞혀보기 바람.'

메일을 읽으면서 나는 피식 웃음이 나왔다. 독일 사람들은 정말 퀴즈를 좋아하는가 보았다. 떠날 때가 다가오자 루카스에게 마지막 작별 인사를 하고 싶었다. 낯선 곳에 와서 불안에 떨고 있던 나를 마치 식구처럼 살갑게 대해준 이가 바로 그였다. 그래서인지 떠나야 할 시간에 나는 수도원이 마치 내 집처럼 여겨졌다. 수사에게 메일을 보냈다. '마지막으로 스테인드글라스를 다시 보고 가려고 해요. 오늘 오후 두시부터 세시 사이에 본당에 있을 텐데 작별 인사를 하고 싶어요.'

약속된 시각, 성당에 들어간 나는 신자석 장의자에 올라서서 스테인드글라스를 보고 있었다. 마리아가 왼손엔 책을 들고 오른손으로는 치렁치렁한 치마를 사뿐히 들어 올린 채 시선은 오른쪽으로 살짝 돌려서 꽃을 보고 있는 그림이었다. 그동안 비탄에 잠긴 성모를 주로 보아왔는데 일상의 여유로움을 즐기는 성모의 모습이 보기 좋았다. 그때 옆에서 인기척이 났다. 나는 의자에 올라선 채로 뒤로 돌아섰다. 루카스였다.

나는 그에게로 가까이 다가갔다. 두 손으로 그의 뺨을 잡고 입술을 포개기에 딱 알맞은 거리와 높이까지 와 있었다. 하지만 나는 그 자리에서 잠시 눈을 감고 그저 가만히 서 있기만 했다. 눈을 뜨자 그가 내게 손을 내밀었다. 그 손을 잡고 의자에서 내려오는데 그의 따스한 숨결이 내 정수리를 스치듯 지나가는 것이 느껴졌다. 그리고 그의 목소리가 천장에 울려 메아리가 되어 들려왔다.

"호기심 소녀 홍화 씨 덕분에 그동안 즐거웠어요. 저도 기도할게요. 제발 그 그림을 찾아서 돌아가기를. 이 작은 잎사귀가 태평양을 건너 코리아까지 이어지기를 바라요."

그러면서 그는 나뭇잎 모양의 목각 접시를 내게 건넸다. 나는 아무런 선물도 준비하지 못해 민망한 생각이 들었다.

이틀 뒤 뮌헨을 출발한 비행기는 한 시간 만에 우리를 프랑크푸르트에 내려주었다. 곧바로 중앙역에서 기차를 타고 뤼더스하임으로 향했다. 기차 안에서 세엽이 요약해 보낸 수도원에 대한 정보를 읽어보았다.

'창립자는 성녀 힐데가르트. 십자군 시대인 중세에 태어나 12세기까지 활동. 신학자일 뿐 아니라 식물학자에 수많은 성가를 작곡한 음악가. 2차 대전 때는 야전병원으로 쓰임.'

나는 수도원 아랫동네 종달새 골목에 대해 정리한 것을 세엽에게 보냈다.

'라인 강변에 있는 폭 2미터밖에 안 되는 좁은 골목. 기념품 가게, 와인바, 식당, 호프집 등 온갖 상점들이 즐비한 곳. 창문과 거리가 온통 꽃과 포도 넝쿨로 덮인 골목. 관광객 아니면 굳이 찾아갈 필요가 있을지.(내 생각)'

라인 강가의 여자 수도원

두 개의 종탑이 있는 붉은 벽돌의 수도원은 단아하면서도 화사해 보였다. 수도원 앞에는 넓은 테라스 같은 경사진 포도밭이 펼쳐져 있었다. 숙소에 짐을 두고 먼저 성당과 로비에 걸린 그림들부터 살펴보기로 했다. 하지만 아무 데도 그런 그림은 없었다. 세엽이 내 팔짱을 끼며 말했다.

"우리가 바보짓 했어요."

"뭘요?"

"성당 내에는 당연히 없죠. 성모 마리아나 예수, 또는 선지자들 초상 말고 뭐가 있겠어요?"

그러고는 안내실로 뛰어가더니 돌아와서 말했다.

"내 추측이 맞았어요. 그런 그림이라면 지역사박물관으로 가보래요."

지역사박물관은 뤼더스하임역에서 강 건너 2킬로미터 지

점, 여객선으로 14분 거리였다. 관광객의 행보는 하지 않겠다고 다짐했었지만 막상 라인강에서 배를 탄다고 생각하자 솔직히 마음은 갖가지 낭만적인 생각들로 수런댔다. 전설의 로렐라이 언덕, 바그너의 오페라 「니벨룽의 반지」 그리고 그 오페라에 나오는 난쟁이족 니벨룽과 물속에 묻혀 있다는 라인의 황금. 우리 역시 니벨룽의 반지나 라인의 황금 못지않은 소중한 것을 찾아 이곳에 온 것이었다. 하지만 내 마음과는 달리 유람선에 오르자 곧 비라도 쏟아질 듯 하늘에는 잿빛 먹구름이 잔뜩 끼어 있었다.

배에서 내려 고풍스런 지역사박물관으로 들어갔다. 전시관에는 이천 년 전 로마 시대의 수술 도구에서부터 중세의 온갖 가구들과 회화 작품들이 전시돼 있었다. 하지만 중세나 르네상스풍의 그림뿐, 우리가 찾는 그림은 없었다.

실망한 나머지 박물관 뒤뜰로 나가 수녀가 민간요법에 사용했다는 수백 종의 허브 식물을 살펴보고 있을 때였다. 언제 들어갔던지 밭 뒤쪽에 있는 온실에서 세엽이 튀어나오면서 '홍화 씨'라고 냅다 소리를 질렀다. 관람객들의 시선이 우리에게 집중되었다. 나는 그를 향해 쉿, 하고 손가락을 입에 갖다 댔다.

"온실로 좀 와보세요. 빨리요."

나는 서둘러 그를 따라 온실로 들어갔다.

"여기 좀 보세요. '봄을 알리는 난초', 춘란."

나도 깜짝 놀랐다.

'한중일 등 동아시아가 원산지. 약초로서의 효능도 뛰어남. 눈이 밝아지고, 당뇨, 기관지염, 성병, 피부염에도 효능. 꽃을 따서 샐러드나 요리의 재료로 활용할 수도 있음.'

안내문을 읽고 나서 세엽이 혼잣말로 중얼거렸다.

"수녀님은 동양의 춘란을 어떻게 구했을까요?"

"세엽 씨, 무슨 소리예요? 통일신라 시대에 벌써 이슬람 상인들이 한반도를 드나들었는데."

세엽이 급히 검색을 하더니 뭔가를 찾아냈다.

"'고려에는 난초를 삶아 우린 물에 목욕을 함으로써 피부를 희고 부드럽게 하고 몸에서 향내가 나도록 하는 문화가 있었다.' 송나라 사신 서긍이 쓴 글이에요."

"와, 난탕에 목욕을?"

내 말에 세엽이 한마디 쓱 덧붙였다.

"사실 아름다움이란 실용적인 가치하곤 아무 상관이 없어요. 오로지 난초의 잎과 꽃 그 자체의 미학을 논해야죠. 샐러드다 난탕이다, 하는 건 호사가들의 얘깃거리구요."

듣고 보니 그 말이 옳은 것 같았다.

박물관을 나가기 전, 여자 안내원에게 상트 오틸리엔 수도원에서 대여해온 '난향 소녀' 그림에 대해 물어보았다. 소장품 목록을 훑어보던 그녀가 말했다.

"목록에 없는데요. 큰 전쟁이 두 번이나 휩쓸고 간 곳이라서요."

그녀는 실망한 우리에게 한 가지 희망을 던져주었다.

"그런 그림이라면 강 건너 종달새 골목에 있는 고미술품 가게에 한번 가보세요."

그러고는 안내 책자를 뒤적이다 말했다.

"아, 라인앤티크라는 곳이네요."

다시 유람선을 타고 강을 건너면서 나는 세엽에게 말했다.

"루카스 수도사가 그 골목에 가면 종달새 소리를 꼭 들어보고 그게 뭔지 알아오라고 했어요."

세엽이 불평을 했다.

"독일 사람들 왜 그렇게 퀴즈를 좋아하죠? 음악이 있는 핸드 치즈가 뭐냐고 하더니 종달새 노래까지?"

핸드 치즈 얘기가 나오자 나는 잘됐다 싶었다.

"아니, 누가 할 소리예요? 음악이 있는 핸드 치즈, 정답을 알고 있다면서 왜 안 가르쳐줘요? 진짜 못됐어."

나는 세엽의 손등을 한번 아프게 꼬집어주었다.

"아야, 잘 추리해봐요. 힌트는 레시피."

폭이 2미터도 채 되지 않는 종달새 골목에 들어섰을 때 나는 마치 동화 속 나라에 온 느낌이 들었다. 가게와 창문들이 모두 포도 넝쿨과 꽃으로 장식돼 있었다. 더욱 놀라운 것은 그 비좁은 골목에서 들려오는 전 세계 언어들의 향연이었다. 한마디도 제대로 알아들을 수가 없었지만 그래서 더욱 해 질 무렵 숲속에서 들려오는 뭇 새들의 합창처럼 들렸다. 그 소리에 루카스의 메일이 떠올랐다. 루카스는 '종달새 노래'가 무엇인지 알아맞혀보라고 했었다. 나는 가게 옆 작은 공터에 서서 잠시 눈을 감았다. 내가 알아들을 수 없는 다양한 언어들. 어떤 것은 깃털처럼 스르륵 다가와 소르르 소르르 귓바퀴를 간질이고 또 어떤 것은 무척 억세서 쉭쉭 고막을 긁어대고, 또 다른 것은 물 흐르듯 차르르 차르르 귀에 차고 넘쳤다. 이 세상 평범한 사람들의 입에서 나오는 일상의 언어를 루카스 수사는 앙증맞고 귀여운 종달새의 노래로 들었던 것일까. 눈을 떠보니 세엽이 사라지고 없었다. 그에게 문자를 보냈다.

'지금 어디?'

'그 고미술품 가게예요. 와인숍이랑 멕시코 식당 지나면 라인현대갤러리가 있고요. 거기서 몇 집만 더 오면 나와요. 라인앤티크.'

나는 서둘러 발걸음을 옮겼다. 어쩌면 우리 둘은 서로 보완이 되는 사이인 듯했다. 그가 감성적이 되어 출장의 목적을 잠시 잊으려 하면 내가 그 환상을 깨뜨리고, 또 내가 오늘처럼 생각에 잠겨 발길이 굼뜨게 되면 그가 채근을 하는 식이었다. 라인앤티크를 찾아갔더니 정작 자신은 로마 황제의 유리 술잔에 꽂혀 내가 옆에 온 줄도 몰랐다.

"세엽 씨. 우리 회화 작품부터 봐야죠."

"아 참, 그렇지."

벽에 걸린 옛날 회화 작품들은 거의 모두가 지역사박물관에서 본 것과 비슷한 중세풍이었다. 세엽이 주인에게 다가가 물어보았다.

"그림을 찾는데요. 옛날 한국 작품인데「난향을 맡는 소녀」라는 그림을 보신 적 있나요? 난초와 소녀가 함께 있는 그림인데요."

건장한 풍채에 친절함이 몸에 밴 듯한 중년의 남자 주인이 말했다.

"기억은 잘 안 나지만 아마도 동양 그림이 쏟아져 들어올 때 묻어 들어왔을지도 모르죠. 나도 짭짤한 재미를 봤으니까. 특히 오래된 캐슬호텔에서 그런 그림을 많이 찾았어요."

세엽이 주인에게 바짝 다가가 물었다.

"그런 호텔들 명단을 알 수 있을까요?"

주인은 컴퓨터에서 거래 내역을 찾아보더니 말했다.

"아, 어디 보자, 최근에 그런 그림을 사간 호텔이⋯⋯"

말을 하다 말고 주인이 돋보기를 코에 걸치고는 우리를 의뭉스런 눈으로 훑어보며 말했다.

"잠깐, 알려줘도 괜찮을까? 투숙객으로 가장해 들어가 로비에 걸린 명화를 감쪽같이 빼돌린 명화 절도단 사건도 있었는데."

세엽이 웃으면서 말했다.

"아유, 사장님. 우린, 미술사 공부하는 사람들이에요."

"그럼 몇 군데 호텔 이름 적어 가세요."

주인이 불러주는 호텔 이름을 세엽이 받아 적었다.

"이 중에서도 그런 그림을 가장 많이 사 간 곳이 어디죠?" 나의 질문.

"아, 여기 라인 쉰부르크 캐슬호텔."

세엽이 어느새 호텔을 검색해보고는 말했다.

"아니, 정말 오래된 건물인데 한 줄 평은 최상급인데요. '마법의 성에서 귀족이 되어보다?' 과장이 좀 심하잖아."

거무튀튀한 성채처럼 언덕에 우뚝 서 있는 사진 속 호텔에서 왠지 모를 음산한 기운이 느껴졌다. 세엽이 자기 명함 뒤에다 「난향을 맡는 소녀」라는 그림 제목을 영어와 독어로 적고 화가의 낙관인 첩취옹도 표기해서 주인에게 주었다.

"저어, 그 그림이 어디에 있는지 공개적으로 수소문해볼 방법은 없을까요?" 나의 질문.

"아, 고미술 전문 네트워크에 올려볼게요. 찾으면 연락드리죠."

나는 그림을 찾는 즉시 내게 전화를 해달라고 부탁했다. 우리는 택시를 타고 라인 강변의 42번 국도를 달려 중간 지점인 카우브에서 내렸다. 거기서 유람선으로 갈아타고 강 건너 오베르베젤에 내리자 대기 중인 택시가 몇 분 만에 우리를 호텔에 데려다주었다. 비수기여서인지 금세 체크인이 되었다.

객실에 들어간 나는 욕실에서 명화 한 점을 발견했다. 보티첼리의 「프리마베라」, 우리에게는 「비너스의 탄생」으로 알려진 그림이었다. 물론 모작일 터였다. 세면대에서 물을 틀려고 보니 수도꼭지가 황금색이었다. 수전이 모조리 싯누렜다. 도금이겠지만 인간의 욕망에 영합하는 얄팍한 상술로 보였다.

방 안을 둘러보았다. 호화로운 커튼이 드리워진 캐노피 침대와 클래식한 가구, 그 위에 놓인 소품들 모두 우아한 중세풍이었다. 잠시 후, 로비에서 세엽이 불러 나가보았다.

"아까 쉬는 사이에 호텔 측에다 메일을 보냈어요. 우리가 찾는 그림을 구입한 적이 있느냐구요."

"잘했어요. 프런트에다가도 메일을 보냈다고 하지 그랬어요?"

"참 그래야겠네요."

프런트로 갔던 그가 돌아와서 말했다.

"사무처에다 빨리 답을 보내라고 하겠대요. 그리고 여기 타워박물관이 있는데, 올라가보라고 하네요. 희귀 골동품이 많다구요."

"아, 그 원통 같은 석조 건물이 박물관이구나. 지금 가봐요."

우리는 뱅글뱅글 돌아가는 나선형 통로를 거쳐 타워박물관
으로 올라갔다. 제일 먼저 눈에 띈 것이 옛날 공성전에서 돌
멩이를 날리던 투석기였다. 주위를 둘러보던 세엽이 손가락
으로 뭔가를 가리키며 말했다.

"아, 이게 투석기의 작동 원리를 보여주는 모형인가 봐요."

"세엽 씨도 무기에 관심이 많군요?"

"왜, 요즘도 장난감 투석기에다 공성전 게임도 있잖아요."

전쟁 무기들을 지나자 회화의 방이 나왔다. 서양화는 대체
로 객실에 걸린 그림들과 별 차이가 없었는데 동양화 두 점이
눈에 띄었다. 그가 아는 체를 했다.

"이건 정사초의 난초 그림인데요. 왜, 송나라가 망한 뒤에
흙도 뿌리도 없는 난초 그림을 그린 시인 있잖아요. 조국을
잃은 슬픔을 나타내려고요."

그는 일본 작품도 금세 알아맞혔다.

"어? 이건 우키요에인데요. 「다리 위로 쏟아지는 소나기」
라는 판화예요. 한국 그림도 한 점쯤 있을 법한데."

객실로 돌아온 나는 옛 귀족이 사용했을 법한 고풍스런 책
상 위에 노트북을 올려놓고 소심에게 간단한 보고서를 썼다.

총무부장님께

우리는 지금 프랑크푸르트 부근 뤼더스하임이란 작은 도시에 와 있어요. 상트 오틸리엔 수도원에서 그 그림을 대여해 왔다는 힐데가르트 수도원이 있는 곳이에요. 큰 전쟁을 두 번이나 겪은 곳이어서 기록이 전혀 남아 있지 않다고 해요. 다만 종달새 골목에 있는 고미술품 가게에서 그림을 찾는 데 도움을 주겠다고 했어요. 지금은 그런 그림을 가장 많이 구매했다는 중세풍의 캐슬호텔에 와 있어요. 오자마자 호텔 사무처에 문의해놓았어요. 그런 그림을 구매한 적이 있는지. 내일 답을 받고 나서 귀국할 예정입니다.

라인 쇤부르크 캐슬호텔에서
서홍화 드림

소심에게 쓴 보고서를 세엽에게 보냈다. 덧붙일 게 없는지 한번 읽어보고 나서 보내라고.

메일을 쓰고 나서 뭐 마실 게 없나 하고 냉장고를 열어보았다. '무료 시음용'이라고 표시된 소형 리슬링 와인이 선반에 여러 병 앙증맞게 놓여 있었다. '연인과의 첫 키스'와 같은 맛이라고 했다는 괴테의 말을 떠올리며 한 모금 마셔보았다. 혀 끝에 와닿는 첫 느낌이 조금 쌉싸름했다. 한 모금 더 입에 넣자 풍부한 산미와 함께 향긋한 과일 향이 났다. 홀짝홀짝 마시다 보니 어느새 몇 병을 다 비워버렸다. 적당히 알딸딸한 상태에서 잠자리에 들었다.

깊은 잠에 빠져 있는데 누군가 문을 두드리는 소리가 들렸다. 손으로 똑똑 치는 노크가 아니라 문에 달린 굵은 철제 고리로 육중한 나무 문을 탕탕 치는 둔탁한 소리였다. 더럭 겁이 난 나는 살며시 일어나 발뒤꿈치를 들고 조심조심 문 앞으로 갔다. 세엽인가, 하고 문에 바짝 귀를 대고 들어보았다. 하지만 아무 소리도 들리지 않고 계속 문고리 치는 소리만 들렸다. 반응을 하지 않자 이번에는 무슨 돌멩이가 날아와 문을 치는 듯 쾅 하는 소리가 얼마간의 간격을 두고 계속되었다. 복도 벽에 총안이 나 있더니 그리로 돌멩이가 날아오는 모양이었다. 그다음에는 휘이웅 휘이웅 하는 음산한 바람 소리와 함께 화살이 날아와 딱, 딱 하고 문에 꽂히는 소리가 났다. 침대로 돌아가 이불을 푹 뒤집어쓰고 상황이 끝나기를 기다렸다. 잠시 후 마치 유령처럼 음산하고 걸걸한 남자 목소리가 쩌렁쩌렁 들려왔다.

"이 천하에 무도한 약탈자야, 당장 내놓아라. 지난번에 우리 성에서 약탈해간 그 보물 말이다. 으흐흐흐 흐흐흐. '난향 소녀' 그림을 당장 내놓으라고! 빨리 내놓지 않으면 네놈의 막내딸이 온전치 못할 것이다. 알겠느냐? 이히히히 히히히. <u>으흐흐흐 흐흐흐</u>."

나는 귀를 막았다. 여기가 그 옛날 성주가 기거하던 방이었을까? 그때 성주에게 귀한 보물을 **빼앗긴** 다른 성의 성주나 그의 하수인이 유령이 되어 복수를 하러 온 것일까? 가슴이 쿵덕거리고 온몸에 좌르르 팥알 같은 굵은 소름이 돋았다. 이제는 문고리 치는 소리와 투석기에서 날아온 돌맹이가 나무 문에 와서 쾅 들이박는 소리, 휘이웅 휘이웅 하고 화살이 문에 날아와 딱, 딱 하고 꽂히는 소리, 그리고 음흉한 사내의 웃음소리가 한 세트가 되어 돌아가면서 들려왔다.

환상적인 귀족풍의 호텔에서 그저 소박한 잠조차 이룰 수가 없다는 건 기막힌 아이러니였다. 그때 문득 래프팅 강사의 말이 떠올랐다.

'살다가 위기를 만났을 땐 래프팅을 생각하라. 보트가 뒤집혀 몸이 물거품 속에 붕 뜨거든 일단 그 순간을 즐겨라. 그러다 수면으로 내려오거든 머리를 상류에 두고 물결 따라 순순히 흘러가라. 한참 흘러가다 보면 지형지물을 이용해 살아날 방법이 생긴다.'

문제는 그것을 실천할 용기였다. 마침내 나는 이불을 박차고 침대에서 내려와 문 앞으로 갔다. 그 모든 괴상한 소리들은 여전히 계속되고 있었다. 눈을 질끈 감고 문을 활짝 열어

젖혔다. 뭐, 죽기밖에 더하랴 싶었다.

그 순간 우악스런 두 팔이 나를 확 잡아 끌어당겼다. 나는 갑옷 입은 어느 사내의 품에서 벗어나려고 버둥거렸다. "이거 놔! 이거 놔!" 소리를 쳤지만 녀석은 요지부동이었다. 몸뚱어리가 산만 한 사내가 험상궂은 표정으로 말했다.

"몸부림쳐봐야 소용없어. 니 애비는 도둑이다."

나는 끌려가면서도 정신을 차리려고 팔을 콕 꼬집어보았다. 살갗 깊숙이 파고드는 통증으로 보아 꿈은 아닌 듯했다. 복도로 한참 나를 끌고 간 사내는 어느 방인지 문을 열고는 거칠게 나를 밀어 넣었다. 사내의 완력에 떠밀려 나는 창가 침대 위에 나동그라졌다. 침대 위에 납작 엎드린 채 두 손으로 얼굴을 가린 나는 짬짬이 손가락 사이를 조금씩 벌려 녀석의 모습과 동정을 살폈다. 녀석은 사천왕처럼 험상궂은 얼굴에 갑옷 차림을 하고 있었는데 웬일로 발은 군화도 양말도 신지 않은 맨발이었다. 괴상한 패션이라고 생각하고 있을 때 사내가 다시 포효하듯 소리쳤다.

"니 애비는 나의 가장 소중한 보물을 약탈해 갔다. 세상에 둘도 없는 명화였어. 「난향을 맡는 소녀」라는 그림이다. 그 그림이 흘러 흘러 라인 강변의 수도원 박물관으로 왔을 때 우리 성의 기사들이 가서 감쪽같이 빼내온 거였다. 그 귀한 그림을 야비한 네 아비의 하수인들이 훔쳐갔다. 그러니까 잘 들어. 아비한테 가서 전해라. 내일 밤 자정까지 그림을 반환하라고. 알았나? 만약 그러지 않으면 너는 당장 목숨을 잃게 될 것이다."

사내는 내 팔을 끌어당겨 일으켜 세우더니 두 손으로 내 뺨을 감싸고 말했다.

"자, 내 얼굴을 똑바로 쳐다보아라. 어쩔 테냐? 아비를 설득해 그림을 반환하게 할 테냐? 아니면 어딘가로 팔려가 평생 노예로 살겠느냐?"

울퉁불퉁하고 사납게 생긴 녀석의 면상에 질겁한 나는 아무 대답도 못하고 그저 바들바들 떨기만 했다. 다만 녀석에게 빈틈이 있음을 간파했다. 불한당인 게 뻔한데 유식한 척하는 데다 말이 앞뒤가 맞지 않았다. 처음엔 그림을 돌려주지 않으면 내가 당장 목숨을 잃게 될 거라고 하더니 다음에는 누군가에게 팔려가 평생 노예로 살게 될 거라고 했다. 갑옷에 맨발 차림이듯이 어딘지 나사가 빠져 있는 듯했다. 녀석이 나를 다시 침대로 밀어제쳤다. 나는 침대에 엎드려 아픈 척 신음 소리를 냈다. 지푸라기만 한 무기라도 있으면 좋으련만 내겐 아무것도 없었다.

그때 어쩌다 손이 귀에 닿으면서 퍼뜩 생각이 났다. 귓불에 나비 모양의 14금 귀걸이가 꽂혀 있다는 사실이. S의 어머니에게 인사하러 갈 때 귓불을 뚫고 내 딴엔 큰돈을 들여 산 거였다. 그 나비에 뾰족한 뭔가가 달려 있었다. 오른쪽 귓불에 있는 귀걸이의 핀을 빼서 엄지와 검지로 잡았다. 그리고는 침대에서 내려가 녀석의 발밑에 엎드렸다.

"물론입죠, 기사님. 아버지께 보물을 돌려드리라 할게요. 저를 무사히 돌려보내주시기만 하면요."

녀석이 내 말을 들은 척도 하지 않아 나는 또다시 읍소를 했다.

"정말이에요, 기사님. 꼭 약속 지킬게요. 집으로 돌아가게만 해주세요."

슬쩍 올려다보니 녀석의 입가에 회심의 미소가 걸린 듯했다. 그 순간 나는 귀걸이 핀으로 녀석의 오른쪽 엄지발톱 밑을 힘껏 찔렀다. 그리고는 핀이 깊숙이 들어박히도록 그 자리를 엄지로 한참 동안 꾹 누르고 있었다. 그런 다음 그것을 빼서 왼쪽 엄지발톱 밑도 똑같이 세게 찔렀다. 녀석이 "으악!" 하고 비명을 질렀다. 나는 이때다 하고 일어나 앞차기 세 방과 돌려차기로 녀석을 쓰러뜨렸다. 녀석이 주저앉아 발을 붙잡고 신음하고 있는 사이, 나는 문을 열고 있는 힘을 다해 내 방으로 뛰어 들어와 문을 잠갔다. 그리고 나서야 나는 이불을 뒤집어쓰고 다시 깊은 잠에 빠져들었다.

이튿날은 요란한 전화벨 소리에 잠이 깼다. 휴대폰을 보니 벌써 여덟시가 넘은 시각, 세엽이었다.

"간밤에 단잠을 주무신 모양이죠? 몇 번이나 전화를 했는데 이제야 받으시네요. 어서 아침 식사하러 가셔야죠?"

"어머, 늦잠 잤네요."

"그럼 이십 분 뒤 식당에서 뵐까요?"

"네, 그래요. 알았어요."

전화를 끊고 나서도 한참 동안 머리가 띵하기만 했다. 밤새 긴 어둠의 터널을 헤쳐 나온 듯한데 어떤 곳이었는지 전혀 기억이 나지 않았다.

마침내 무너진 인내심

    세엽이 라인강이 내려다보이는 창가 테이블에 자리를 잡고 앉아 나를 기다리고 있었다. 조식은 뷔페였는데 4성급 호텔답게 음식의 종류가 다양했다. 나는 화이트 토마토수프에 훈제연어와 닭가슴살이 들어간 샐러드와 달팽이 요리를, 세엽은 쇠고기가 들어간 빈 수프와 프랑크 소시지, 그리고 독일식 양배추 김치인 사워크라우트를 담아왔다. 식사를 막 시작하려고 할 때 여직원이 다가와 '구텐 모르겐' 하고 인사를 건네면서 식탁 위에 슬며시 무슨 종이를 놓고 갔다. 나는 서비스에 대한 설문지려니 하고 눈여겨보지 않았다. 세엽이 그걸 집어 읽으면서 말했다.

    "별 희한한 걸 다 묻네. '어젯밤 한밤의 이벤트, 흠뻑 즐기셨나요? 실제로 있었던 친구들과의 멋진 파티도 좋고 창의적인 가상의 모험도 좋습니다. 내용을 적어서 메일로 보내주시면 기발한 내용에는 추첨을 통해 2인용 하루 무료 숙박권을 드립니다.' 이거 뭐지? 간밤에 무슨 일 있었어요?"

"아뇨. 그게 무슨 얘기예요?"

나는 전혀 감이 오지 않아 그저 시큰둥하게 대답했다. 그러면서 머리를 귀 뒤로 넘기다가 손이 오른쪽 귀에 가닿았다. 뭔가 허전했다. 귓불에 붙어 있어야 할 나비 귀걸이가 만져지지 않았다. 왼쪽 귀엔 나비가 그대로 붙어 있는데. 설문지를 보던 세엽이 두 손으로 식탁을 짚으며 말했다.

"아, 생각났다. 여기가 천년이 넘은 고성이라고 했죠? 그 오랜 세월 동안 얼마나 기막힌 사연들이 많았겠어요? 수많은 영혼이 아직도 하늘로 가지 못하고 성 주변을 떠돌고 있는지도 몰라요. 그래서 밤마다 그 혼령들이……"

아무리 그럴싸한 스토리를 갖다 붙여도 나는 확신했다. 그것이 호텔 측의 뻔한 장삿속임을.

"무슨 소리예요? 경치가 좋아 하룻밤 더 자고 싶었는데 그 말 들으니 구미가 싹 가시네요. 얼른 돌아가요. 원한 맺힌 유령 얘기 질렸어요. 호러 영화도 아니고."

내가 단호하게 나가자, 세엽이 고개를 갸웃거리며 말했다.

"어? 수상한데. 진짜 뭔가 드라마틱한 일 겪은 거 아니에요? 반응이 좀……"

세엽이 자꾸 뭔가 의심을 하려 들자 혹시 내가 어젯밤에 자

다가 나도 모르게 겪은 일이 무슨 가상의 이벤트였나 싶은 생각마저 들었다. 물론 아무리 생각해도 말이 안 되는 이야기였다. 그러나 꿈인지 생시인지는 몰라도 귀걸이가 사라진 건 사실이었다. 자기 전에 메일을 쓴 생각은 났다.

"세엽 씨, 간밤에 내가 보낸 메일 봤어요? 누나한테 보낼 거."

"아 물론 봤죠. 아침에 그대로 보냈어요. 하루이틀쯤 귀국이 늦어질 수도 있다는 말만 덧붙여서요."

"아니, 그건 왜?"

"또 모르죠. 어디서 뭐가 나올지."

"아직도 그런 기대를 해요?"

"그럼요, 하죠. 호텔 측에서 어떤 답이 올지도 모르고."

"기대 접어요. 희망 고문이라구요. 두 번이나 큰 전쟁이 휩쓸고 지나간 동네예요. 연합군의 라인강 도하작전이 있었잖아요."

"그래도 몰라요. 엉뚱한 데서 뭐가 튀어나올지."

체크아웃 시간인 열한시 반에 프런트에서 만나기로 하고 각자 자기 방으로 갔다. 들어온 지 얼마 안 되어 노크 소리가 났다. 이어서 들려온 세엽의 목소리. "저예요." 문을 열자마자 그는 급하게 나를 밀치고 들어왔다. 놀란 나머지 나는 방어적이 되었다.

"아니, 세엽 씨. 체크아웃 때 프런트에서……"

"아, 방금 반가운 메일을 받아서요."

"뭔데요?"

세엽이 선 채로 휴대폰에서 메일을 찾아 읽기 시작했다.

"문의하신 그 그림은 유감스럽게도 현재 우리 호텔 소장품 목록에는 존재하지 않습니다. 그렇다고 소장한 적이 없다고 는 단언할 수 없습니다. 라인 계곡의 캐슬호텔들은 서로가 가 진 미술품을 교환하거나 대여하는 아름다운 전통을 갖고 있 습니다. 자세한 것은 사무처로 직접 방문해 문의하시기 바랍 니다. 호텔 사무처."

나는 냉랭한 표정으로 말했다.

"그게 뭐가 반가워요?"

"아닌가? 혹시 무슨 실마리가 있을지 알아요?"

"뭐라구요? 내가 그랬죠? 희망 고문이라고."

"그럼, 여기서 그만둬요?"

"정신 차리세요, 세엽 씨. '그림이 지금 호텔에 존재하지 않 는다 해도 소장한 적이 없다고는 단언할 수 없다.' 이거 사람 놀리는 거 아니에요? 이 동네의 묘한 분위기랑 말장난에 놀 아나지 말라구요."

세엽은 입을 반쯤 벌리고는 멍하니 서서 한참 동안 나를 바 라보았다. 나는 소파로 가서 털썩 앉으며 등받이에 몸을 기댔다. 일이 이렇게 된 데는 한 살이라도 더 먹은 내게 더 큰 책임이 있는 듯했다. 그러고는 둘 다 한동안 말이 없었다. 그렇게 시간이 흐르고 있는데 어느 순간 세엽이 내 옆에 와 앉더니 맹렬한 기세로 내 입술을 덮쳤다. 돌발적인 기습 키스였다. 나는 상대가 민망해할까 봐 매몰차게 밀치지는 않고 내 얼굴을 잡고 있는 그의 손을 슬며시 떼어놓으면서 자리에서 일어섰다.

"시간 다 됐어요. 그만 일어나요."

머쓱해할 줄 알았던 세엽이 일어나더니 뜻밖에도 고개를 떨어뜨리며 말했다.

"모르겠어요. 나도 왜 이러는지."

그러고는 성큼성큼 문밖으로 걸어 나갔다. 느닷없는 그의 기습에 기분이 좀 상하기는 했다. 그렇지만 지금 감정적인 문제로 티격태격할 때가 아니었다. 나는 처음 떠나올 때의 다짐을 마음속에서 다시 불러냈다. 향기 프로젝트에 앞서서 내게 무엇보다 소중한 것은 류 소장과 그의 양부가 가꾸었던 하나의 새로운 세계였다. 서로 다른 두 개의 세계가 융합되어 피워낸 꽃, 거기에서 은은하게 풍겨 나오는 향기. 그것의 소중함을 알기에 여기까지 온 것이었다.

그 뒤로 세엽은 전화를 받지 않았다. 프런트에 부탁해 객실도 확인했지만 짐만 두고 외출 중이었다. 할 수 없이 방 두 개다 체크아웃을 미루었다. 점심때 혼자 식당을 가긴 했지만 먹는 둥 마는 둥 하고 돌아왔다. 저녁엔 식당에도 가지 않고 냉장고에 남은 와인으로 허기를 달래면서 지냈다. 모든 것을 포기한 채 잠이나 자야겠다고 생각하고 침대에 벌렁 드러누웠다. 얼마가 지났을까. 휴대폰 벨이 울렸다. 잔뜩 취해 있는 세엽의 목소리였다.

"어이, 서홍화 씨."

내 이름을 부르고 나선 한동안 말이 없더니 곧 취기가 가득한 목소리로 말했다.

"그래, 맞아요. 나, 이 머저리 같은 자식이 말야. 이 동네 야리꾸리한 분위기에 홀려 거기에 목줄을 걸고 있었어요. 왠지 알아요? 어쩌면 지금이 제일 행복한 상태일 것 같아서예요. 홍화 씨도 알잖아요? 집에 돌아가봤자 계속 막막함의 연속이라는 걸. 아무튼 걱정하게 해서 미안해요. 이제 방에 돌아왔어요."

나는 그동안 별렀던 말을 쏟아냈다.

"세엽 씨. 이제 보니 순 센티멘털리스트군요. 아버지가 어떤 일을 당했는지 잊었어요? 지금이 그런 로맨틱한 사치에 빠져 있을 때예요? 좋아요, 맘대로 해요. 난 내일 떠날 테니까. 술이나 퍼마시고 비렁뱅이로 떠돌다가 돌아오든 말든. 끊어요."

나는 내 안에 있는 모든 강인함을 죄다 그러모아 속사포로 지르고는 전화를 끊어버렸다. 그렇게 화를 내고 나서 나는 내 자신에게 물었다. '너는 지금도 류 소장과 양부가 가꾸어놓은 그 아름다운 세계를 굳게 믿느냐고. 그것을 지키기 위해서는 어떤 어려움도 감수할 준비가 되어 있느냐고. 너무나 힘들어 내가 무너질까 봐 던진 질문이었다. 잠시 후 다시 전화가 왔다.

"홍화 씨. 당신 말야, 당신이, 내가 이 동네에 목매고 있던 줄을 확 끊어버렸어. 잘했다구요, 잘했어. 이 독한 여자."

"이봐요, 김세엽 씨, 많이 취한 것 같은데 닥치고 잠이나 자시죠! 끊어요."

비행기 표를 구하려고 노트북을 켰다. 거의 모든 항공편이 매진된 듯했다. 한 시간 가까이 검색을 한 끝에 겨우 찾아냈다. 티웨이항공 오후 6시 30분. 딱 두 좌석이 남아 있었다. 저가항공이지만 가릴 때가 아니었다. 한 좌석만 끊을까, 망설이고 있는데 다시 전화벨이 울렸다.

"어이, 홍화 씨, 이 잘난 여자야. 그래, 당신 맘대로 해. 가라면 가고 오라면 올 테니까. 내 것까지 비행기 표 끊어. 명령이야."

"그런다고 내가 들을 거 같아? 세엽 씬 이미 신용을 잃었어요. 연락 기다리다 내 속이 다 썩어 문드러진 거 알기나 해요? 끊어요."

그러자 몇 분 뒤에 다시 벨 소리.

"그래요. 두 손 두 발 다 들었어요. 다신 꼬장 부리지 않을게요. 복종해. 비행기에만 태워줘요. 홍화 씨. 나 버리지만 말아줘요."

표를 확보한 뒤 그에게 문자를 보냈다.

'암스테르담 일정은 생략하는 게 좋을 것 같음. 삼촌한테 전화해서 바로 귀국하게 되었다고 양해를 구하길. 예약 완료. 인천행 티웨이항공, 내일 오후 6시 30분. 탑승 전 프랑크푸르트에서 꼭 가볼 데가 있으니까 당장 취침 바람.'

세엽이 답을 보냈다.

'알았음. 모조리 다 오케이.'

아침 일찍 기차로 프랑크푸르트 중앙역에 내린 우리는 곧바로 팔멘가르텐 식물원으로 향했다. 신기하게도 세엽은 어제 일은 다 잊었는지 다시 명랑한 얼굴로 돌아와 있었다. 그가 어색해할까 봐 나도 아무 일도 없었던 것처럼 태연하게 그를 대했다. 만약 S가 그런 짓을 했다면 며칠은 쳐다보지도 않았을 터였다. 아마도 빈손으로 돌아가는 마당에 둘이 다퉜던 일을 풀고 말고 할 여유조차 없다는 데 둘 다 속으로 동의하고 있는 듯했다. 먼저 온대관부터 들어갔는데 폭이 넓고 기다란 화단에 심어진 여러 종류의 난초 중에서 세엽이 춘란을 찾아내고는 작은 팻말에 쓰인 설명을 읽었다.

"'춘란의 이종교배와 돌연변이 연구는 활발히 이루어지고 있으나 향기의 분자 구조나 합성 물질의 정체에 관해서는 아직 연구가 미진한 상태.' 어? 이건 아버지가 늘 하시던 얘긴데."

세엽은 독일의 연구열에 감동한 듯했다.

"더 좋은 향과 무늬를 얻겠다고 집중 연구 중인가 봐요."

"그러게요. 이렇게 열심히 연구하는 이유가 뭘까요? 남의 나라 화초인데." 나의 질문.

내 말에 그가 평소의 소신인 듯 말했다.

"식물에 무슨 국적이 필요해요? 그저 아름다움에 대한 동경이죠."

그러고는 솔직한 감정을 드러냈다.

"한심해요. 한국 난계는 좁은 섬에 갇혀 자기 것만 좋다고 꼭꼭 끌어안고 있는 우물 안 개구리 같아요."

내가 아무 반응을 하지 않자 세엽이 옆에 와서 팔을 툭 치며 말했다.

"무슨 생각을 그렇게 골똘히 해요, 대표님?"

"어? 그랬나요?"

"표정이 어디 딴 세상에 가 있는 것 같았어요."

"아뇨. 속으로 놀라고 있었어요. 세엽 씨가 어쩜 나랑 똑같은 생각을 하고 있나, 하고. 십여 년 전에 유엔이 한국에다 시정 권고 조치를 내렸던 일이 있었거든요."

"네? 유엔이 왜요?"

나는 최근까지도 유엔에서 한국에 대해 내렸던 결의안을 세엽에게 일러주었다. 한국은 이미 다인종 국가로 변했다. 그럼에도 흔히 사용되는 '단일민족'이나 '혼혈'이라는 용어를 보면 인종적 우월감에서 아직 벗어나지 못하고 있다고 하던.

"근데, 무슨 일로 그런 조치를?" 세엽의 질문.

"이주 노동자나 결혼 이주 여성에 대한 처우 문제가 불거졌을 때였어요."

"그랬군요. 사실 단일민족이라는 건 어폐가 있죠. 어느 책에선가 봤는데 고려 시대에 이미 거란과 몽골족의 유입이 있었대요. 그리고 몽골을 통해 튀르크계인 타타르인들이 들어온 흔적도 있다고 했어요."

문득 한반도인의 유전자를 검사한 어느 고고학자의 책을 읽은 기억이 났다. 한반도인의 DNA는 기마민족인 북방계와 농경민족인 남방계가 서로 융합되어 형성된 것이라고 했다.

세엽과 얘기를 나누면서도 나는 호수에서 보트를 타고 있는, 피부색이 다른 젊은 남녀에게 시선을 빼앗기고 있었다. 그들은 보트 주위에서 물 위로 뛰어올라 햇빛 아래 번쩍, 은빛 번개 비늘을 자랑해 보이고는 다시 풍덩, 물속으로 몸을 던지는 물고기며, 쌍을 지어 한창 자맥질에 몰두하고 있는 청둥오리, 원앙과 함께 생의 한때를 누리고 있었다.

공항으로 가는 전철에서 뭔가 잊은 게 생각나서 세엽에게
말했다.

"아유, 깜빡했잖아요. 작센하우젠에 들러 음악이 있는 핸드
치즈 맛을 봐야 하는 건데."

내 말에 세엽이 손으로 입을 막고 억지로 웃음을 참더니 내
귀에 대고 속삭였다.

"아유, 아직도 모르겠어요? 왜, 생으로 먹으면 배에 뭐가
빵빵하게 차도록 만드는 거 있잖아요. 동그랗고 요만한 거."

그는 오른손으로 동그란 공 모양을 그려 보였다.

"음, 그게 뭐지? 아, 양파?"

"참 오래도 걸렸네요. 크리스틴한테 알려줘야 하는데. 드디
어 맞혔다고."

나도 독일식 유머라던 그녀의 말이 생각나 웃으면서 한마
디 했다.

"그것도 음악은 맞네요."

출장에서 돌아온 뒤에도 줄곧 머리에서 떠나지 않는 게 있
었다. 감쪽같이 사라진 나비 귀걸이 한 짝. 그것을 찾느라 호
텔에서의 그 밤에 내 망막을 스쳐 간 이미지들을 하나하나 떠
올려보았다. 중세풍의 고가구들과 욕실의 황금빛 수전. 그러
자 문득 생각이 났다. 세수하다가 세면대 위 선반에 귀걸이

를 빼놓고 온 건 아닐까, 하는. 오른쪽 귓불을 만져보면서 허전함을 느끼고 있을 때 전화벨이 울렸다. 소심이었다. 여독이 풀렸으면 내일은 꼭 만났으면 좋겠다고 했다. 내일 오후에 들어가겠다고 대답했다.

그 뒤로도 한동안 마루에 앉아 눈을 감고 캐슬호텔과 금빛 나비 이미지에만 집중했다. 아무것도 전혀 떠오를 기미가 없었는데 어느 순간, 몇 개의 단어가 연속적으로 영화의 자막처럼 뇌리에서 천천히 흐르고 있었다. '난향', '소녀'…… 그 대목에서 나는 놀라 눈을 번쩍 떴다. 드디어 내 꿈에 나타난 그림, 「난향을 맡는 소녀」. 그 제목에 몰두한 지 한 시간쯤 지나 어떤 이미지들이 머릿속에 하나씩 그려지기 시작했다. 육중한 나무 문을 두드리던 둔탁한 철제 문고리 소리, 당장이라도 부숴버릴 듯 날아와 문을 들이박던 커다란 돌멩이 소리, 휘이옹 휘이옹 소리를 내며 날아와 딱, 딱 문에 꽂히던 화살 소리. 그뿐이 아니었다. 죽을 각오를 하고 활짝 문을 열었을 때 나타난 갑옷 입은 기사의 우악스러운 모습과 그의 맨발. 이어서 앞차기 세 방과 돌려차기로 키 큰 기사를 쓰러뜨리던 나. 거기에 맨발의 기사가 지르던 비명. 그 비명을 이끌어낸 결정적인 무기인 나비 귀걸이. 하지만 여전히 아리송하기만 했다. 그것이 꿈이었는지 생시였는지.

열흘 만에 보는 농장 분위기는 어느 때보다도 착 가라앉아 있었다. 잔뜩 기대를 하고 왔는데 남매의 표정을 보자 가슴에 돌덩이를 얹은 듯 마음이 무거웠다. 어떤 무서운 진실이 드디어 모습을 드러낸 것일까. 소심이 차를 탁자에 내려놓으며 말했다.

"우리 기화 말이에요. 학생들 덕분에 요즘 얼마나 쾌활해졌는지 몰라요. 정규랑 주원이를 보면서 십대의 순수한 힘을 느껴요."

"누나, 그런 건 나중에 얘기하고, 얼른 본론으로 들어가요."

동생의 채근에도 소심은 가장자리만 빙빙 돌고 있는 듯했다. 무슨 일일까, 하고 나는 세엽을 바라보았다. 그러자 결국 그가 나섰다.

"그동안 우리가 할까 말까 망설였던 거 있잖아요. 기화한테 금고 얘기 물어보는 거요. 그걸 이 친구들이 해낸 거예요. 물론 누나가 미리 귀띔은 해뒀지만요. 그래서 셋이 같이 놀다가 슬쩍 물어봤대요. 그랬더니 기화가 계속 이 말만 되풀이하더래요. '미이이, 미이이'라고요."

그 말에 나는 심장이 날카로운 침에 찔린 듯한 통증을 느꼈다. 숨을 쉬기조차 힘들었다. 겨우 호흡을 진정시키고 나서 소심에게 물었다.

"사진을 보여주면서 확인을 했나요?"

소심은 말이 없고 세엽이 답했다.

"바로 그거예요. 학생들이 영특한 게, 누나한테 온실에서 일하는 여자분들 사진을 좀 달라고 하더래요."

"그랬더니요? 기화가 이름에 '미'자가 들어간 사람을 찍었대요?"

소심이 말없이 천천히 고개를 끄덕였다. 그러더니 곧 먹구름이 잔뜩 낀 얼굴이 되어 떨리는 목소리로 말했다.

"무서워요, 대표님. 학생들이 보니까 양미금이 기화한테 태블릿 피시를 사주고 별 요상한 게임을 잔뜩 깔아놓았더래요. K 회장님 추천으로 벌써 몇 년째 한식구처럼 지내온 사람인데."

"나도 기화 방에 가서 태블릿 피시 확인했어요. 아버지가 가끔 미금 씨를 '미이이 미이이'라고 부르던 것도 기억나요." 세엽의 말.

나는 남매가 생각하는 이상의 두려움을 느꼈다. 공포가 와락 밀려오고 속에서 분노가 치밀어 올랐다. 류 소장 노트에 적혀 있던 마지막 문장이 생각났다. '나는 그녀에게 말했다. 제발 부탁이오. 지금 우리 안에서 일어나고 있는 것, 이번만은 조용히 그냥 지나가도록 내버려둡시다.' 류 소장이 그 말을 한 상대가 누구였는지 분명해진 것 같았다. 머리가 어지러워지면서 현기증이 났다.

"누나, 또 있잖아. 시전지."

세엽의 말에 소심이 다시 기운을 낸 듯 설명을 해나갔다.

"맞아. 깜빡할 뻔했네. 내가 학생들에게 난초 문양 시전지 파일을 출력해서 하나씩 줬어요. 그러면서 일러줬죠. '이게 왕실에서 편지나 시를 쓸 때 쓰던 시전지야. 근데 여기에 찍힌 난초 문양이 누구 작품인지, 또 어떻게 해서 안동의 여염집까지 오게 됐는지, 그걸 알아냈으면 좋겠어'라구요."

"그래서 어떻게 됐어요?" 나의 질문.

"이 친구들이 안기동에 있는 향토사학자인 조 선생을 찾아가서 물어봤대요." 소심의 답변.

"아니 학생들이 향토사학자는 또 어떻게 알아냈죠?" 나의 질문.

"안기동 자치센터에 가서 역사 수업 과제를 해야 하니 이 근처에 옛날 일을 잘 알고 계신 분을 좀 소개해달라고 했대요."

"그래, 그분이 뭐라고 했대요?" 나의 질문.

"'왕실 시전지에 찍을 문양은 주로 도화서 화원들이 그렸다. 그리고 이런 왕실 물품을 개인이 입수하려면 과거에 급제한 뒤 왕의 총애를 받아 왕실에 자주 출입하는 정도가 되어야만 가능하다'고 그러셨대요."

"그럼 단원도 그 시전지 그림을 그렸을 가능성이 있네요."

내 말에 둘 다 고개를 끄덕였다. 그런 다음 세엽이 고개를 갸웃거리며 물었다.

"누나, 그런데 그즈음 안동 출신으로 급제한 사람이 있으려

나?"

"왜 정조 때 도산 별과라는 과거시험이 있었잖아. 향토사학자가 그러더래. 아마도 그 시험에 합격한 안동 사람들 중에 한두 명이 왕의 총애를 받아 왕실을 자주 출입했을 것이고 그 사람들을 통해 시전지가 안동까지 오게 됐을 거라고."

소심의 대답에 세엽이 다시 물었다.

"잘했네. 누나, 그럼 그 향토사학자가 '난향 소녀' 그림에 대해서도 뭘 좀 아시지 않을까?"

"글쎄, 다른 건 몰라도 당시 안기역 주위에 난초농장이 있었는지는 알아낼 수 있을지도 모르지."

그 말을 하고 난 소심이 눈빛을 반짝이며 내게 말했다.

"대표님이 그 향토사학자를 한번 만나보는 게 어때요? 주원이한테 연락처를 물어서요."

낯선 손님과 금손이

주원이 알려준 향토사학자의 집은 옛날 안기역 찰방 관사가 있던 곳에서 그리 멀지 않은 비탈진 언덕 주택가에 있었다. 벨을 누르자 한복 차림의 노학자 조 선생이 나와 반가워하며 대문을 열어주었다. 미리 전화하길 잘한 것 같았다. 노학자의 집은 좁은 땅에 기역자로 들어선 조촐한 기와집이었고, 손바닥만 한 마당엔 시멘트가 발라져 있었다. 벽면이 온통 한서로 빼곡히 채워진 사랑방으로 안내된 나는 앉은뱅이 책상을 앞에 두고 노학자와 마주 앉았다. 키가 크고 호리호리한 체격에 어깨가 구부정하고, 앞머리가 반쯤 벗어진 그는 젊은 시절부터 오로지 책과 씨름하는 삶을 살아온 듯했다. 나는 먼저 감사 인사부터 했다.

"지난번엔 학생들이 불쑥 찾아와 실례가 되지 않았는지 모르겠어요. 선생님 덕분에 평소에 관심 없던 역사에 재미를 붙였다고 합니다."

노학자는 웃으면서 말했다.

"아주 신통한 친구들이었어요. 요즘 누가 앞선 세대의 삶에 대해 호기심을 갖겠어요?"

나는 시간을 절약하기 위해 바로 본론으로 들어갔다.

"향토사학자이시니 잘 알고 계시겠죠? 안동은 당시 안기역이 있어 교통의 중심지였고 문화도 발달돼 있었다는 거 말예요."

"네, 그랬죠. 특히 정조가 안동의 학문과 문화를 크게 존중했어요."

"그래서 얘긴데요. 전화로 미리 말씀드렸지만 당시 안기역 근처에 전문적으로 난초를 재배하는 농장이 있었을까요? 개인이나 관에서 운영하던."

노학자는 한참 생각하더니 말했다.

"좋은 질문입니다. 전화 받고 반성을 많이 했어요. 그렇게 미처 쓰여지지 않은 역사를 탐구하는 게 저희들이 할 일인데 아직 공부가 많이 부족합니다."

"별말씀을요. 선생님이시라면 그런 사례를 알고 계실 것 같아서요."

노학자는 눈을 감고 잠시 생각에 잠겼다가 입을 열었다.

"왜 없었겠어요? 이미 고려 시대에 송나라의 『왕씨난보』

같은 난초 재배법을 다룬 책들이 들어왔는데. 그때도 난초에 각별한 취미를 가진 사람들이 있었을 겁니다. 기록이 없어서 그렇죠."

"기록은 없어도 혹시 구전된 이야기는 있었을까요?"

"있었을 겁니다. 음…… 나도 언젠가 전해 내려오는 얘기를 들은 적이 있어요."

"오, 정말요? 어떤 얘긴데요."

"이 동네 어느 양갓집 자제가 음주와 노름으로 재산을 탕진한다는 소문이 자자했다고 해요. 관가에서도 의심의 눈길을 보냈죠. 음주와 노름은 위장일 뿐이고 실제로는 반란을 꾀하려 무리를 모으는 데 돈을 쓰는 게 아닌가 하고요. 게다가 친구가 과거 급제자라고 늘 자랑하고 다녔대요."

"뭔지 모를 인물 같군요. 그런데 그런 분이 자기 온실을 갖고 난초를 키웠다는 말인가요?"

내 추측이 맞았던지 노학자는 내 말에 맞장구를 치며 말했다.

"맞아요. 집착인지 광기인지는 모르지만 난향을 그리워하는 열정만은 뜨거웠던 모양입니다. 중국에서 들여온 난 재배법을 읽고서 청향을 만드는 데 적지 않은 재산을 쏟아부을 정도였으니까요. 그래서 동네에선 기인이라 불렸죠."

"그게 언제쯤이죠?"

"아마 정조 때였을 겁니다."

"일손도 있었나요?"

"물론이죠. 화초 노비가 있었어요."

"오, 그래요?"

"네. 금손이라는 이름의 소녀였는데 난초를 키우는 솜씨가 보통이 아니었어요. 주인은 거기에 반해서 온실을 자주 드나들곤 했죠."

"소녀가 중국 책을 읽을 순 없었을 텐데요."

"아, 주인이 책 내용을 번역해주면 금손이 그대로 따라 하는 식이었어요. 처음에는 자잘한 나뭇가지를 이용해 꽃술에서 꽃가루 덩어리를 떼어내 다른 꽃의 생식기에다 갖다 붙여보았어요. 물론 엉성한 솜씨였죠. 그런데 그걸 몇 년 동안 꾸준히 하다 보니 어느 해인가 철커덕 정말 수분이 되어버렸어요."

"질문 있어요. 그 당시 조선에 온실을 만드는 기술이 있었을까요?"

"그럼요. 조선의 온실은 세계적인 수준이었죠. 유리가 없을 때였으니, 창을 낼 자리엔 기름 먹인 한지를 발라 햇빛이 적당히 들어오게 하고, 온실 가까이에 아궁이를 만들어 가마솥을 걸고 물을 끓였죠. 그런 다음 솥에서 나오는 수증기가 온실 내부로 흐르도록 벽에다가 나무 홈통을 달아 온실과 연결시켰어요."

"그렇게 해서 청향을 풍기는 꽃이 피었나요?"

"신기하게도 정말 그런 일이 생겼어요. 그러자 많은 이들이 꽃을 보고 향기를 들으러 온실을 찾아왔지요."

"향기를 들으러요?"

"네, 어느 시인이 한 말이지만 옛날에는 난향을 '듣는다'고 했어요. 눈을 감고 고요히 온 정신을 모아 영혼의 귀로 향기를 오롯이 음미한다는 뜻이죠."

"일이 그렇게 쉽게 풀리진 않았을 것 같은데요. 어려운 일은 없었을까요?"

노학자는 지그시 눈을 감고 잿빛 턱수염만 쓰다듬고 있다가 다시 입을 열었다.

"어려움을 자초한 건 그 주인이었어요. 주인은 금손의 고운 자태를 다른 사내들이 넘볼까 걱정했죠. 그래서 소녀에게 항상 더덕더덕 기운 누더기옷을 입혔어요. 그러고는 온실 옆에 작은 움집을 지어 금손에게 거기서만 지내라고 명했어요. 금손에게 수고비 조로 준 거라고는 달랑 급제한 친구에게서 얻어온 왕실 시전지 한 장뿐이었죠."

"아무튼 청향을 풍기는 춘란이 탄생했을 때 어떤 일이 벌어졌을지 궁금해요."

"많은 사람들이 난향을 맡으려고 줄을 섰어요. 그중에서도 자신의 영혼을 소녀에게 완전히 빼앗겨버린 듯한 어느 낯선 손님이 있었어요. 아, 그분의 이름과 신분은 내 입으론 도저히 밝힐 수가 없습니다. 그 명예에 누가 될까 두렵습니다. 그만하지요."

'그분'과 금손이 사이에 어떤 인연이라도 맺어진 것인가, 하는 추측이 내 속에서 스멀스멀 일기 시작했다.

"얼마나 간절히 바라던 조선 춘란의 향기였나요? 그런 사실은 밝혀서 기록으로 남겨야만 할 것 같은데요."

내가 무슨 말을 해도 노학자는 더 이상 얘기를 할 생각이 없는 듯했다.

"그 소녀 생각을 하니 내 가슴이 아려와 더는 견딜 수가 없습니다. 석양을 바라보는 이 나이에 어쭙잖게 날것의 감정을 드러내 민망합니다. 그럼 내일 이 시간에 다시."

그러고는 다시는 입을 열지 않았다. 나는 조용히 물러나올 수밖에 없었다. 집에 돌아와 자려고 누워도 좀체 잠이 오지 않았다. 대체 '그분'이 누구이기에 노학자가 그 이름을 입에 담기조차 저어하는 것일까.

이튿날 오후 두시, 나는 다시 안기동에서 노학자와 마주 앉았다.

"어제 말씀 중에 청향을 탄생시킨 소녀에게 영혼을 송두리째 빼앗겨버린 낯선 손님이 있었다고 하셨는데요."

노학자는 어제보다는 표정이 많이 누그러진 듯했다.

"소녀의 얘기를 들었을 때 나는 몹시 분개했어요. 못난 어른들로 해서 어린 소녀가 고향에서 추방되었으니까요."

"아니, 무슨 이유로요?"

노학자는 눈을 지그시 감고 이야기를 시작했다.

난향에 혼을 빼앗긴 낯선 손님은 소녀가 기특해 자세히 살펴보았다. 소녀는 남루한 누더기를 걸치고 있었고 일에 몰두한 나머지 뺨에 흙이 묻은 줄도 모르고 있는 듯했다. 하지만 발그레한 뺨과 붉은 입술, 양쪽으로 묶은 탐스러운 머리까지 모든 것이 사랑스러웠다. 난향은 어느새 소녀의 옷 속으로 스며들어가 누더기 밑에서 광채가 되어 환하게 빛나고 있었다.

이야기를 듣고 있던 나는 몹시 조급해졌다.

"선생님, 소녀의 미모를 그저 눈으로 보고만 돌아가는 정도로야 무슨 별난 일이 벌어지겠어요?"

노학자는 내 말에 진정하라는 듯 두 손을 펴 위아래로 다독이고는 다시 말을 이었다.

"이튿날 어떤 심부름꾼이 소녀를 찾아와 새 옷 한 벌을 두고 갔어요. 어제 온실을 찾았던 낯선 손님이 청향을 맑게 해준 데 대한 고마움의 표시라면서요."

"아니, 그거야 미담 아닌가요? 얘기가 너무 밋밋한데요."

노학자는 천천히 고개를 젓더니 얘기를 계속했다.

"이튿날 금손이 새 옷을 입고 농장에 나오자 주인은 호되게 추궁하기 시작했어요. 소녀는 자기도 모르는 사람이 두고 갔다고 했지만 소용이 없었죠. 주인에게 한참 닦달을 당하고 나서 서럽게 울고 있을 때 며칠 전에 왔던 낯선 손님이 다시 찾아왔어요. 새 옷을 입은 소녀의 모습을 보고 싶어서였죠. 그런데 소녀는 새 옷을 입고 좋아하기는커녕 슬피 울고 있었던 거죠. 그분은 소녀의 손을 잡고 밖으로 나와 말에 태워 어디론가 달렸습니다."

"그분이 혹시 화가 김홍도 아닌가요? 당시 안기 찰방으로 와 있던."

노학자는 화들짝 놀라 어깨를 뒤로 젖히고 양손으론 무릎을 짚으면서 물었다.

"아니 그걸 어떻게 아시죠? 넘겨짚으셨나? 아무튼 추리력이 대단하십니다. 저희 향토사학자들도 거의 모두가 그렇게 보고 있죠. 김홍도는 기특한 일을 해낸 금손이 홀대를 받고 있는 것을 보고 통탄했습니다. 울산 목장에 감목관으로 갔을 때 비참한 대우를 받고 있던 목부들을 보고 가슴이 미어졌던 것처럼."

"그러고 나서 소녀가 다시 농장으로 돌아오긴 했나요?"

"그럼요. 말 탄 손님과 금손의 탈주는 거의 매일 계속되었어요. 그리고 해 질 무렵이면 소녀는 점점 더 빛나고 기품 어린 모습이 되어 농장으로 돌아왔죠. 그런 일이 계속되는 가운데 주인은 본격적으로 의심을 품기 시작했어요. 어떻게 해서 금손의 얼굴에서 점점 더 빛이 나는 것일까, 하고 말이죠. 소녀는 그 손님을 만난 뒤로 아무도 쉽게 범접할 수 없는 성숙하고 기품 어린 숙녀가 되어 있었어요."

"그럼 해피엔딩 아닌가요? 별 감흥이 없는데요."

"그래서 행복을 시샘하는 운명의 여신이 있는 겁니다. 주인은 툭하면 금손의 움집에 빚쟁이처럼 들이닥쳐 복수의 칼날을 갈았습니다. 자신의 화초 노비를 꼬여낸 낯선 손님이 금손의 움집을 찾아오길 기다린 것이죠. 한편 남편과 금손의 관계를 의심해오던 주인의 아내는 어느 날 하인을 시켜 금손의 움집에 불을 놓게 했어요. 그 순간 움집 안에 있던 이는 금손도, 낯선 손님도 아닌 다른 사람이었어요. 기다리는 손님은 오지 않고, 너울거리는 불길이 그를 찾아온 겁니다."

"그래서 주인만……"

"네. 그렇게 됐죠."

"결국 모든 비난이 금손에게 쏟아져 소녀는 고향을 떠날 수밖에 없었어요."

노학자는 이백여 년 전의 일을 마치 방금 겪은 것처럼 막힘없이 풀어놓았다.

"선생님께서는 그 옛날 일을 어떻게 그토록 소상하게 기억하시죠?"

조 선생은 그 애기를 들었던 당시의 심정을 토로하기 시작했다. 억울한 누명을 쓰고 쫓겨나는 소녀가 마치 딸처럼 애처로웠다고. 노학자는 그 소녀를 피가 도는 현실 속의 뮤즈로 부활시켜 곁에 두고 껴안고 입을 맞추고도 싶었다고 고백했다. 그래서 어제 실례를 했노라고.

"아닙니다. 선생님의 그 순수한 감성에 감탄할 따름이에요. 소녀가 장한 일을 한 건 알겠는데 이 이야기에서 우리가 또 눈여겨봐야 할 게 있다면 뭘까요?"

"곧 말을 탄 그 손님의 존재입니다. 바라기로는 그분이 바로 육사의 시 「청포도」에 나오는 '내가 바라는 손님'과도 이어지기를 간절히 소망해봅니다. 하나의 유린된 세계를 온전히 복원시켰으니까요. 노비라고 해서 천대받던 소녀가 그 손님으로 해서 당당하고 독립적인 인격체로 성장한 겁니다."

노학자의 말에 내 가슴도 뿌듯해왔다.

"그 손님이 소녀를 데려가 무엇을 했을지는 이제 충분히 짐작이 되시겠지요?"

"네, 선생님. 지금 제 눈앞에 보이는 듯합니다. 화폭 위에 열심히 붓을 놀리는 그분의 모습이 말이죠. 그 시대 가장 청순한 소녀와 우리의 정신을 맑고 고요한 경지로 이끄는 매혹적인 이파리가 화폭에서 되살아날 때까지. 그렇지만 세상은 그분을 의심의 눈초리로 보지 않았을까요?"

"물론 그랬죠. 그렇지만 그분은 이미 청량산 시회를 비롯해 여러 곳에서 품격 있는 행보를 보여주었기 때문에 나쁜 풍문은 더 이상 힘을 쓰지 못했어요."

"그 '유린된 세계의 복원'이란 말씀에 제 가슴이 따뜻해옵니다. 관련 자료를 찾으시면 꼭 좀 알려주세요."

"도움이 될지는 모르지만 그럽시다."

뜻밖의 복병

나는 큰 성과를 얻은 뿌듯함에 가벼운 마음으로 농장으로 향했다. 시내를 벗어나 봉화 방면 35번 국도로 들어섰을 때였다. 검은색 SUV 한 대가 맞은편에서 중간 속도로 내 차선에 바짝 붙어 다가오고 있었다. 나는 차를 오른쪽으로 바짝 붙여 그 차를 피하려 했다. 그런데도 검은색 차량은 기어코 차선을 넘어 다가오더니 내 차 옆으로 와서 슬쩍 부딪쳤다. 그러고는 그 자리에 섰다. 나는 놀라서 창을 내리고 내다보았다. 삼십 대쯤 되는 남자 운전자가 창문을 내리고는 말했다.

"일단 차를 저 산 아래 넓은 갓길로 댑시다."

"어떻게 된 거죠? 왜 빤히 보면서도 와서 부딪쳐요?"

물어도 답을 하지 않아 나는 그가 말한 대로 갓길에 차를 대고 내렸다. 그는 내 차 뒤에 차를 세우고 내린 다음 내게 손짓하며 말했다.

"여기 좀 와보시죠."

적반하장처럼 여겨졌지만 어쨌든 상대방 피해도 알아볼 필요가 있을 듯해서 그 차로 다가갔다. 문짝에 아주 살짝 뭔가가 닿았던 흔적이 보였다. 휴대폰으로 그 부분의 사진을 찍었다. 차에 바투 서 있던 운전자의 모습도 프레임 안에 들어왔다. 그런 다음 번호판을 찍은 뒤 폰을 내 차로 가져가 부딪친 자리를 찍었다. 그러고는 폰을 핸드백 안에 넣고 나서는 다시 남자의 차로 다가가 내 차와 부딪힌 뒷문짝을 손으로 살짝 만져보고 있었다. 보험처리를 하기도 애매한 수준의 가벼운 접촉이었다. 그때였다. 문이 열리더니 차 안에 있던 남자 두 명이 나를 안으로 끌어당겼다. 내가 몸부림치면서 비명을 지르자 한 녀석이 내 목을 조르면서 말했다.

"찍소리 노! 소리 내믄 주거!"

그가 뒤에서 팔로 내 목을 옥죄고 있고 다른 녀석이 내 손을 뒤로 모아 밧줄로 묶었다. 그러고는 입에다가 테이프를 붙였다. 두 사내와 몸싸움을 하다가 결국 나는 강제로 운전석 뒷자리에 태워졌다. 나를 협박한 녀석은 내국인 같지 않았다. 짧은 곱슬머리에 말도 어눌하고 피부도 가무잡잡했다. 차는 어디론가 계속 달렸다. 한 명은 내 옆에 바짝 붙어 있었고, 또 한 명은 뒷좌석에서 나를 감시하고 있었다. 나는 운전석 등받이를 발로 차며 목으로 한껏 소리를 질러댔다. 소리를 지르다

지친 나는 피곤해서 잠든 척하며 시트에 드러누웠다. 그러다 두 녀석이 잠시 방심하고 있는 사이 오른발을 운전자의 목덜미에 갖다 대고 세게 힘을 가하려 했다. 어떻게든 운전을 방해해 놈들의 차가 멀리 가지 못하도록 하기 위해서였다. 그러자 운전자가 갓길에 차를 댔다. 뒷좌석에 있던 다른 사내와 자리를 바꾸려는 모양이었다. 옆에 있던 사내도 나가서 셋이 무슨 얘기를 나누었다. 잠시 후 내 옆자리로 올라온 운전자가 내 등짝을 후려치며 소리쳤다.

"독한 년, 보기보다 빡세네. 하지만 발버둥 쳐봤자 소용없어."

다른 사내가 말을 받았다.

"하이브리드 좋아한다더니. 제 년도 튀기인가?"

한 이십 분쯤 달렸을까. 차가 멈춰 서더니 수건으로 내 눈을 가리고는 어디론가 데려갔다. 그런 다음 손을 묶은 밧줄은 풀어주고 나서 코에 무엇인가를 갖다 대더니 어떤 문을 열고는 나를 밀어 넣었다. 나는 캄캄한 계단을 굴러떨어지다가 까무룩 정신을 잃었다.

정신을 차렸을 때는 다시 내 차 안 조수석이었다. 놈들이 마취 상태인 나를 다시 제자리로 데려다 놓은 것일까. 머리가 깨질 듯 아파오고 온몸이 욱신거리기 시작했다. 입을 막은 테이프를 떼어내고 나서 팔다리를 살펴보았다. 팔다리에 긁힌

자국이며 여기저기 멍든 흔적이 보였다. 다행히 핸드백 안에 휴대폰이 있었다. 전화를 세엽에게 할까, 주원에게 할까, 고민하다가 주원에게 했다. 기어들어가는 내 목소리에 놀라 주원이 소리쳤다.

"무슨 일이에요? 대표님, 사고예요?"

"아, 아냐, 그냥, 아파서 그래. 운전하다 갑자기, 통증이 와서."

"교통사고 아니에요?"

"아냐, 그런 거. 빨리 좀, 와줘. 택시 값, 줄 테니까. 소염진통제랑 대형 파스랑 또 상처에 바를 연고도 사갖고."

"어디예요?"

나는 주원에게 봉화 방향 35번 국도로 들어와 에스오일 주유소와 안동소머리국밥집을 지나 넓은 갓길이 나오는 지점까지 오는 법을 가르쳐주었다. 그리고 차 번호는 문자로 보내주겠노라고 말했다. 주원이 내게 당부를 했다.

"휴대폰 위치서비스 켜두세요. 같은 기종이니까 '나의 찾기' 기능으로 찾아갈게요."

나는 차 문을 잠그고 뒷좌석으로 가서 누웠다. 그동안 의심이 갔던 일들이 머리에 떠올랐다. 두 번의 미행 사건 뒤에 정규의 경고 전화가 있었다. 그리고 가구들의 대이동에 이어 오늘에 이르렀다. 위협은 점점 수위를 높여가고 있었다.

눈을 감고 누워 있자니 몇 시간 전 향토사학자에게서 들은 이야기가 머릿속에서 뱅뱅 맴돌았다. 아무래도 빨리 농장에 그 얘기를 알려야 할 것 같았다. 세엽에게 전화를 했다.

"세엽 씨, 저어, 얘기할 게 있는데……"

크게 놀라는 세엽의 목소리.

"무슨 일이에요? 어디 아픈 거 아니에요? 목소리가 왜 그래요?"

"아니에요. 괜찮아요. 오늘 향토사학자 집에서 중요한 얘기를 들었는데 아무래도 세엽 씨가 나서야 되겠어요."

"무슨 얘긴데요?"

나는 힘없는 목소리로 간신히 노학자의 얘기를 들려주었다.

"단원이 찰방으로 내려와 있을 즈음에 안기역 부근에서 있었던 일인데요. 구전된 이야기를 그분이 알고 있었어요. 어느 양갓집 남자랑 화초 노비 금손이란 소녀 얘긴데요. 거기에 또 다른 남자가 등장해요. 삼각관계인 셈이에요. 우리가 찾는 그림이 어쩌면 이 화초 노비와 그 얘기에 나오는 낯선 손님이랑 관련이 있을지도 몰라요. 또 아기 옷이랑 생모의 편지하고도요. 그래서 대구 양자회로 가서 아버지 친부모의 신상명세를 자세히 알아 오는 게 좋겠어요. 입양아가 돌아와 억울한 죽음을 당했는데 나 몰라라 하진 않겠죠."

"아니, 어디가 아파요? 목소리가 다 죽어가잖아요."

세엽이 뭔가 파고들 기세였다.

"곧 나을 거예요. 오늘 그 노학자한테 너무 오랜 시간 얘기 듣느라고, 진이 다 빠졌나 봐요."

"알았어요. 누나랑 의논해볼게요."

세엽과 통화를 끝내고 잠이 살포시 들었을 무렵 주원이가 와서 차창을 두드렸다. 차 문을 열어주었더니 주원이 내 모습에 놀란 듯 눈이 휘둥그레졌다.

"대표님, 무슨 일이에요? 얼굴이 너무 창백해요. 긁힌 상처도 있고. 많이 아프신 것 같은데 병원에 가요."

"아냐, 주원이가 약 사 온다고 하니까 벌써 많이 나은 것 같은데. 괜찮아. 집에 가서 쉬면 나을 거야."

영리한 아이는 약과 생수는 물론 먹을 것도 잔뜩 사 왔다. 내가 좋아하는 크루아상과 사과대추 그리고 무화과도 있었다. 약을 먹은 다음 운전석에 비스듬히 누워 주원이가 떼어주는 빵과 과일을 번갈아 입에 넣고 아기처럼 오물오물 씹어 겨우 삼켰다.

"넌 거기 앉아 있어. 나 뒷좌석에서 파스 좀 붙일게."

"네, 알았어요."

멍든 데가 많아 파스가 부족할 정도였다. 파스를 다 붙인 다음 뒷좌석에 누워 주원에게 말했다.

"나 한숨만 자고 일어날게. 삼십 분 뒤에 깨워줘. 통증이 좀 가시면 너부터 집에 데려다줄게."

"집엔 킥보드 타는 친구 불러서 가면 돼요. 걱정 마세요."

그러고는 눈을 감았는데 거의 한 시간 이상을 자버렸다.

"얘, 왜 안 깨웠어? 너 빨리 집에 가야 되잖아."

"괜찮아요. 어찌나 단잠을 주무시는지 도저히 깨울 수가 없었어요."

"이제 운전할 수 있을 거 같아. 너희 집부터 가자."

"아니에요. 댁으로 가요. 혼자 보낼 수 없어요. 지금은 제가 보호자예요."

보호자란 말에 나도 몰래 웃음이 나왔다.

"그런데 아버지 공무원이셔? 전근 오셨다며?"

"아뇨. 새로 생긴 물류회사 안동지점장으로 오셨어요. 경북 쪽 거래처 개척하느라 요즘 많이 바쁘세요."

"그래? 우리 아빠도 물류회사 다니는데. 남양주에서. 그래, 전학 와서 잘 적응하고 있니? 많이 낯설지?"

"아뇨. 아빠 고향이 원래 안동이라 친척이 많아요. 할아버지 뵈러 자주 내려왔었구요."

"오, 그렇구나. 할아버지 건강은, 어떠셔?"

"정정하세요. 곧 팔순인데 등산도 하시고 헬스장도 다니세요."

천천히 차를 몰았지만 액셀을 조금만 세게 밟아도 다리에 통증이 왔다. 아무래도 집에 가서 세엽에게 주원이를 부탁해야 할 것 같았다. 거북이 속도로 느릿느릿 달려 집에 도착했더니 농장 트럭이 이미 와 있었다. 세엽이 와서 부축하려는 것을 나는 밀어냈다. 방에 들어가자마자 침대 위에 널브러졌다. 얼굴의 상처가 보일까 봐 안대를 썼다. 그러고는 세엽이 다가오는 기척에 쌀쌀맞게 말했다.

"말도 없이 남의 집에 무단 급습하는 건 뭐예요? 누가 보면 무슨 큰일 난 줄 알겠네. 이제 주원이 집에나 좀 데려다줘요. 시험 기간이에요."

마루에 있는 주원이가 큰 소리로 말했다.

"아니에요. 시험 다 끝났어요. 뭐 좀 드실래요? 전복죽 있는데."

"아냐, 됐어. 이따 먹을게."

세엽이 부스럭거리는 소리를 내며 말했다.

"죽하고 반찬이랑 과일은 냉장고에 넣었어요. 빵 봉투는 마루에 둘게요. 브레첼도 있어요."

"아유, 내가 뭐라고, 집에 있는 거 몽땅 다 싸 들고 왔군요."

"마침 구워놓은 게 있었어요. 주원이 데려다주고 다시 올게요."

세엽의 말에 나는 쏘아붙이듯 말했다.

"뭘 또 와요? 내가 뭐 숨넘어가요? 바로 집에 가요."

별을 수백 개나 헤아리다 겨우 잠이 들었다. 얼마나 지났을까. 잠결에 자동차가 와서 멈추는 소리가 들리더니 곧이어 발소리가 났다. 세엽인 듯했다. 냉장고에서 뭔가를 꺼내는 소리와 함께 그의 목소리가 들렸다.

"전복죽 데워요. 저녁 먹게 일어나요."

왜 다시 왔느냐고 따질 기운도 없었다. 세엽이 침대 앞에 갖다 둔 작은 탁자 앞에 앉아서 말없이 반찬을 집어 숟가락에 얹어주었다. 한동안 말이 없던 그가 갑자기 코를 킁킁대며 말했다.

"아니, 웬 파스 냄새가 진동을 하죠?"

"아, 내가 허리가 아파서 주원이한테 좀 사 오라고 했어요. 요즘 너무 무리했나 봐요."

"뭐라구요? 안 그래도 힘든 게 농사일인데 왜 무리를 해요? 바보처럼."

"미안해요. 주책없이 이렇게 아파서. 그런데 오늘 문득 생각이 났는데 금고 안에, 노트 말고 또 뭐가 들어 있었는지 파악은 했어요?"

"아뇨. 아직."

"당장 금융감독원에 알아봐요. '상속인 재산조회서비스'라는 게 있어요."

그러자 세엽이 목소리를 높이며 말했다.

"아프다는 사람이 별걱정을 다 하네요. 애먼 데 신경 쓰지 말고 몸이나 빨리 낫도록 하라구요. 젠장, 뭐가 더 급한데?"

세엽이 내게 그렇게 쏘아붙이는 건 처음이었다. 하지만 답답하고 화가 나는 건 나도 마찬가지였다. 내가 금고에 촉각을 곤두세우는 이유를 그는 이해하지 못하는 듯했다. 금고는 곧 류 소장 노트의 맨 끝 문장과도 깊은 연관이 있었다. '나는 그녀에게 말했다. 제발 부탁이오. 지금 우리 안에서 일어나고 있는 것, 이번만은 조용히 그냥 지나가게 내버려둡시다.' 그런 은밀한 대화를 나눌 만큼 가까운 사람이라면 충분히 류 소장의 재산에도 쉽게 접근할 수 있었을 거라는 생각이 들어서였다.

"그만 돌아가요. 내일 아침부터 할 일이 많잖아요. 대구도 가야 하고."

그는 뭔가 마음이 놓이지 않는 듯 내 표정을 살피며 말했다.

"아무래도 불침번을 서야 할 것 같아요. 뭔지 몰라도 불안해요."

약을 먹은 지 한 시간쯤 되자 잠이 쏟아지기 시작했다. 몇 시간이나 지났는지 모르지만 누가 어깨를 세게 흔들어 깨웠다. 눈을 비비고 보니 세엽이었다.

"음, 몇 시지? 여기 어디에요?"

"밤 한시요. 집이지 어디긴요. 대체 무슨 일이에요? 비명을

지르고 몸을 떨고 그러던데. 그냥 두면 밤새 소리칠까 봐 깨
웠어요. 자 물 좀 마셔요."

나는 그가 건네준 물컵을 받아서 몇 모금 마셨다.

"악몽을 꿨나. 아니 여태 안 가고 뭐 했어요? 누나한텐 연
락했어요?"

"걱정 말아요. 내가 알아서 해요. 자기 몸이나 챙기시지."

내게 면박을 주고 나서 그는 방석을 베개 삼고는 방바닥에
벌렁 드러누웠다.

나는 벽장문을 가리키며 말했다.

"저기, 벽장 안에 담요랑 이불 있어요. 자고 갈 거면 그거
꺼내요."

불을 끄고 잠을 청했다. 혼자 지내다가 처음으로 누가 빚쟁
이처럼 들이닥쳐 옆에 누워 있으니 좀체 잠이 오지 않았다.
세엽도 마찬가지인지 계속 몸을 뒤척였다. 그러더니 그가 침
묵을 깼다.

"그럴 일이야 없겠지만 어느 못된 놈이 여자 혼자 사는 거
알고 와서 행패 부린 건 아니겠죠, 설마. 그런 일 있으면 즉시
말해요. 아무래도 파스 냄새가 수상한데."

"세엽 씨."

나는 그의 이름을 불러놓고는 말을 잇지 못했다.

그러자 그가 벌떡 일어나 불을 켰다. 내 얼굴을 보고 나서

소매를 걷어 올려 자세히 살피더니 말했다.

"아니, 이게 뭐예요? 얼굴에도 그렇고 팔에도 온통 긁힌 상처투성이네요. 당장 병원으로 가요. 응급실로."

나는 그를 진정시켜야만 되었다.

"무슨 호들갑이에요? 과수원에서 일하다가 나뭇가지에 긁혀서 상처가 난 거예요. 일하다 보면 여기저기 긁힐 수도 있죠."

"아녜요. 분명 타박상이에요. 팔에 시퍼렇게 멍이 들었잖아요. 말해봐요. 뭐가 무서워서 말을 못해요? 내가 있잖아요."

나는 세엽의 마지막 말에 조금 흔들렸다.

"신고하러 가요. 당장. 분명 무슨 일이 있어요."

나는 시인도 부인도 하지 않았다.

"세상에, 내가 파스 냄새 안 맡았으면 어쩔 뻔했어요. 모르고 지나갈 뻔했잖아요. 무슨 일이에요?"

"그만 자요. 내일 대구 갔다 와서 얘기해요. 조금 의심스런 일들이 있긴 했지만 별거 아니에요. 나중에 얘기할 테니까 좀 차분하게 굴어요."

내 말에도 세엽은 분이 풀리지 않는 듯 씩씩거렸다. 나는 너무 피곤해서 금세 잠에 곯아떨어질 것 같은데 좀체 잠이 오지 않았다. 어쩌다 졸지에 세엽과 한방에서 잠을 자게 된 것에 신경이 예민해져서 그런 건지도 알 수 없었다.

이튿날 아침, 세엽이 가고 난 뒤 나는 나대로 해야 할 일이 있었다. 안동 토박이인 주원이 할아버지가 K회장네 집안과 어떤 접점이 있는지 알아내는 일이었다. 주원에게 문자를 보냈다. 시간이 되면 언제 집으로 좀 올 수 있겠느냐고. 점심시간에 답이 왔다. '대표님, 몸은 좀 나으셨어요? 토요일에 2인용 킥보드를 렌트해 기화 데리고 라이딩을 나갈 건데 그때 들를게요. 오후 두시쯤요.'

토요일 오후 두시가 조금 넘어 탱자나무 울타리 안으로 주원이가 탄 전동 킥보드가 쑥 들어왔다. 파릇한 나무 한 그루가 걸어 들어오는 듯 싱그러워 보였다. 그는 킥보드 앞에 달린 작은 카트에서 피크닉 바구니를 꺼내며 말했다.

"총무님이 보내셨어요."

"아유, 또?"

나는 주원을 데리고 방으로 들어갔다. 침대에 걸터앉아 앞에 놓인 의자에 주원을 앉히고 말했다.

"주원아, 할아버지께서 안동 토박이라고 했지? 그래서 몇 가지 여쭤보고 싶은 게 있어. 학가산농원 K회장네 집안 내력에 대해서 말이야. 내가 왜 그런 것에 관심을 갖는지는 너도 잘 알고 있지?"

"네. 얼추 알고 있어요. 억울하게 돌아가신 류 소장님 때문이라는 거요. 총무님한테 들었어요."

"그래서 얘긴데, 먼저 할아버지께서 그 집안에 대해 잘 알고 계신지부터 여쭤봐줘. 만약 잘 아신다면 K회장이 난초농원을 하기 이전의 이력에 대해 좀 여쭤보고 싶어. 특히 가족 관계를 좀 자세히. 그리고 K회장이랑 양미금 씨는 어떤 관계인지도."

"네, 알았어요. 제가 잘 여쭤볼게요."

"아냐. 너보고 직접 알아내라는 게 아니야. 잘 아신다면 미리 말씀만 드려줘. 그런 문제로 여쭤볼 게 있어서 농장에서 누가 갈 건데 아시는 대로 얘기를 좀 해주시라고. 그날 너도 좀 같이 가주고."

"네, 그럴게요. 할아버지께 여쭤보고 말씀드릴게요. 그건 그렇고 몸은 좀 어떠세요?"

"아직은 좀 더 조리를 해야 될 것 같아."

주원이가 간 뒤 농장에서 가져온 반찬통을 냉장고에 넣는데 유리그릇 뚜껑에 접힌 쪽지가 붙어 있는 게 눈에 띄었다. 뭔가 싶어 펴보았다.

'대표님, 이거 친구가 보내온 문자 내용이에요. 친구가 미금 씨 사촌 언니거든요.'

미금과 K회장은 가까운 친척. K회장이 미금을 다원의 난 농장에 들여보낸 이유가 있었어. 미금이 류 소장에게서 녹음 유언을 받아냈대.

내용: 장미와 백합 신품종 저작권 중 기한이 가장 오래 남은(20년) 장미 저작권을 양미금에게 상속한다. 류포의(안동시 명호면 관창리).

증인: 양미금(안동시 태화동). 피상속인의 구술이 정확함을 증언함. 2024년 5월 5일.

장소 : 소백정사(안동 교외 한옥호텔).

문자를 보는데 목구멍에서 불덩이 같은 것이 치밀어 오르는 듯했다. 소심이 얼마나 충격을 받았을까 싶어 당장 전화를 걸고 싶었다. 그렇지만 이럴 때일수록 침착하게 대처해야 할 것 같았다. 민법을 해설한 사이트에 들어가 살펴보았다. 민법 제1067조에 따르면 그런 형식으로 녹음 증언을 할 수 있다고는 되어 있었다. 하지만 복사해서 기기가 옮겨진 경우에는 무효가 된다고 나와 있었다.

나는 소심에게 문자를 보냈다.

'관련법을 찾아봤더니 녹음 파일을 복사해 다른 기기로 옮겨서 제출하면 법적으로 무효라고 나와 있어요. 그리고 지난번에 세엽 씨랑 같이 저작권 상속 절차를 다 밟았으니까 문제없을 거예요. 너무 걱정 마세요.'

그날 밤 주원에게서 전화가 왔다.

"할아버지께서 그 집안에 대해 잘 아신다고 하셨어요. 필요하다면 아는 대로 얘기해드리겠대요."

나는 다시 소심에게 문자를 보냈다.

'무엇보다도 당장 해야 할 일이 있어요. 주원이 할아버지가 안동 토박이라서 K회장네 집안 내력을 잘 알고 계시다는데, 한번 만나보실래요? 혹시 무슨 단서라도 얻을지 모르니까요. 제가 주원이한테는 미리 얘기해뒀어요. 농장에서 누가 갈 거니까 할아버지께 미리 말씀드려놓으라고요. 한 사흘 뒤에 가면 될 것 같아요. 주원이도 같이 갈 수 있대요.'

소심에게 문자를 보내고 나서 다시 양미금의 녹음유언 사건을 곰곰이 생각해보았다. 그러자 가슴이 써늘해왔다. 양미금은 K회장과 짜고서 류 소장의 재산을 빼내려 하고 있는 게 확실해 보였다. 그렇다면 내가 농장에 드나들면서 류 소장의 죽음과 관련해 소심 남매를 돕고 있다는 사실을 K회장에게 귀띔해준 것도 그녀가 아닐까 싶었다. 그리고 하수인을 시켜 나를 미행하고, 납치까지 하며 협박하고 있는 것도 K회장일 거라는 심증이 굳어졌다. 도대체 K회장의 진짜 얼굴은 무엇일까. 갑자기 두려움이 엄습했다. 그러나 물러서기에는 너무 깊이 들어왔는지도 몰랐다.

밤 열시가 넘어서야 탱자나무 울타리 밖에 차를 대는 소리가 들렸다. 대구에 갔던 세엽이 돌아온 모양이었다. 그가 방으로 들어와 의자에 앉았다.

"수고 많았어요, 세엽 씨. 어땠어요? 양자회에서 순순히 알려줬어요?"

먼 길을 다녀왔는데도 의외로 그는 별로 지쳐 보이지 않았다. 양자회에서 우호적인 반응을 얻어낸 듯했다.

"들어가자마자 단도직입적으로 말했죠. 아버지의 죽음과 입양의 진실을 밝히려면 생부모의 인적 사항이 필요하다'라구요."

"그랬더니, 뭐라고 해요?"

"친생부모의 인적 사항은 공개할 수가 없다고 딱 선을 그었어요. 그래서 아버지 사망 사건에 대해 자세히 밝혔죠. 가족관계증명서에다 양부모님이랑 가족사진까지 다 보여주면서요. 그랬더니 내부 회의를 한 다음 입장을 알려줄 테니 밖에 나가 좀 기다리라고 했어요. 가까운 카페에 가서 기다렸더니 두 시간 뒤에 들어오라고 연락이 왔어요. 직원이 밝힌 양자회 입장은 이런 거였어요. '친생부모의 인적 사항은 원칙적으로는 본인의 동의가 없이는 공개할 수 없다. 단지 입양아에게 특별한 사유가 생겼을 때는 공개가 가능하긴 한데 신상 보호를 위해 제한적으로만 밝힌다. 생모는 고등학교 교사였고, 생부는 법조인이었다.' 그게 다였어요."

"그래도 많이 알아낸 거네요. 세엽 씨 애썼어요. 나머지는 우리가 알아내야죠."

"근데 생모 편지는 보여줬어요."

"아, '난 이미 오래전 난잎에 베어졌다'는 그 편지요?"

"네, '난잎에 베이다'라는 말은 자식을 먼 타국으로 보내라는 남자 집안의 압박에 굴복했으니 자신은 이미 한 인간으로서 죽어 마땅한 죄인이라는 뜻일 거라고 어느 직원이 얘기해 줬어요."

그 말을 하고 난 세엽이 한숨을 푹 내쉬었다. 홀연 궁금증이 일어 물어보았다.

"남자 집에서 무슨 일로, 결혼을, 반대했을까요, 세엽 씨?"

"그건 모르죠. 양자회에서도 그렇게 세세한 건 모르는 것 같았어요."

그 말을 하고 보니 문득 뭔가가 머리에 떠올랐다.

"세엽 씨, 생모가 아기 옷에 난초 문양을 수놓을 때 본을 떴던 시전지 말예요. 혹시 금손네 집안에서 대대로 전해 내려오던 것이 어쩌다 생모의 손에 들어간 건 아닐까요?"

세엽이 반색을 하며 말했다.

"맞아요. 그럴 수도 있겠는데요."

그는 눈을 감고 잠시 무슨 생각을 하다가 다시 입을 열었다.

"아니면 남자가 자기 집안에 대대로 전해 내려오던 것인데 젊은 시절 연애할 때 거기에다 사랑의 고백을 담아 여교사에게 보낸 것일 수도 있구요. 그렇지만 금손네 집안에서 대대로 전해 내려온 것이라는 게 더 절절하게 느껴지네요."

그 말을 하고 나서 세엽이 다시 말을 이었다.

"둘이 결혼까지 약속했고 여자는 임신을 했다. 그런데 남자 집안에서 갑자기 결혼을 반대했다. 그럼 처음부터 반대하진 않은 거잖아요? 그렇다면 일단 당사자인 여교사한테 무슨 문제가 있었던 건 아닌 것 같은데."

"아, 그러니까 뭔가 짚이는 게 있어요."

"뭐가요?"

"우리 아버지가 고향인 영주에서 살지 못하고 객지를 떠돌아다닌 이유랑 비슷하지 않을까 싶어요. 대개는 조상들의 과거 활동이 문제가 되죠."

나는 우리 집 얘기까지 밝히고 싶진 않았지만 그 비슷한 문제가 아니었을까, 라는 생각이 들었다.

"그래요? 대표님네 집에도 그런 아픔이?"

"네, 그랬어요. 세엽 씨, 또 한 가지 물어볼 게 있어요. 아버지가 왜 하필 이 동네에다 농장 터를 잡았는지 직접 들은 얘기 없어요? 나처럼 풍경에 반해서 왔다든가."

"아버지도 아마 그 비슷하겠죠."

그러고는 눈을 가늘게 뜨고 뭔가 기억을 더듬더니 다시 입을 열었다.

"아, 이제 기억났어요. 아버지가 처음 귀국해서 생모를 찾으려고 양자회에 갔을 때 들은 얘기라면서 말해준 적 있어요."

세엽은 아버지에게서 들은 그때의 일을 자세히 들려주었다. 양자회에서 생부모 신상은 밝힐 수 없다고 하자 아버지가 그럼 고향만이라도 알려달라고 했다. 그때는 영어로 소통을 했다. 어느 직원이 안동 근교 낙동강 상류 강변 마을이라고만 알려주자고 제안했다. 다른 직원이 그건 다 가르쳐주는 거라면서 반대했다. 아버지가 베를린에서 주말 한글학교에 다닌 것을 그들은 몰랐던 것이다. 그렇게 해서 아버지가 이곳에 정착한 거였다. 나는 화제를 바꾸어보았다.

"아 그랬군요. 그건 그렇고 미금 씨에 대해 한 번도 의심해본 적 없어요? 아버지와의 관계에 대해서?"

내 질문에 세엽이 움찔했다.

"무슨 얘기죠? 지금 의심하는 거예요? 아버지가 미금 씨와 무슨 부적……"

거기까지 말하고 그는 말을 뚝 멈추었다. 뭔가 오해를 하는 것 같았다.

"그게 아니에요. 나는 아버지의 인간적인 외로움을 얘기하고 있는 거예요. 혹시 아버지 일기 끄트머리 부분에서 뭔가 마음에 걸리는 대목 같은 거 발견한 거 없어요? 도저히 이해가 되지 않는."

세엽은 눈을 동그랗게 뜨고 당황스런 표정으로 나를 바라보았다. 나는 한마디만 덧붙인 뒤 침대에 드러누웠다.

"놓쳤다면 그 부분 다시 읽어보고 내일 얘기해요."

눈을 감고 잠을 청했다. 세엽은 숨소리만 들릴 뿐 아무 말이 없었다. 그러다 다시 정적을 깬 건 나였다.

"아, 한 가지만 더. 아버지가 K회장이랑 돈 문제로 사이가 틀어진 적은 없었을까요? 일기에 그런 얘기 없어요?"

세엽이 말을 할 듯 말 듯 하다가 입을 다물었다. 프라이버시 때문인지 남매는 내게 번역본을 다 보여주지 않고 중요한 부분만 공유해주었다. 나는 내가 만나본 K회장에 대해 느낀 것을 솔직하게 털어놓았다. K회장은 해외에서 저작권료를 받는 류 소장을 몹시 부러워했다. 정원용품 판매점을 내고 춘란 교실을 연 것도 아마 돈 때문이었을 것 같았다고. 세엽이 내 말을 받아 말했다.

"글쎄요. 정황상은 그렇지만 아직 확실한 물증이 없잖아요? 그보다도 지금 더 충격적인 건 대표님에게 뭔가 안 좋은 일이 일어나고 있다는 거예요."

세엽의 말에 이젠 사실대로 말하지 않을 수 없었다.

"실은 농장에 드나들기 시작하면서부터예요. 처음엔 미행을 하더니 두번째는 집 안의 가구를 마구 옮겨놓아 사람 얼을 빼놓더라구요. 그러더니 이번엔, 접촉사고를 가장해 나를 납치했구요. 그때 차 안에서 자기들끼리 하던 말도 수상했어요.

'하이브리드 좋아한다더니.' '제 년도 튀기인가?' 이런 말이
요. 뭔가 알고 하는 얘기 같지 않아요?"

내 말을 들은 세엽이 나를 끌어안으며 말했다.

"공연히 우리 집 일에 끼어들어 이게 무슨 생고생이에요?
아유 미친놈들."

내 몸이 다칠세라 세엽이 조심조심 나를 끌어안았는데도
온몸이 저릿저릿해왔다. 살갗이 쓰려오는데도 왠지 싫지 않
았다. 나는 마음을 굳게 먹고 세엽에게 말했다.

"납치 사건은 아버지 사건의 범인이 확실해지고 나서 신고
해요. 아직도 K회장이나 양미금한테서 알아내야 할 게 많아
요. 잘못 건드렸다가는 우리가 접근하는 걸 꺼려할 수도 있어
요. 납치 사건에 아버지 사건이 묻힐 수도 있고."

며칠 뒤 소심이 차를 몰고 집으로 왔다. 나는 침대에 걸터
앉고 그녀는 앞에 놓인 의자에 앉았다. 그러고는 군소리 없이
곧바로 본론으로 들어갔다. 나는 소심이 그렇게 깔끔하게 일
위주로 나가는 게 마음에 들었다. 무엇보다 몸에 대해 꼬치꼬
치 캐묻지 않아 좋았다. 소심의 배려 깊은 마음이 느껴졌다.
따뜻하지만 쉽게 감정을 드러내지 않고 항상 이지적이며 넓
게 품는 것. 그에 비해 세엽은 아무도 따라갈 수 없을 만큼 예
민한 감성으로 주위를 놀라게 한다. 난잎이 수놓인 아기 옷에
서 지극한 생모의 마음을 불러내듯.

소심은 주원이 할아버지에게서 들은 이야기를 침착하게 얘기하기 시작했다. 그 집은 대대로 서양을 배격하고 쇄국을 주장하던 대표적인 유림 집안이었다고.

"아, 그렇군요. 근데, 주원이 할아버지는 그 댁을 어떻게 그렇게 잘 아신대요?"

"아, 친구분이 K회장네 소작농을 관리하던 마름이었대요. 그래서 그 친구한테 들었다고 하셨어요."

"마름을 둔 걸 보니 대지주였나 봐요."

"네, 맞아요. K회장 할아버지는 대지주이면서 일제 때 금융조합 이사를 지낸 분이래요. 그때 한 재산 모았다고 했어요. 아버지는 검사였구요. K회장은 그동안 김성락이라는 이름을 써왔는데 본명은 김대용이래요. 서울에서 대학을 나온 뒤 고향에 내려와 국어교사를 했구요."

"그럼 K회장이 집에서 좀 어른들의 기세에 눌려 지냈겠는데요."

"맞아요. 늘 검사 아버지에게 주눅 들어 살았다고 해요. 내성적인데다 야망이 없다구요. 교사를 그만두고 난초농원을 시작했는데 돈벌이가 시원치 않아 다른 사업을 벌였다고 하셨어요."

"아하, 그렇군요. 그 집안에서 제일 특이한 인물은 누구라고 해요?"

"바로 K회장의 아버지 김수명 검사래요."

"검사요?"

나는 내 귀를 의심했다. 놀라는 내게 소심이 고개를 끄덕이며 말했다.

"나도 주원이 할아버지께 그 말 듣고서 놀라 까무러칠 뻔했어요. 어쩌면 그럴 수도 있겠다 싶어서요."

"근데 어떤 점에서 특이하다는 거죠?"

"워낙 평판이 좋지 않아서요."

"스캔들이라도 있었대요?"

"네, 대학 시절에 사귄 여교사랑 결혼을 약속한 사이였는데 어느 날 느닷없이 여자를 버렸다구요. 여자가 임신까지 했는데 집안 어른들이 결사반대를 해서요. 그 이유는 주원이 할아버지 친구분도 잘 모른다고 하더래요. 그 집에서 워낙 쉬쉬해서요. 그러자 아주 좋지 않은 소문이 돌았다고 해요."

"그래요? 어떤 소문이요?"

"여자네 윗대 어른들이 옛날에 독립운동을 했는데 사회주의 쪽이어서 남자네 집에서 결혼을 반대했을 거라구요. 출세에 지장이 있을까 봐서요. 아기도 해외로 입양시키라고 강요했구요. 확실한 건 아기의 생부인 K회장의 아버지 김수명 검사가 검찰총장에다 대법관까지 올라갔다는 사실이에요. 은퇴하고 나서도 정부의 다른 자리로 갔구요."

"그 여교사 성씨나 이름은 모르신대요?"

"성이 오씨라는 말만 들었대요. K회장 아버지 김수명 검사와는 서울에 있는 대학 동기동창이구요."

하나씩 분명해지고 있었다. K회장과 미금 씨와의 관계에 대해서도 알아보았느냐고 물어보았다.

"아, K회장 외가가 양씨래요. 외사촌 동생쯤 된다나 봐요."

"K회장이 최근 사업에 어려움을 겪고 있다는 건 할아버지도 알고 계셨어요?"

"자세한 사정은 모른다고 하시면서 이런 말씀은 하셨어요. 그 집안은 아들이 웬만큼 사업이 망해도 문제가 안 될 만큼 알부자라구요. 그렇지만 아들이 사업할 깜냥이 안 된다고 보기 때문에 재산을 빨리 물려주진 않을 거라고 하셨어요."

"어쨌거나 별 풍파 없이 살아온 집안이네요."

"그렇죠. 할아버지 말씀은 그 집의 고민이라면 오직 하나였대요. 만에 하나 입양 보낸 아들이 돌아와 다시 나타나는 거요."

"어머나. 실제로 그런 걱정을 하신 모양이죠?"

"동네에 그런 소문이 파다했다고 했어요."

그 얘기를 하는 소심의 눈에 눈물이 어리고 있었다. 나도 울컥하는 심정이 되어 소심의 손을 잡고 말했다.

"좀 더 수사로 확실하게 밝혀져야겠지만요. 세상에, 그 여교사가 아버님의 생모이고, K회장은 아버님의 이복형제일 가능성이 점점 더 높아지고 있다니요. 어떻게 이런 일이……"

내 말에 소심이 참고 있던 눈물을 터트렸다. 나는 손수건을 꺼내 그녀 손에 쥐여주었다. 잠시 후 소심이 눈물을 닦으면서 울음 섞인 목소리로 말했다.

"내 생각엔 K회장이 일찍부터 아버지와 이복형제라는 걸 알고 있었을 것만 같아요. 농장을 시작하던 초창기를 돌이켜 보면 두 분이 만나자마자 유별나게 가깝게 지냈거든요. 제 어린 눈에도 꼭 친형제 같았어요."

핏줄이 당긴다는 말은 정말 맞는 말일까. 소심의 말에 나도 가슴이 미어졌다. 일어날 일은 반드시 일어나고야 마는 것일까.

아버지의 비밀

이튿날 오후 예고도 없이 세엽이 트럭을 타고 나타났다. 차에서 내린 그는 양손에 피크닉 바구니를 들고 저벅저벅 마당으로 걸어 들어왔다. 그러고는 말없이 반찬통을 꺼내 냉장고에 차곡차곡 넣었다. 그냥 보고 있기가 불편해 한마디 했다.

"이제 작작 좀 갖다 날라요. 집안 살림, 거덜 나겠어요."

내 말에 그가 발끈하고 나섰다.

"누나가 얼마나 걱정되면 이러겠어요? 어제 대표님 만나고 집에 와서 땅이 꺼져라 한숨을 쉬었어요. '사람이 완전 반쪽이 되었더라'고 하면서요."

그러고는 침대 앞에 놓인 의자에 털썩 소리 나게 앉았다. 뭔가 터트릴 것 같은 기세였다.

"미금 씨 얘기 말이에요. 전엔 건성으로 읽었는지 그냥 지나쳤는데 대표님 얘기 듣고 나서 아버지 노트 다시 꼼꼼히 읽

어보니까 다 나와요. 지난 3월에 미금 씨가 아버지 사업으로
집안이 몹시 어렵다고 해서 아버지가 큰맘 먹고 수표를 한 번
끊어주셨대요. 그랬더니 얼마 후에 또다시 요구를 해와 거절
했다고 쓰여 있었어요."

"세상에. 예감이, 틀리지 않았군요. 요즘도 미금 씨, 농장
에 나와요?"

"네, 아무 일도 없는 것처럼 꼬박꼬박. 누나가 지금 폭발
직전이에요."

그 말을 하고 나서 그는 주먹으로 벽을 치면서 울분을 터트
렸다.

"바보! 바보! 바보! 이게 뭐야?"

한 손으로는 눈을 가리고 거의 울먹이는 목소리였다. 나는
확인하고 싶은 게 있었다.

"세엽 씨, 일기 끄트머리 부분 다시 읽어봤어요? '우리한테
지금 일어나고 있는 것, 이번만은 그냥 조용히 지나가게……'"

그가 내 말을 끊고 들어왔다.

"읽어봤으니까 그러죠. 바보라고. 정말 미치겠어요."

몹시도 퉁명스러운 대답이었다. 아버지 일로 큰 혼란을 겪
고 있는 아들에게 나는 무슨 말을 해야 할지 알 수 없었다. 한
참을 머뭇거리다 겨우 어렵게 말을 꺼냈다.

"세엽 씨. 아버지를 인간적으로 이해할 수는 없어요? 누구

나 속에서 자기도 모르게 꿈틀대는……"

이번엔 아예 내 말을 가로막고 나섰다.

"그만요, 제발. 그런 얘기 듣고 싶지 않아요."

둘 다 한동안 말없이 딴 곳을 바라보았다. 한참 있다가 세엽이 혼잣말로 중얼거렸다.

"계속 나오게 둬도 될지 몰라."

"무슨 소리예요? 잘못하면 도피다, 증거 인멸 기회만 주게 돼요. 그건 그렇고, 내가 한번 만나볼까 하는데 어때요? 연락처 좀, 알려줄래요?"

세엽이 미금의 전화번호를 내게 보내는 사이 한 가지 더 물어볼 게 생각났다.

"누나한테 녹음유언 정보 알려준 분은 누구예요?"

"알고 보니 미금 씨가 누나 고등학교 동기의 사촌 동생이더래요. 동생이 자랑삼아 보여준 것을 그 언니가 몰래 사진 찍어서 누나한테 보내준 거니까 정확한 거죠. 누나랑은 자매처럼 친해요."

"누나랑 일기 끄트머리 부분에 대해서 얘기 좀 해봤어요?"

세엽은 답할 필요조차 없다는 듯 고개를 저었다. 누나가 마음에 상처를 입을까 저어하는 듯했다.

세엽이 가고 나서 나는 미금에게 문자를 보냈다. '양미금 씨에게. 학생들이 미금 씨에게 꽃 가꾸기에 대해 많이 배웠다고 하네요. 바쁜 중에도 친절하게 가르쳐줘서 고마워요. 나도 오래전부터 미금 씨를 만나 여러 가지로 좀 배우고 싶었어요. 이번 주 언제 시간 좀 내주실래요? 서홍화 드림.'

이튿날 미금에게서 문자가 왔다. 토요일 오후 세시 온실에서 만나자고. 아직 몸이 다 나은 건 아니었다. 마당에 나가 아픈 몸을 반듯하게 펴고 느릿느릿 걷기를 시도해보았다. 그러다 햇빛 방향으로 팔을 벌려 크게 숨을 들이마셨다가 내쉬기를 반복했다. 그 때문에 이렇게 아픈 몸이 되어도 어떤 소중한 세계를 지켜낼 수 있을까. 이 망가진 몸을 자연이 치유해줄 수 있을까. 세엽의 노래 가사처럼 새소리, 물소리, 바람 소리에라도 의지하고 싶었다.

거의 삼 주 만에 농장을 찾았을 때 미금은 온실에서 잎이 누렇게 변한 화분 하나를 앞에 두고 뭔가를 하고 있었다. 내가 다가가자 일어서며 말했다.

"어서 오세요, 대표님. 오랜만이에요."

"네, 저두요. 너무 오래 못 만났어요."

미금은 첫 만남 때와 똑같이 회색 작업복에 주황색 모자를 쓰고 있었고 얼굴은 전보다 좀 핼쑥해 보였다. 나는 악수할 생각으로 손을 내밀었다. 그녀는 흙 묻은 손으로 소매를 걷더니 통통한 팔뚝을 내밀었다. 나는 그녀의 팔뚝과 악수를 했다. 그 모습이 재미있어 둘 다 유쾌한 웃음을 나누었다. 미금의 손은 생각보다 훨씬 더 두텁고 거칠었다. 숱하게 많은 화분들을 들었다 놓았다 하며 일일이 매만지느라 흙과 비료에 절은 손이었다. 거기 비하면 나의 것은 아직 노동을 모르는 손이라는 생각이 들었다.

"지금은 뭐 하고 계세요?"

"아, 누렇게 병든 풍란을 살리려고 액비를 만들고 있어요."

"아, 그렇구나. 이번 액체비료는 뭐로 만들어요?"

"생강이랑 계피로요."

"네에. 아기 이유식 같은 난초 냠냠이를 만드는 거군요."

"네. 그렇죠."

"여기 오신 지가 삼 년이 넘었다고 들었는데 제일 기뻤던 순간은 언제였어요?"

미금은 조금도 미적거리지 않고 바로 대답했다.

"지난 3월 초에 천운소를 교배해서 청향을 얻었을 때예요. 저도 기뻤지만 소장님께서 더 좋아하셨어요."

"그때 기분이 어땠어요? 난초에서 전에 없던 향기가 풍겼을 때."

"저는요, 마치 딴 세상에 온 것 같았어요. 음, 뭐랄까. 내 몸이 애틋한 그리움 속으로 빠져드는 느낌이었어요. 소장님이 왜 향기를 중시하시는지 알겠더라구요."

그 말을 하며 미금은 눈을 감았다. 그 당시를 떠올리자 절로 눈시울이 뜨거워지는 모양이었다.

"그 순간 너무 기뻐서 소장님과 포옹이라도 하지 않으셨어요?"

손등으로 눈가를 훔치던 미금이 말했다.

"그럴 시간도 없었어요. 소장님께서 즉시 전화로 자녀분들을 부르셨거든요. '소심아, 세엽아, 어서 나오너라. 청향이 왔다'라구요. 그 떨리던 목소리가 지금도 들리는 듯해요."

"그거 어디 있어요?"

세엽이 옆쪽 선반으로 가며 말했다.

"아, 이리 오세요. 이쪽 선반에 있어요. 이거예요."

"꽃이 없어 향기를 못 맡아 섭섭하네요."

"내년 3월에 와서 보세요. 오묘한 색깔에 청향이 나요."

"그렇게 손이 부르트도록 애썼는데 소장님께서 보너스라도 주셨을 것 같은데요."

"아, 사실은."

미금은 말을 하다 말고 입을 다물었다. 한참 동안 말이 없던 그녀가 눈을 내리깔고 낮은 목소리로 말했다.

"저어, 보너스로 거금을 받았어요. 그즈음 아버지가 부도를 맞아 집이 은행에 넘어갔어요. 그래서 소장님께 죄송하지만 좀 도와달라고 했더니 흔쾌히 들어주셨어요. 덕분에 전세를 얻어 온 가족이 거리에 나앉는 걸 면하게 됐죠."

"그랬군요. 앞으로 농장 진로에 대해선 어떻게 생각하세요? 향기 프로젝트를 계속 밀고 나가는 게 좋을지, 아니면……"

"그건 계속해야죠. 농장의 트레이드마크인데. 그런데 앞으로는 원예에도 AI가 깊숙이 도입되어 생산이나 재고 관리가 더 효율적이 될 테니까 사람들은 좀 더 창의적인 일을 해야 될 거예요."

"어떤 일이 있을까요?"

질문을 예상했던 것처럼 막힘없이 답이 술술 나왔다.

"진작에 소장님께 말씀드렸어요. 온라인 쇼핑몰을 열고 꽃 배달 서비스를 시작하면 제가 힘껏 뛰어보겠다구요. 연구만 하니까 농장에 활력이 없어서요."

"와, 도전 의식이 대단하세요. 하지만 광고 홍보비가 만만치 않을 텐데요."

"돈이 들어도 해야죠. 완전히 새로운 난초 잡지도 만들고, 유튜브 채널도 열고."

"그러려면 어떻게 해야 할까요?"

"과감한 투자가 필요해요. 케이팝 스타나 유명 인사들을 홍보 모델로 삼고 또 티비 드라마에 피피엘도 하구요."

나는 벌어진 입을 다물 수가 없었다.

"그 경비를 감당할 수 있을까요? 작은 농장에서."

"소장님 재력이면 가능하죠. 왜 현금자산을 쌓아두기만 하셨는지 모르겠어요."

미금의 말에 나는 의문이 들었다. 류 소장의 재산을 다 파악하고 있다는 말일까.

"아무튼 그런 일을 다 이루지 못하고 먼저 가신 소장님에 대해 미금 씨는 어떤 감정을 갖고 계세요?"

"뛰어난 원예학자시죠. 그런데 모험을 너무 두려워하셨어요. 사업 제안도 죄다 거절하시구."

"오, 사업 제안요? 구체적으로 어떤?"

"비료랑 원예용품 판매점에 투자를 권하신 분이 계세요. 학가산농원의 K회장님요."

"그런데 소장님께서 거절하셨군요?"

"네."

"또 다른 분은요?"

"지방에 계신 농장주인데, 공동으로 춘란학교를 세워 인재양성을 하자고 제안하셨는데 역시 거절하셨죠."

"이렇게 의욕적인 미금 씨를 소장님께서는 어떻게 생각하셨을까요?"

"소심 남매가 미금이의 반만큼이라도 야망이 있었으면 좋겠다고 하셨죠. 그렇지만 제가 아무리 말씀드려도 결단은 못 내리셨어요. 천생 학자셨죠."

"네에. 좀 아쉬운 면도 있었겠지만 소장님과 좋은 추억도 많았을 것 같은데, 어떤 게 있을까요?"

말을 마구 쏟아내던 미금이 이번엔 선뜻 답을 하지 않고 머뭇거렸다. 나는 시선을 일부러 다른 곳으로 돌리고 조용히 기다렸다. 한참 뒤 미금이 입을 열었다.

"실은 지난 3월에 교배종에서 청향을 얻은 순간 소장님께서……"

거기까지 말하고 그녀는 또다시 입을 다물었다. 말을 끌어내려면 그녀의 마음을 편하게 해주어야 할 것 같았다.

"말하기 뭣하면 안 해도 돼요. 괜찮아요."

그러자 미금이 눈길을 옆으로 슬며시 돌리고는 손으로 제스처를 써가면서 말했다.

"소장님께서 두 손으로 내 어깨를 잡고 이마에 살포시 입맞춤을 해주시고는 말씀하셨어요. '미금이, 오늘 이 청향은 미금이가 빚어낸 거야. 내가 그 공을 결코 잊지 않을게.' 그 말씀을 하시는데 저도 가슴이 찡했어요."

그 말을 하고 나서 미금은 울음을 참으려는 듯 아랫입술을 꼭 깨물었다.

"네에, 정말 잊지 못할 순간이었겠어요."

돌아오는 차 안에서 생각했다. 몇 달 전 온실에서 처음 만났을 때와는 전혀 다른 모습의 미금을 봤다고. 저토록 야심 찬 사람이 여태 온실에서 조용히 화분만 매만지고 있었다는 게 믿어지지 않았다. 소심 남매를 만났을 때 느꼈던 차분하고 지적인 분위기와는 거리가 있었다. 많은 걸 숨긴 거겠지만, 류 소장과의 관계도 예사롭지 않았을 것 같았다.

집에 돌아와 K회장의 문자를 확인했다. 사흘 전 내가 보낸 문자에 대한 답이었다.

'답이 늦었습니다. 뭘 하느라 바쁜지 이마에 이 서늘한 하늬바람 한번 제대로 쏘이지 못하고 좋은 날들을 그냥 흘려보내고 있습니다. 요즘은 벌여놓은 일이 많다 보니 시간이 잘 나지 않습니다. 한 달쯤 지나야 시간이 날 것 같습니다. 학가산 K.'

사업상 바쁘다는 핑계로 만남을 거절하는 K회장의 답변이 뭔가 수상쩍게 여겨졌다. 내가 자신의 뒤를 캐고 있다는 것을 눈치채고서 나를 피하고 있다는 걸 알아채기는 어렵지 않았다. 며칠 뒤 나는 아무 일도 없다는 듯 다시 문자를 보냈다. '다윈농장에서 류 소장님을 추모하고 앞으로의 진로를 모색하기 위해 다시 한번 회장님의 고견을 듣고자 합니다. 잠시만 시간을 내주시면 고맙겠습니다'라는 내용이었다. 다시 보낸 문자에도 며칠이나 답이 없었다. 열흘이 지나 나는 전화를 했다. 몇 번이나 벨이 울리고 나서야 통화가 되었다. 나는 바쁘신데 자꾸 연락을 드려 죄송하다고 말했다. 그러자 K회장은 그동안 일이 바빠 답을 못했다면서 오는 토요일 오후 세시에 농장에서 만나자고 했다.

토요일 오후, 약속 시간에 맞춰 농장으로 찾아갔지만 K회장은 사무실에 없었다. 아무도 없는 사무실에 혼자 있기가 어색해 다시 주차장으로 나왔다. 삼십 분쯤 지났을 무렵 그에게서 전화가 왔다. 온실에서 손님과 상담 중이니 조금만 더 기다려달라고. 이번에도 시간 약속을 지키지 않는 것에 나는 좀 짜증이 났다. 뭔가 신경전을 벌이고 있는 게 분명했다. 내가 가버리길 바라고 있는 것 같았다. 그래도 약속은 했으니 나타나기는 하겠지, 하고 나는 인내심을 갖고 기다렸다. 주차장에서 망연히 뒷산을 바라보고 있는데 잠시 후 발소리와 함께 인기척이 났다.

"아이쿠, 내가 또 실례를 했군요. 어서 들어가시죠."

나는 사무실로 따라 들어가며 목소리를 가다듬고 말했다.

"실례는요. 손님이 먼저죠. 일은 다 끝나셨어요?"

"네, 손님은 방금 떠났어요. 충남 괴산에서 오신 분인데."

"괴산이요?"

"네, 전에 류 소장하고 같이 탐사를 나갔던 분이에요. 속리산 국립공원으로."

"네에, 지방에 가시면 동호회원들이랑 어울려 소주라도 한잔하세요?"

"하죠. 그런데 류 소장은 어딜 가든 조금도 흐트러짐이 없었어요. 당최 인생을 즐길 줄을 몰라요. 때로는 분위기에 맞춰 좀 망가지는 모습도 보여야 인간미가 있는 건데."

그는 깊은 한숨을 내쉬었다.

"네에. 그런 면이 있었군요. 그건 그렇고 회장님은 알고 계세요? 소장님께서 왜 그토록 춘란 향기에 목을 매셨는지."

"춘란이 자길 낳아준 어머니 같다고 하는 얘길 나한테 한 적이 있었어요. 같이 지방에 돌아다닐 때면 난초 그림이나 문양이 없나, 눈에 불을 켜고 달려들었죠. 어느 땐 얼토당토않게 고집을 부리기도 했구요."

"어떤 일로요?"

"괴산에서 연풍면에 들렀을 때였어요."

K회장은 괴산 촌로에게 들은 얘기를 시작했다. 단원이 연풍 현감 시절, 대나무나 난초를 그리다 맘에 안 들면 가차없이 파지를 냈다. 누군가가 그걸 주워 가 자기 집 문짝에 발랐다. 그 얘길 듣자 류 소장이 당장 그 문짝을 찾아달라고 졸라댔다. 당시에 이미 골동품상이 문짝을 떼어 갔다고 하자 크게 실망하더라는 얘기였다. 그 얘기를 하고 나서 그는 어이가 없다는 듯 허탈한 웃음을 지었다.

"정말 황당하셨겠네요. 회장님께서 이해심이 많아 잘 참고 지내신 것 같아요. 그런데 두 분의 우정이 위태로웠던 적은 없었나요? 금전 문제라든가, 아니면 의견 차이로."

"사실 돈벌이에는 관심이 없고 연구에만 몰두하는 친구가 좀 딱해 보였어요. 그래서 우리 정원용품 판매점에 투자를 좀 하라고 권했죠. 그럼 현금을 좀 만질 수 있을 거라구요. 그런데 듣자마자 단칼에 '노' 했어요."

"좀 섭섭하셨겠네요."

"솔직히 많이 서운했죠. 그래도 뭐, 원래 그런 사람이려니 하고 넘어갔어요."

그의 표정이 냉소적으로 바뀌는 것을 나는 놓치지 않았다. 그 감정을 좀 더 깊이 파보고 싶었다.

"형제처럼 지내던 사인데 그 섭섭함을 어떻게 삭이셨어요?"

"그게 문제가 아니에요. 실은 그보다 더 견딜 수 없는 게 있었어요."

"그게 뭘까요?"

"목표를 정해놓고는 옆도 돌아보지 않고 오로지 그 길로만 매진하는 강한 집념이랄까, 열정이 있었죠. 무엇보다도 나는 거기에 강한 질투심을 느꼈어요. 나이도 비슷한 또래인데 인간이 어떻게 잡념을 그렇게 칼같이 차단할 수 있는지."

그의 표정에서는 예리하고도 강한 오기가 느껴졌다. 아무래도 화제를 바꾸는 게 좋을 듯했다.

"회장님, 원종 사수에 대한 생각은 지금도 여전하세요?"

"그럼요. 우리의 정체성이니까요. 이 원종엔 말이죠, 고유한 유전자가 풍부하게 들어 있어서 미래에 육종을 할 때 중요한 자원이 돼요. 그래서 원종을 지켜야 하는 것이죠."

"그럼 이제 다원농장에선 향기 프로젝트를 그만둬야 한다고 생각하세요?"

"그거야, 내가 뭐라고 하겠어요? 가족들이 알아서 결정해야죠."

"류 소장이 교배로 청향을 얻었을 때는 회장님도 오셔서 축하해주셨다면서요? 그 향기를 맡을 때 기분이 어떠셨어요?"

그는 눈을 가늘게 뜨고 뭔가를 회상하면서 말했다.

"나도 처음엔 향긋한 청향이 코끝에 차오르자 기분이 붕 뜨면서 몽롱해지더군요. 그런데 온실을 나와 정신을 차리고 보니 그게 우리 것이 아닌 거예요. 어떻게 해도 아닌 건 아닌 거죠."

그 말을 듣자 한마디 하지 않을 수 없었다.

"이제 우리 꽃이죠. 또 세계인의 꽃이기도 하구요."

그는 고개를 저으면서 맺고 끊듯이 대답했다.

"아무리 그래도 우리 것이 아닙니다. 다른 피가 섞였잖소. 잡종이죠. 우리나라 애란인들은 잡종은 결코 용납 못합니다. 그건 우리 꽃에 대한 배신 행위예요."

"회장님, 뉴진스라고 아세요? 걸 그룹."

"아, 물론 알죠. 춤추고 노래하는 댄스 그룹."

"맞아요. 그 친구들 노래에 몇 나라 작곡가들이 참여하는지 아세요? 게다가 의상 디자이너랑 스타일리스트들도 모두 외국인이에요. 그렇다고 뉴진스를 다른 나라 뮤지션이라고 하진 않잖아요?"

"춘란을 그런 팝 음악에다 견줄 수는 없지요. 가당치도 않습니다."

그 순간 내 머릿속에서는 일본 유학을 갔다가 유럽과 러시아 문학을 접하고 돌아온 우리 작가들의 얼굴이 떠올랐다. 그가 내 마음을 읽었나 보았다.

"문학도 그래요. 외국물 먹은 김동인이나 염상섭이 좀 색다른 작품을 썼다고는 하지만 나는 현진건의 작품을 아주 높게 봅니다. 그 양반은 온전히 우리 것만을 가지고 소설이란 예술을 일구어냈으니까요. '나는 그날 밤을 누울락 앉을락, 깰락 졸락 할머니 곁에서 밝혔다.' 이런 대목을 봐요. 우리말을 얼마나 맛깔스럽게 쓰고 있는지."

"문학 쪽에도 조예가 깊으시네요…… 그렇다면 양쪽 다 필요한 것이지 어느 한쪽을 배제할 필요는 없잖아요, 회장님?"

그는 더 이상 반박하지 않고 그저 빙그레 웃음만 지었다.

"생전에 두터운 우정을 나누셨던 분으로서 어떠셨어요? 친구가 불의의 사고로 유명을 달리했을 때."

K회장은 눈을 지그시 감고 잠시 회상에 잠기는 듯했다. 한

참 뜸을 들이던 그가 입을 열었다.

"정말 가슴이 미어졌어요. 걸출한 원예학자에다 남에겐 살 가웠고 자기관리는 투철한 인격자여서 본받을 게 많았는데."

"그렇게 좋아하셨다면 생전에 향기 프로젝트를 좀 도와주시지 그러셨어요?"

그 질문에 그는 갑자기 울분을 토하듯 말했다.

"누가 누구를 도와요? 교배종을 대량으로 만들어 원종을 위태롭게 하는 사람을 어떻게 돕습니까? 나는 끝까지 원종을 지키려고 혼자 외롭게 몸부림쳤어요. 자금이 모자라면 정원 용품 판매점도 내고, 춘란 교실도 열었죠. 그런데 그 친구, 아니 그 인간은 농장에서 수익이 나지 않아도 아무 문제가 없었어요. 해마다 장미와 백합 신품종 저작권료가 두둑이 들어와 쌓이니까요. 그런 귀족 원예학자를 나한테 들이대지 말아요."

류 소장을 '그 인간' 또는 '귀족 원예학자'라고 부르는 그에게선 강한 분노가 느껴졌다. 그것은 상대를 애증이 교차하는 관계이자 치열한 경쟁자로 본다는 뜻이었다. 분위기가 좀 싸늘해지는 것 같아 서둘러 인사를 하고 나와 차에 올랐다. 시동을 걸기 전에 세엽에게 전화를 했다. 지금 바로 농장으로 가도 되겠느냐고. 세엽이 얼마 만의 외출이냐며 얼른 오라고 했다.

대청 문을 열어주는 소심에게 나는 곧장 아버지 방으로 들어가자고 말했다. 남매는 갑작스런 나의 방문에 조금 의아한 표정을 지었다. 우리는 동그란 앉은뱅이 찻상을 가운데 두고 바닥에 둘러앉았다. 세엽이 주방에서 차를 내오면서 말했다.

"아니, 아직 몸도 다 낫지 않았다면서 어딜 다녀오세요?"

"방금 학가산농원의 K회장을 만나고 오는 길이에요. 지난주에는 미금 씨랑 온실에서 만났구요."

"미금 씨, 말이 잘 통하던가요?" 세엽의 질문.

"잘 통하는 정도가 아니라, 농장 진로를 두고 거창한 구상을 풀어놓던데요. 아이디어도 많고 말도 청산유수였어요. 좀이 쑤셔 온실에서 어떻게 얌전하게 견뎠는지 모르겠어요. 자세한 건 나중에 얘기하고 먼저 급히 알아봐야 할 게 있어요."

남매의 얼굴에 불안한 표정이 감돌기 시작했다.

"먼저 미금 씨 얘긴데요. 지난 3월 교배종에서 청향을 얻었을 즈음, 아버지 사업이 잘못돼서 집이 은행에 넘어갔대요. 그래서 소장님께 사정을 말씀드려서 거액의 보너스를 받았다고 해요. 덕분에 그 돈으로 전세를 얻어 이사를 했구요."

남매의 얼굴이 점점 더 심각한 표정이 되어가고 있었다. 소심이 참지 못하고 먼저 입을 열었다.

"미금 씨 얘긴 금시초문이에요. 내 친구가 미금 씨랑 사촌간이니까 사실이 맞는지 알아볼게요."

그다음엔 K회장을 만난 소감을 정확하게 전달하고 싶었다.

류 소장이 난초 그림이나 문양을 찾아 돌아다닐 때 자신도 자주 동행했었다고 했다. 그렇다면 사고 당일 아버지 차로 여러 곳을 돌아다닌 사람도 K회장일 확률이 높다고 생각한다. 사업자금 얘기도 돈을 빌리려는 게 아니라 되레 돈 벌 기회를 주려고 투자를 권유한 것이라고 말했다. 내 말을 들은 세엽은 당혹스럽다 못해 침통한 표정이 되어 격하게 반응했다.

"K회장, 여태 아버지랑 친형제처럼 생각해왔는데 정말 너무하네요. 거기서 일하는 친구 말이 진작부터 가게가 문 닫을 지경이라고 했는데 돈 벌 기회는 무슨."

"그리고 또 아버지께서 새로운 난초 잡지를 창간하자거나 온라인 쇼핑몰이랑 유튜브 개설 같은 얘기 하신 적은 없어요?"

그 질문엔 소심이 재빨리 대답했다.

"나도 아버지께 얘기 들었어요. 미금 씨가 얼마나 보챘던지 아버지가 좀 괴로워하셨어요."

"뭐라고 하셨는데요?"

"미금이가 의욕이 넘쳐 자꾸만 일을 크게 벌이고 싶어한다구요."

"또 한 가지, 지방에 있는 분이 춘란학교를 세우는 데 투자를……"

내가 질문을 다 마치기도 전에 세엽이 나섰다.

"합천의 T농장주 얘기군요. 내가 현장에서 들었는데 아버지가 즉석에서 거절하셨어요. 좋은 생각이긴 하지만 그럴 여력이 없다구요."

그는 쓴웃음을 짓고 나서 한마디 더 보탰다.

"저작권료를 좀 받는다니까 다들 아버지를 무슨 캐시 머신으로 봤나 봐요."

"그리고 K회장은 소장님을 팽팽한 경쟁 관계로 여기고 있는 것 같던데, 어떻게 생각하세요?"

소심과 세엽은 서로 얼굴을 쳐다보면서 뜨악한 표정을 지었다. 세엽이 먼저 입을 열었다.

"K회장은 아버지보다 두 살 아래여서 두 분이 형제처럼 다정하게 지냈어요. 경쟁 관계라니 말도 안 돼요."

"총무님 생각은요?"

소심도 어이없다는 듯한 표정을 지으며 말했다.

"그렇다면 그동안 연기를 너무 잘한 거죠. 우리 앞에선 아버지한테 뭐라고 했는지 아세요? '류 소장, 당신하고 같은 자리에서 숨을 쉬고 있다는 것만으로도 가문의 영광이오.' 그랬던 분이에요."

그때 세엽이 정원용품 판매점 직원 얘기라며 K회장 얘길 다시 꺼냈다.

"K회장이 최근에 춘란교실 때문에 골머리를 앓고 있대요.

춘란 값이 떨어지자 수강생들의 원성이 높아지고 있어서요."

나로선 한마디 하지 않을 수 없었다.

"아니, 춘란 값이 떨어지는 건 K회장 잘못이 아니잖아요."

내 말에 소심이 한마디 했다.

"그렇죠. 하지만 K회장의 권유로 비싼 난초에 투자한 사람들로선 손실이 크니까 자연히 불평이 안 나올 수 없죠."

그 말을 들으면서 나는 K회장이 지금 사면초가에 직면해 있다는 생각이 들었다. 그때 소심이 내게 질문이 있다고 말했다.

"방금 얼핏 떠오른 의문인데 만약에 K회장이 범인이라면 사고 당일 할리랑 아버지 승용차를 어떻게 처리했을까요? 혼자서 두 가지를 다 어떻게 감당하죠?"

소심의 질문에 세엽이 미리 생각해둔 것처럼 답을 내놓았다.

"그거야 쉽지. 먼저 할리를 집에 갖다 두고 시내로 나와서 교보생명 건너편에서 512번 버스를 타고 가송리 입구까지 오는 거야. 거기서 가사리 주차장까지의 거리는 대략 1.5킬로미터니까 걸어서 삼십 분도 안 걸려. 그래서 아버지 차를 갖고 주행 이력에 있는 장소를 돌아다닌 거지. 그러니까 두 분이 새벽에 가사리 주차장에서 만나 아버지 차는 거기에 두고 할리를 같이 타고 낙엽 쌓인 비탈길을 올라간 거야."

세엽의 추리는 내가 추측했던 것과 비슷했다. 나도 세엽의 말에 동조했다. 할리 몸체에 낙엽 부스러기가 끼어 있는 것을 본 적이 있다. 세엽이 그 비탈길에서 아버지의 휴대폰을 찾아낸 걸 보면 할리 뒤에 타고 가다 폰을 떨어뜨린 게 아닐까, 싶다고.

용의자의 동선까지 추리를 해낸 세엽의 얼굴이 일그러지고 있었고 소심도 괴로워하는 표정이 역력했다. 남매에게 더 이상 말을 붙이기 힘들었다.

며칠 뒤 세엽에게서 전화가 왔다. 평소 그답지 않게 착 가라앉은 목소리였다.

"지난번에 우리한테 물어본 거 있죠? 미금 씨 얘기. 다 알아봤어요."

"그래서요? 사실이에요? 집이 은행에 넘어간 거?"

"아뇨."

그 한마디에 내 가슴은 쿵, 하고 무너져 내렸다.

"뭐예요? 아니라구요?"

"네. 아버지가 준 돈은 어디로 갔는지 모르죠."

"세상에, 그 정원용품 판매점은요?"

"거의 문 닫을 지경이래요. 액비아재는 빚쟁이를 피해 다니느라 행방불명이고."

"누구한테 확인했어요?"

"거기 직원한테요. 나랑은 어릴 때부터 친한 친구예요."

"그렇다면 K회장도……"

나는 말을 꺼냈다가 급히 입을 다물었다.

"네? 무슨 얘기예요?"

세엽이 놀란 목소리로 물었다.

"아니에요. 그건 그렇고 미금 씨네 집안일, 누나도 알아요?"

"그럼요. 누나가 그 친구랑 같이 가서 알아냈어요. 미금 씨네 집에 가봤더니 멀쩡하게 그 집에 잘 살고 있더래요. 아버지 사업도 그럭저럭 되고 있고."

어안이 벙벙해오고 도무지 믿어지지 않았다. 그렇게 자신 있고 당당한 사람이 매일같이 보는 직장 상사에게 새빨간 거짓말을 하는 건 무슨 심리일까.

이제 그동안 수집한 증거와 자료를 경찰에 제출할 시기가 다가온 듯한 느낌이 들었다. 세엽과 전화를 마친 나는 노트북을 켜고 두 사람과 나눈 대화에서 확인된 팩트만을 요약해 보고서를 작성했다.

'K회장은 입양아 출신 농장주 류 소장에게 접근해 투자를 권하는 척하면서 재산을 갈취하려 했다. 거기엔 K회장의 친척인 양미금의 역할도 있었다. 양미금은 아버지의 사업 실패로 집이 넘어갔다면서 자신이 일하는 농장의 주인인 류 소장에게 호소해 거액을 받아낸 뒤 전셋집을 얻는 데 사용했다고 거짓말을 했다. 실제 그 돈의 행방은 알 수가 없다. 또한 그녀는 류 소장에게서 가장 알짜배기 재산인 해외 저작권료를 가

로채기 위해 비밀리에 녹음유언도 받아냈다.'

정리한 텍스트 파일은 녹취 파일과 함께 세엽에게 메일로 보냈다. 류 소장의 승용차가 들렀던 곳에서 우리가 찾아낸 정보도 모두 정리해 이미 세엽에게 보내놓았다. 긴 녹취 파일을 짧은 글로 정리하느라 머리가 지끈거렸다. 그럴 때는 두통약을 먹듯 루카스 수사에게서 받은 메일을 찾아보곤 했다.

'아직도 고미술상에서는 소식이 없는지요. 조금만 더 기다려봐요. 무슨 소식이 있겠지요. 단풍이 지고 나면 곧 겨울입니다. 눈 덮인 겨울 수도원의 숲길에 홍화 씨의 발자국이 찍힌 그림을 머릿속에 그려봅니다. 루카스.'

수도원에서 루카스 수사를 만나게 된 것은 무슨 섭리일지 궁금했다. 그가 없었다면 독일 출장은 헛수고가 되었을 것만 같았다. 결과가 어떻게 나오든 그림의 행방을 찾는 데 결정적인 실마리를 제공해주었으니까. 그는 나에게 류 소장과 그 자식들의 경우처럼 다윈난과 박각시나방과 같은 관계였을까.

난잎에 베이다

며칠 뒤, 아침에 늦잠을 자고 일어나 먹을 것을 찾고 있는
데 세엽의 전화가 왔다. 오늘 일정이 있느냐고 묻고는 오후
다섯시쯤 자기와 같이 어디 문상을 좀 다녀왔으면 좋겠다고
했다. 누구 상이냐고 묻자 한참 침묵을 지키다가 말했다.

"가셨어요. K회장님."

"네에? 뭐라구요?"

놀란 나머지 나는 무슨 말을 해야 할지 알 수 없었다. 세엽
도 말을 잇지 못하고 깊은 한숨 소리만 냈다. 아침 먹을 생각
도 달아나버렸다. 점심때가 지나서야 급히 요기를 하고 세엽
을 기다렸다. 네시가 조금 넘어 세엽이 아버지 승용차를 몰고
나타났다. 정장에 검은색 넥타이를 맨 그의 모습이 왠지 낯설
어 보였다. 내가 차에 올라타자 그가 착 가라앉은 목소리로
말했다.

"어디 좀 들러서 갈 거예요."

"어디요?"

"전에 가보신 데예요."

그는 하고 온 차림새만큼이나 근엄하게 굴었다. 차는 시내 쪽으로 들어가더니 교보생명을 거쳐 다시 외곽으로 향하고 있었다. 차가 속도를 내서인지 속이 메슥거리기 시작했다. 빈 속에 점심을 좀 급하게 먹은 모양이었다. 이윽고 목적지에 도 착했는지 세엽이 그만 일어나라며 내 팔을 흔들었다. 나는 눈 을 뜨며 말했다.

"안 잤어요, 나. 아니 여긴……"

K회장의 학가산농원 주차장이었다.

"여긴 왜요?"

"친구가 뭐 보여줄 게 있다고 해서 왔어요."

가슴이 쿵쾅거리기 시작했다. 마중 나온 친구를 세엽이 내 게 소개했다. 정원용품 판매점 직원 김종달이라고. 나는 그저 목례만 했다. 그가 두번째 온실로 우릴 안내했다. 야생화 온 실이었다. 진한 보라색의 투구꽃, 노란색의 미역취 등 화분마 다 이름표를 달고 있었다. 직원은 맨 안쪽에 놓인 기다란 벤 치 쪽으로 우리를 데려갔다.

"여기 아이가. 발견된 곳이."

직원이 벤치를 가리키며 말했다. 벤치 아래 큼직한 양은 주전자가 놓여 있었다. 세엽이 주전자를 들어 올렸다. 예상외로 가벼운지 뚜껑을 열고 들여다보았다.

"뭔지 밑바닥에만 살짝 깔려 있는데."

그 말을 하고는 벤치와 주전자가 들어가게끔 사진을 찍었다.

"아직 신고 안 했다고 했지?"

"아냐. 벌써 했지. 경찰이 와서 조사해 갔어. 주전자에 든 액체 시료도 채취해 가고. 시신 검사도 끝났고. 나는 과로로 쓰러져 잠드신 줄 알았잖나. 그것도 벌써 사흘 전이야. 검사하느라 이제야 빈소를 차렸다 아이가. 검시필증이 나와야 장례 절차를 밟을 수 있으니까."

온실 밖으로 나온 나는 손으로 산자락을 가리키며 세엽의 손을 잡아끌었다. 잠시 바람이라도 쐬고 가자는 뜻이었다. 세엽이 앞서가는 직원을 불렀다.

"종달아, 잠시 바람 좀 쐬고 가자."

이십 분쯤 산기슭을 돌아다니다 세엽이 그만 내려가자고 했다. 산에서 내려오다가 어떤 큰 나무 밑에서 나는 멈칫했다. 단풍이 들어가는 나무 그늘 아래 잎자루가 길고 타원형에 끝은 뾰족한 어떤 식물이 무더기로 자라나 있었다. 꽃은 없었지만 잎은 아직 초록색이었다. 바늘투구로 옥죄는 듯 머리가 오싹하면서 따끔따끔 쑤셔왔다. 잎사귀가 스스로를 증명하고 있었다. 자신이 곧 류 소장의 시신에서 발견된, 콘발라톡신을 함유한 독초, 은방울꽃임을. 나는 세엽을 불렀다. 그는 그 타원형의 잎사귀를 보자마자 잠시 휘청거렸다. 곧 쓰러질 듯 앞으로 몸을 구부리는 것을 내가 다가가 잡아주었다. 아무것도 모르는 직원이 세엽에게 말했다.

"그날 새벽에 내가 왔을 땐 말이다, 맥이 팔딱거리고 있었제. 근데 입가에 무슨 희뿌연 기 묻어 있는 기라. 곧바로 119를 불러 병원으로 옮겼제. 바로 위세척을 했지만 두 시간을 채 넘기지 못하고……"

세엽의 얼굴은 푸른 기운이 돌 만큼 창백해졌다. 나는 그 식물의 사진을 찍고 나서 곧바로 주차장으로 가려고 하는 세엽을 멈춰 세웠다. 야생화 온실을 한 번 더 보고 가자고. 온실에서 한창 피고 있는 가을 들꽃들을 보면서 한 바퀴 돌아 나올 때 세엽이 뭔가를 가리키며 말했다.

"이거잖아요. 아까 산 밑에서 본 거."

"어머, 정말."

은방울꽃을 본 세엽은 멍하니 넋을 잃은 표정이었다. 차에 올라타고 막 농장 뒷문을 벗어나려 할 무렵 직원이 달려와 트렁크 문을 두드렸다. 세엽이 문을 열어주었다. 차에 올라타며 그가 말했다.

"나도 마, 빈소로 가봐야겠다. 여긴 할 일도 없고."

흰 국화로 장식된 빈소에서는 잔인하게도 진한 국화 향이 풍겼다. 나는 세엽이 두 번 큰절을 할 때 뒤에 서서 목례만 하고는 눈을 밑으로 내리깔고 있었다. 영정을 마주할 용기가 나지 않았다. 바로 며칠 전, 마주 앉아 대화를 나눈 사람이었다. 문상을 끝내고 차에 오른 뒤로도 세엽은 아무 말이 없었다. 차가 가송리 부근에 이르렀을 때 내가 물었다.

"부검 결과는 들었어요?"

"들어서 뭐 하게요?" 시큰둥한 세엽의 반응.

"무슨 소리예요? 두 사람 몸에서 나온 성분이 똑같은지 어떤지 확인해야죠."

미간을 잔뜩 찌푸린 세엽이 차를 갓길에 세우더니 휴대폰으로 직원을 불러냈다.

"종달아, 내가 깜빡했는데 부검 결과가 어떻게 나왔냐?"

직원의 목소리가 가늘지만 또렷하게 들려왔다.

"아, 부검이 아니고 혈액과 체액으로 약물 검사를 했대. 중독 여부를 빨리 확인하려 할 때 하는 검사래. 주전자에 있던 액체 시료에서도 콘발라톡신 성분이 나왔대. 시신에서와 똑같은. 사모님이 그러셨어. 은방울꽃에 들어 있는 거라는데."

"알았어. 수고해라."

그 생약 성분의 이름을 듣는 순간 가슴이 쿵광쿵광 뛰기 시작하고 두려움에 온몸이 떨려왔다. 통화를 마친 세엽이 넥타이를 풀어 뒷좌석으로 던졌다. 그도 이 사태를 몹시 견디기 힘들어 하고 있는 듯했다. 짠한 생각에 고개를 돌려 창밖을 멍하니 바라보고 있었다. 그때였다. 세엽이 슬며시 오른팔로 내 어깨를 감싸더니 내 입술을 덮쳐왔다. 단 한 번의 뜨거운 키스였다. 나는 그의 팔을 풀지 않고 가만히 있었다. 키스가 달콤해서가 아니었다. 나는 그 순간 전혀 다른 것에 몰두해 있었다. 눈앞에 아른거리는 가느다란 이파리. 생모의 편지에 나오는 '난 이미 난잎에 베어졌다'는 구절과 함께 떠오르는 정갈한 이미지였다. 그것은 아기 옷에 수놓인 문양이자 수도원에 있었다는 단원의 그림인 「난향을 맡는 소녀」에 나오는, 바로 그 이파리였다. 순간 어떤 생각이 머리를 스쳤다. 어쩌면 K회장이 목숨을 베인 것도 실은 그 자신이 그토록 지키고자 발버둥 쳤던 바로 그 이파리에 의해서가 아니었을까, 라는. 난초광이었던 금손의 주인처럼. 칼을 품은 이파리. 압해도의 J회장이 이미 예견한 일이었다. '누군가는 그 이파리에 크게 베이는 날이 올 것'이라고. 세엽이 차의 속도를 올리고 다시 달리기 시작했다.

집에 와서는 옷도 갈아입지 못하고 침대에 쓰러졌다. 속이 울렁거려 계속 몸을 뒤척이기만 했다. 잠이 오지 않자 머릿속은 저절로 지난 몇 개월의 시간들을 거슬러 올라가기 시작했다. 시신에서 생약 성분의 독극물이 발견됐다는 통고를 받은 뒤 세엽이 말했었다. "이건 분명 계획적인 범죄예요. 면식범의 소행이고요." 그러면서도 세엽은 K회장은 아버지의 향기 프로젝트를 반대할 분이 아니라고 말했다. 그때 나는 류 소장의 승용차가 일관되게 김홍도의 흔적이 남은 곳만 돌아다닌 것에 대해 수상하다는 말을 했었다. "주행 이력이 무작위는 아닌 것 같아요. 누군가가 고인의 영혼을 위로한답시고 생전에 같이 다녔던 곳을 쭉 돌아본 것 같은 느낌이랄까. 자기 마음 편해보려고 그런 거겠지만." 소심의 말에 따르면 류 소장을 향한 그의 감정은 초기에는 "당신하고 같은 자리에서 숨을 쉬고 있다는 것만으로도 가문의 영광이오"라고 할 정도였다. 그랬던 사람이 어떻게 된 일일까?

그가 내게 모든 식물은 자기만의 체취로 자신을 보호하고 경계를 지킨다고 말했을 때 나는 상당히 솔깃했었다. 또한 무분별한 교배로 치달은 결과 요즘 향기 없는 장미가 대거 나오고 있다는 얘기를 했을 때도 적잖이 공감이 되었다. 하지만 향기가 없어도 원종 춘란을 지켜야 한다는 굳은 신념을 갖고 있는 데 대해서는 의문이 들었다. 춘란에 청향을 입힐 수 있는 방법이 있는데 굳이 교배육종을 마다할 필요가 있을까, 라는 생각이 들어서였다. 춘란의 순수한 정체성을 지켜야 한다는 그의 신념은 하나의 신앙에 가까웠다. 혹시 그를 극단적인 선택으로 내몬 것이 그 완고한 신앙이었을까? 꼭 '그렇다'고는 선뜻 말할 수 없을 듯했다. 뭔가 자신에게 와닿는 개인적이고 직접적인 자극이 있었을 것 같았다.

　비록 나를 농장 일에서 손을 떼게 하려고 사람을 시켜 미행을 하고 납치를 해 위협을 가한 장본인으로 추측은 되지만 나는 그를 이해할 수 있는 근거도 곰곰이 생각해보았다. 어쩌면 그도 오랫동안 형제처럼 지내온 사람을 해친다는 것에 대해 양심의 가책으로 몹시 괴로워했을 것 같았다. 그것은 사건 직후 류 소장의 승용차에 올라타고 둘이 함께 다녔던 곳을 다시 한번 돌아본 것으로도 충분히 확인이 될 듯했다. 하지만 극단적인 선택을 하기까지는 뭔가 다른 이유도 있지 않았을까. 물론 경찰 조사로 확인이 되어야겠지만 그것은 아마도 류 소장이 자신의 이복형이라는 사실을 알게 된 때문이 아니었을까, 라는 생각이 들었다. 자신은 아버지에게 평생 인정받지 못하고 주눅 든 삶을 살아왔는데 이복형인 류 소장은 해외로 입양되어 가서도 탁월한 원예육종가가 되어 돌아왔다. 거기에 더해 장미와 백합 신품종 저작권료로 농장을 경영할 수 있을 만큼의 재정적인 여유까지 갖추고 있었다. 그는 끝내 그런 데서 오는 질투심을 극복하지 못했던 것일까? 아니면 류 소장의 존재가 그 집의 친생자로 밝혀질 경우 K회장은 자신의 장남 지위가 위협을 받는다고 생각한 것일까. 하지만 K회장은 그토록 철저하게 계획적이지는 않은 것 같았다.

　이런 착잡한 마음에서 벗어나는 길은 오직 일에 매달리는 것밖엔 없었다. 이튿날은 온혜리 대추나무집 배추 수확을 하러 갔다. 쾌청한 날씨지만 기온이 상당히 내려간 날이었다. 아저씨 말씀이 아들은 군대에 가고 부인은 병으로 입원 중이어서 나를 불렀다고 했다. 나는 배추 농사에 대해 잘 알지도 못하면서 아저씨에게 아는 척했다.

"11월 초에 배추 수확을 해요? 아직 김장하기엔 이른 것 같은데요."

"혹시나 동해를 입을까 봐 입동 전에 수확을 하는 거지요. 집엔 당장 김장할 일손이 없으니 이미 결구가 된 것은 시장에 내다 팔아야겠다 싶어서요."

배추밭에 처음 간 나는 모르는 것투성이였다.

"결구가 다 됐는지는 어떻게 알죠?"

"두 손으로 배추 위쪽을 잡고 옆으로 이렇게 살짝 뉘어봐요. 그러고는 손가락으로 눌러봐요. 그래서 1.5센티 이상 들어가지 않으면 결구가 된 거예요."

확실히 농사일이란 직접 짓는 사람에게 물어보는 게 제일 정확한 것 같았다.

"대개 날씨가 추워지고 서리가 내린 뒤에나 배추를 수확한다던데 그 이유는 또 뭐죠?"

"아, 중요한 질문이에요. 배추는요, 심은 지 70~80일이 되면 다 자라요. 그렇지만 결구가 다 되었다고 무조건 뽑는 게 아니에요. 배추 농사짓는 농부는 느긋해야 돼요. 배추가 추위를 한두 차례 겪고 서리를 몇 번 맞을 때까지 기다렸다가 뽑아요. 그래야만 매운맛, 떫은맛이 사라지고 달고 맛있는 배추가 되니까요. 그래서 가을배추가 맛있다고 하는 거예요."

"그 말만 믿고 있다가 늦어서 동해를 입으면요?"

"그거야 나도 책임 못 지죠."

그 말을 하면서 아저씨는 호탕하게 웃었다. 나는 아저씨가 지정해준 몇 개의 고랑을 다니면서 배추의 밑동을 칼로 도려냈다. 억센 겉잎은 그대로 두고 알맹이만 잘라내는 식이었다. 그런 다음 연두색 플라스틱 상자에 배추를 세워서 담았다. 상자 하나에 대개 네 통이 들어갔다. 그 상자를 아저씨가 밭 가운데 주차해둔 1톤 트럭으로 가져가 짐칸에 차곡차곡 실었다. 집으로 돌아오는데 아저씨 말이 머릿속에서 되뇌어졌다. '한두 차례 추위도 겪고 서리를 몇 번 맞아야 매운맛, 떫은맛이 사라지고 달고 맛있는 배추가 된다.' 나와 소심, 그리고 세엽, 우린 모두 지금 그런 달고 맛있는 배추가 되기 위해 시련을 겪고 있는 것일까.

이틀 뒤, 작년에 귀농한 단천리 서울 할머니네 고추밭을 짚으로 덮어주는 작업을 끝내고 돌아와 샤워를 하고 나왔을 때였다. 벨 소리가 들려 폰을 열어보았더니 종달새 골목 라인앤티크 갤러리 주인이었다. 그는 인사도 생략한 채 곧바로 알맹

이만 말했다.

"찾았어요, 난향 그림. 고미술 전문 네트워크에 방금 올라왔어요. 소장자가 그림을 베를린 민족학박물관에 기증했다고요. 이미지 파일은 메일로 보냈어요. 코리아 조선 시대, 첩취옹 김홍도 작품 「난향을 맡는 소녀」."

"오, 사상님. 고맙습니다. 이 은혜를 어떻게 갚죠?"

"건강하게 지내시고 종달새 골목에 또 놀러 오세요."

침을 한번 삼키고 벌렁대는 가슴을 애써 진정시키며 메일을 열고 이미지 파일을 다운받았다. 붉은 꽃 세 송이가 핀 춘란을 향해 고개를 왼쪽으로 살짝 기울여 향기를 맡고 있는 소녀. 긴 머리를 두 갈래로 묶은 소녀는 허름한 검은색 통치마에 꼬질꼬질한 흰 저고리를 입고 맨발에 짚신을 신고 있었다. 세엽의 말대로 그녀는 그리움이 담뿍 담긴 눈빛을 하고 있었다. 그리고 살짝 휘어진 몇 가닥 이파리의 구도가 아기 옷이나 왕실 시전지의 문양과 똑같은 구십 도였다.

단원이 그린 '난향 소녀'는 오랜 세월 동안 주인이 바뀌면서 동서양을 이어주었고 돌고 돌아 마침내 베를린의 어느 박물관에 안착했다. 그것은 류 소장이 입양 때 입고 간 아기 옷의 문양을 증거해주어 그의 출생의 비밀을 밝힐 수 있게 해줄 것이다. 인간이란 존재는 이토록 과거와 끈끈하게 연결되어 있다는 뜻일까. 지난 몇 개월, 사건 해결에 도움이 될 실마리를 찾느라 분투하면서 나는 절절하게 느꼈다. 시퍼런 강물 속에 가라앉아 보이지 않는 듯하던 그 시간들이 우리 삶 속으로 흘러들어 끊임없이 무슨 말인가를 건네고 있었음을. 어디선가 한 줄기 소슬한 바람이 불어오는 듯했다. 나는 의자에서 일어나 청량한 기운이 느껴지는 창 쪽을 바라보았다. 맑고 고운 향기에 취해 입술이 살며시 벌어진 화초 소녀와 몇 가닥 가느다란 이파리들이 아련하게 바람에 한들거리는 모습이 눈앞에 떠올랐다. 순간 난향 소녀가 내게로 고개를 돌렸다. 우리는 처음으로 서로 눈을 맞추었다.

고향 마을의 길섶에서 속삭이듯 들려온 소설.

서울에서 태어난 필자는 부모님의 고향에 대해서는 그다지 애착을 느끼지 못했었다. 그러다 고향을 찾게 된 것은 나이가 한참 들어 부모의 신산스런 삶을 이해하기 시작한 뒤부터인 듯하다. 기차도 지나가지 않는 두메산골의 작은 마을에서 태어난 그들이 어떻게 발버둥을 쳐서 서울로 올라왔고 전쟁으로 갖은 고초를 겪으며 살아오다가 외롭게 생을 마감하게 되었는지, 그 사연을 알게 되자 그들을 품고 키워낸 그 퇴락한 마을들이 눈물겹도록 애잔하게 느껴졌다.

고향 근처 안동을 돌아다니던 어느 날, 시내 한가운데서 뜻밖에도 '단원로'라는 도로명을 만났다. 설마 어느 화가와 관련된 지명은 아니겠지, 하고 반신반의하다 근처 주민자치센터로 달려갔고, 거기서 기록을 확인했다. 240년 전, 그 화가가 임금의 어진을 그린 공로로 벼슬을 받아 안기(安奇) 찰방(察訪)으로 안동 지방에 내려와 2년 반 동안 근무했다는 사실이었다. 찰방은 요즘의 역장과 우체국장을 겸한 자리. 호기심은 꼬리에 꼬리를 물고 그가 안동에 남긴 흔적들을 하나하나 살펴보게 만들었다. 그러나 곳곳에 또렷이 남겨진 그림과 글씨와 즉흥시 등에도 불구하고 안동에서의 그의 행적은 그다지 알려지지 않은 듯했다.

아쉬움에서였을까. 그 순간 필자의 머릿속에는 그가 그곳에 남겼음직한 또 다른 그림 한 점이 떠올랐다. 난초에 청향을 입히겠다는 염원을 간직한 어느 화초 소녀의 모습이 담긴 그림. 그리고 거기에 또 하나의 이미지가 더해졌다. 훗날 말 못할 사정으로 해외로 입양된 아기의 옷에 수놓인 몇 가닥의 난 이파리 문양. 그것은 그 '난향 소녀'의 그림에서 따온 것은 아니었을까, 라는 상상을 불러왔다.

이 모든 생각들은 실은 하나의 꿈에서부터 시작되었다. 동과 서, 남과 북, 서로 대치하는 듯한 존재들이 서로 융합해 언젠가 하나의 아름다운 세계를 빚어낼 수는 없을까, 라는. 오랜 세월 그 가없는 꿈을 안고 지상의 작은 길들을 헤매던 이의 가슴으로 한 억울한 사람의 죽음의 비화(悲話)가 파고들었다. 그것은 우리가 살아온 비극적인 역사의 속내였다. 이 소설은 그 출생과 죽음의 미스터리를 추적하는 여정이다. 또한 그 단서가 되는 한 폭의 그림을 찾는 과정이기도 하다. 지적이면서도 당찬 주인공의 발걸음은 낙동강 상류 마을에서부터 시작해 독일 바이에른의 어느 수도원을 거쳐 라인 계곡에 있는 중세의 성으로까지 이어진다. 길목에 도사리고 있는 어떤 위험과 장애물에도 그 발길은 멈추지 않는다.

10년 동안의 식상 생활을 접고 삼십대 중반에 자기 자신이 주인이 되는 자유로운 삶을 찾으려는 주인공. 그녀는 풍치 좋은 낙동강 상류 마을로 내려와 농가 일손을 돕는 마을인턴과 래프팅 강사로 일하던 중 다윈농장의 부름을 받고 사건에 뛰어들게 된다. 그것은 급류에서의 래프팅만큼이나 위험이 깃든 일이었다. 그러나 긴장과 불안 속에 덤으로 주어지는 희열을 알기에 그녀는 그 긴 여정을 기꺼이 감당해낸다. 서로 다른 두 개의 세계가 어우러져서 빚어낸 진정 아름다운 세계는 단지 하나의 비극으로만 우리의 기억 속에 남게 될 것인가? 그녀는 아픈 질문을 우리에게 던진다.

2025년 10월

박찬순

조언을 주신 분들

장진성 교수(서울대 고고미술사학과)
이태호 석좌교수(명지대 미술사학과)
조정육 미술평론가

참고도서

손영옥, 『미술시장의 탄생』, 바다출판사, 2020.
스티븐 부크먼, 『꽃을 읽다』, 박인용 옮김, 반니, 2016.
오주석, 『단원 김홍도』, 솔출판사, 2006.
_____, 『옛 그림 읽기의 즐거움』, 솔출판사, 2009.
이나가키 히데히로, 『식물도시 에도의 탄생』, 조훈민 옮김, 글항아리, 2015.
이대건, 『한국춘란 가이드북』, 문예출판사, 2020.
이재원, 『조선의 아트 저널리스트 김홍도』, 살림, 2016.
이충렬, 『천년의 화가 김홍도』, 메디치, 2019.
이태호, 『한국미술사의 라이벌』, 세창출판사, 2014.
장대익, 『다윈의 정원』, 바다출판사, 2017.
장진성, 『단원 김홍도, 대중적 오해와 역사적 진실』, 사회평론아카데미, 2020.
전준현, 『단원 김홍도 연구』, 일지사, 2008.
칼 퀴르스터, 『일곱 계절의 정원으로 남은 사람』, 고정희 옮김, 나무도시, 2013.

난잎에 베이다

ⓒ 박찬순

| 1판 1쇄 발행 | | 2025년 10월 25일 |
| 1판 2쇄 발행 | | 2025년 11월 21일 |

지은이		박찬순
펴낸이		정홍수
편집		김현숙 이명주
펴낸곳		(주)도서출판 강
출판등록		2000년 8월 9일(제2000-185호)

주소		서울시 마포구 동교로17안길 21 (우 04002)
전화		02-325-9566
팩시밀리		02-325-8486
전자우편		gangpub@hanmail.net

값 15,000원
ISBN 978-89-8218-370-6   03810